平成ストライク

青崎有吾、天祢 涼、乾 くるみ、
井上夢人、小森健太朗、白井智之、
千澤のり子、貫井徳郎、遊井かなめ

目次

まえがき

平成という時代は「静かなる激動の時代」なのだそうだ。確かに、インターネット環境の整備やスマホの普及、グローバル化など、僕らを取り巻く環境は劇的に変わった。一方で、バブルの崩壊、リーマンショック、そして度重なる自然災害によって、日本には閉塞感《へいそくかん》が漂うようになった。「平成」という言葉の読みからイメージされるような時代——平静な時代ではなかったといえる。

本書はそんな平成という時代をコンセプトとする小説アンソロジーだ。各作家には、平成の時代に日本で実際に起きた事件や、流行《はや》った物事などをテーマとした小説をリクエストした。なお、今回ご寄稿いただいた作家は、全員平成デビューである。このことは、あらかじめ付しておきたい。

＊

今から十年前。僕は平成が嫌いだった。当時、社会からドロップアウトしていた僕は平成を「くそったれな時代」だと思っていた。

一昨年、僕はようやく平成に愛着を持てるようになった。きっかけは小沢健二《おざわけんじ》「アルペジオ（きっと魔法のトンネルの先）」。歌詞を耳で追う内、平成の三十年が腑《ふ》に落ちたような気分になれたのだ。相変わらず、居心地の悪さを感じているが、今の僕は平成を「ぼくらの時代」だと思えるようになった。なんだかんだで楽しめたことに気づけたのだと思う。

多分、平成に愛着を持っていることに気づいてしまった人は、そんなに少なくないはずだ。きっかけはＳＭＡＰの解散だったり、安室奈美恵《あむろなみえ》の引退だったり、五味隆典《ごみたかのり》の大晦日《おおみそか》さいたまへの帰還だったり、映画『ＳＵＮＮＹ強い気持ち・強い愛』だったり、人それぞれだと思う。そんな人たち——「平成」という言葉を聞いて感傷的になっちゃってる自分を照れくさく感じるような人たち——に、このアンソロジーを捧《ささ》げたい。

遊井かなめ

加速してゆく

青崎有吾

青崎有吾（あおさき・ゆうご）
平成三年神奈川県生まれ。明治大学卒。平成二十四年に『体育館の殺人』で第22回鮎川哲也賞を受賞してデビュー。他に『アンデッドガール・マーダーファルス』（講談社タイガ）、『早朝始発の殺風景』（集英社）など。

兵庫県〜大阪府路線図(平成17年当時)

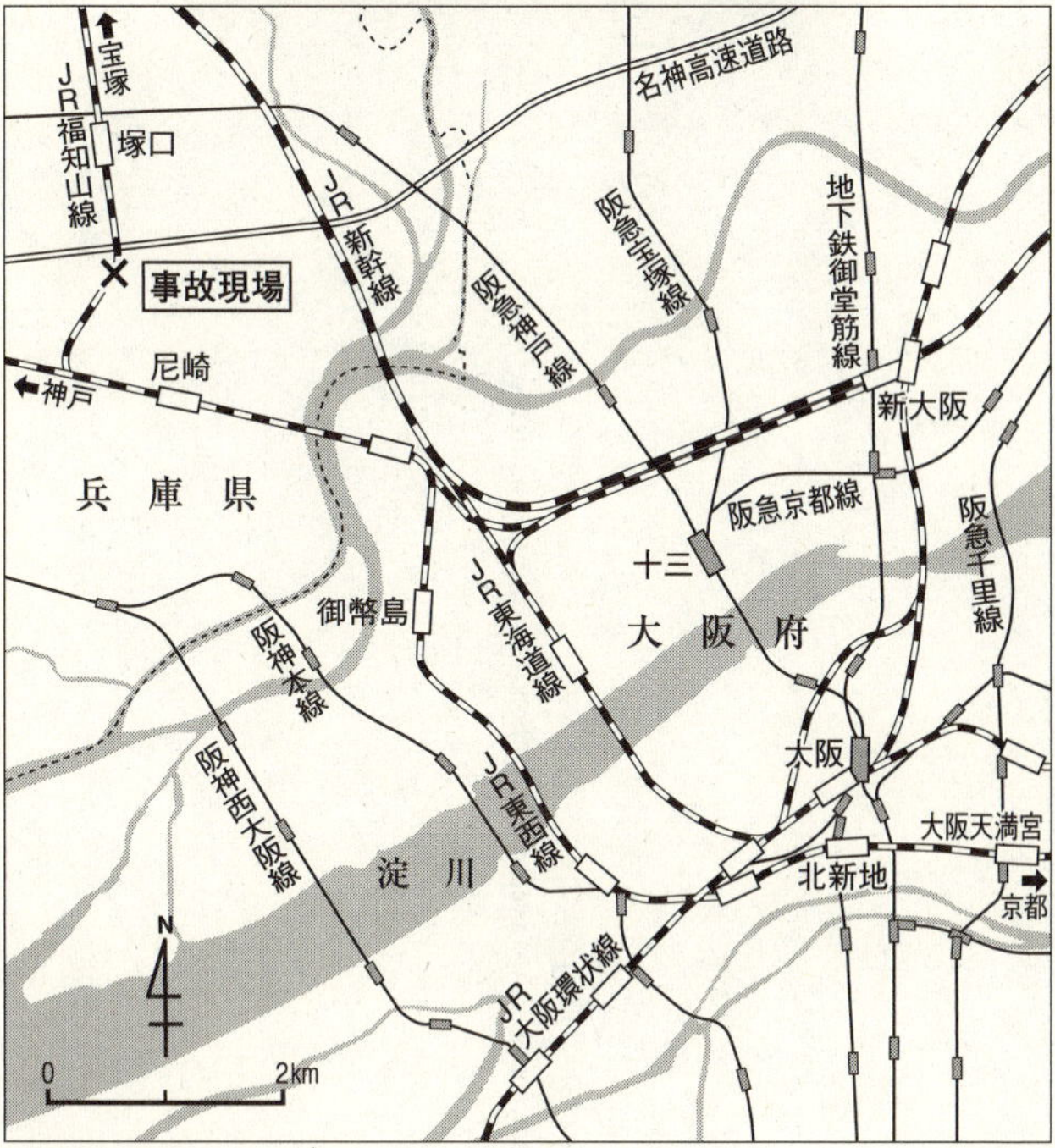

"We have developed speed, but we have shut ourselves in."

——*The Great Dictator*

1

電車、来《け》えへんな。

そう思った矢先だった。早口な鼻声で、ホーム全体にアナウンスが入った。

『えー、本日もJR尼崎《あまがさき》駅をご利用いただきありがとうございます。えー、福知山《ふくちやま》線ご利用のお客様にご案内いたします。六番線に到着予定の快速同志社前《どうししゃまえ》行きですが、先ほど塚口《つかぐち》―尼崎間の踏切内において、えー、事故が発生したとの連絡が入りました。そのため福知山線は、ただいま全線で運転を見合わせております。お客様にはご迷惑を――』

六番線で電車を待っていた植戸昭之《うえとあきゆき》は、文庫本から顔を上げた。時計を見ると九時二十五分だった。上りの快速は、いつもなら二十分には到着しているはず。すでに五分の遅れである。

焦りやいらだちよりも、またか、という気持ちが強かった。

JR福知山線は全長約一〇〇キロ、駅数三〇。ここ、兵庫の尼崎駅から京都の福知山駅までを一本に結んでいる。市民の間では正式名称よりも「JR宝塚《たからづか》線」の愛称で呼ばれることが多い。もともとは本数の少ないローカル線だったが、八年前にJR東西《とうざい》線が開通したことで、尼崎から大阪の各路線への直通が実現。現在はJR西日本の動脈の一本となっている。利便性と利用者が増した分、遅延も増えた。

だが、踏切事故とは珍しい。しかも、自分が待っていた快速が事故るとは。車との接触か、飛び込みか。大きな事故ならうちの紙面にも載るかもしれんな。

植戸の勤め先は、二駅先の御幣島《みてじま》にある畿内《きない》新聞社である。京都・大阪・兵庫を中心に展開する地方紙で、小規模ながら写真部があり、植戸の名刺には〈カメラマン〉という肩書きが、電話番号よりも小さな字で控えめに添えてある。仕事柄毎日の出勤時間はまちまちで、多少遅れても咎《とが》められることはない。遅延に対する余裕はそのせいでもあった。

ラッシュアワーを過ぎたホームを見回す。植戸は十二両分あるホームの七号車の乗車位置に立っていて、そこからだと右側、大阪方面のホームのほうが長い。ヘッドホンをつけた学生。惣菜《そうざい》パンをかじる老人。『冬ソナ』の話に興じる主婦たち。アナウンスを聞いて早々にホームを去った者もいるが、多くは何事もなかったように並び続けている。皆わきまえたもので、あえて遅延を無視するような雰囲気すら見て取れた。

続いて神戸《こうべ》方面、電車が来るはずの方向をうかがう。快速電車が現れる気配は当然ながらなかった。そもそもホームの端には物置のような白い小屋が建っていて、線路の様子がよく見えない。〈乗務員乗継詰所〉と書かれた小屋なのだが、植戸はそこに乗務員が詰めているところを見たことがない。

今日も詰所は無人らしく、ホームの中でそこだけが廃墟《はいきょ》のような侘《わび》しさをまとっている。詰所の前には一人だけ、学ランを着た少年が立っていた。少年はアナウンスに戸惑うように首をきょろきょろ動かしていて、植戸と視線が合った。

遅延やて。まいったなあ。そんな苦笑を返し、植戸は読み途中の『1リットルの涙』に目を戻す。

四ページほど読み進めたとき、ポケットの中が震えた。

買い換えたばかりのドコモの携帯を開く。宮垣《みやがき》という若い記者からの電話だった。今日の遅めの出勤は、昨日この男と飲み歩いていたせいである。

「もしもし」

『植《うえ》さん？』宮垣の声は息切れしていた。『今どこですか』

「尼崎のホームやけど」

『ああよかった。カメラありますか』

「カメラ？　持っとるよ」

『あの、さっき宝塚線で事故が』

「聞いた。踏切やろ。でかいんか？」

『踏切ちゃう！』叱咤《しった》するように声が大きくなった。『脱線です。マンションに突っ込みました』

「脱線？」

植戸は思わず聞き返した。その先も理解が追いつかず、「マン、え？」と言葉を詰まらせる。電話の向こうからサイレンと誰かの叫ぶ声が聞こえた。

『俺、今現場です。ちょっとえらいことなってて。植さんも向かってもらえますか。踏切の手前のマンションです』

「わ……わかった。すぐ行く」

通話を切った。ふと視線を感じ振り向くと、先ほどの高校生がそばにいて、いぶかしげにこちらを見ていた。逃げるように階段へ向かう。同時にアナウンスが入る。

『お客様にご案内いたします。えー、運転見合わせ中の福知山線ですが、先ほど踏切内の事故とご案内しましたが、ただいま状況の把握を――』

声に押されるように、足が速まった。

階段を駆け上がり、定期券で改札を抜ける。習慣で南口に向かいそうになり、慌てて引き返した。福知山線が延びているのは北口側だ。駅を出て、ロータリーに並んだタクシーの一台に乗り込む。

「どちらまで？」

言われて初めて、現場の場所がわからないことに気づいた。植戸は尼崎に住んで十二年目だが、福知山線沿いは詳しくない。

「ええと……塚口までの間にあるマンション、わかります？　踏切のそばの」

「マンション？　ああ『エフュージョン尼崎』。市場の向こうの。線路の横に建っとるやつ」

線路の、横。

「そこです。たぶん」

「エフュージョンて、なんやろね。最近はどこもおかしな名前つけるねえ」

運転手の笑い声とともにタクシーが出発した。

再開発が進む駅前には、工事現場と高層マンションが混在している。空はよく晴れており、並木道を一組の親子が歩いていた。のどかな景色を眺めるにつれ、植戸の中に疑念が生じた。脱線事故――宮垣は大慌てだったが、本当だろうか。電車がマンションに突っ込むなんて国内では聞いたことがない。あいつ、まだ酒が残ってるんちゃうか？

駅から離れると、鉄工所や整備工場といった町工場が増えてくる。「ほら、あれ」と運転手が顎《あご》をしゃくった。工場の屋根越しにマンションの上部が見えた。九階建てくらいだろうか。白い手すりのベランダが断層のように重なっていて、建物の角だけがレンガ色に塗られている。まだ新しく、頑丈そうに見えた。崩れてもいなければ煙が上がってもいない。なんだ、やっぱりたいしたことないやん——植戸は胸をなで下ろす。タクシーは十字路を左折する。

直後、サイレンを鳴らす救急車とすれ違った。

それを皮切りに、いくつもの緊急車両が目に飛び込んできた。二台の消防車が、慌てて乗り捨てたように道の真ん中に停まっている。その奥にはパトカーとドクターカーが数台。ミニバンベースの指揮隊車に大型の救助工作車、脚立を何本も積んだ軽トラ、そして人だかり。タクシーがスピードを落とした。バックミラーには、きょとんとした運転手の顔が映っていた。

「あの、ここでええです」

千円札を押しつけ、降車する。

もともと工場が多いからか、事故で何か漏れたのか、外にはオイルのにおいが漂っていた。人だかりは野次馬ではなく、ヘルメットをかぶった救急服や救助服の男たちだった。これほど多くの隊員を見たのは十年前の震災以来だ。指示。うめき。怒号。飛び交ういくつもの声。男たちの足の間からは、怪我の手当てを受ける人々が見えた。額を両ひざにつけ、道の端にうずくまっている女性がいた。頭から血を流しながら、携帯で何かをまくしたてているサラリーマンがいた。敷地の奥にも救助隊員のまとまりが確認でき、そちらのほうへ消防ホースが一本伸びている。どうやら事故はマンションの反対側で起きたらしい。

だが、マンション自体にさえぎられて肝心の線路がよく見えない。線路はマンションの西側に沿うように走っていて、植戸がタクシーを降りたのは南東側だった。道の先に、遮断機の開いた踏切がかろうじて見えた。邪魔にならぬよう塀沿いを駆け、そちらへ回る。

え、と声が出た。

踏切の一〇〇メートルほど先。マンションが落とした影の中に、青いラインの入った三匹の怪物が横たわっていた。乗り慣れた電車の車両だとは思えなかった。窓が割れ、車体がひしゃげ、はがれた外板がぶら下がり、それは見知らぬ金属の塊と化していた。

左側の一両は上り線のレールを斜めに外れ、下り線のレールをまたぎ、フェンスを突き破って道路にまではみ出している。真ん中の一両もレールを外れており、左右の車両に挟まれて、少し浮かぶような形で止まっていた。二両とも損傷が目立ったが、最もひどいのは右端の三両目だった。

三両目は箱としての原形を留《とど》めていなかった。どれほどの勢いで衝突したのか、マンションの角に押しつけられる形で、飲み終えたアルミ缶のように全体がつぶれてしまっている。車体の側面は紙のように破れていて——いや、違う。側面ではなく天井だ。車両は横転している——その穴や車体の上を、救助隊員たちが行き来していた。

「植さん!」

踏切の向こうから若い男が走ってきた。宮垣だ。ジャケットもネクタイも脱いで、シャツの袖《そで》をまくっている。腹は赤く汚れていた。

「おい、それ」

「ああ、ちゃいます。人の血です。さっきまで救助に交ざってたんで。レスキュー隊来たんで、今は大丈夫やと思います」

「そ、そうか」

線路西側の道路にはブルーシートが敷かれ、救助された人々がぐったりと横たわっている。道の向こうの駐車場には近隣の住人や工員と思《おぼ》しき人々が集まり、ざわめきながらそれを見守っている。

「電車ん中、まだ人は」

「何人も残ってます。一号車と二号車が特にひどくて」

「……まずいな」

「ええ」

「原因は」
「まだなんとも。目撃者によるとかなりスピードが出てたみたいですが……」
けたたましい音が空気を裂いた。大手の新聞社だろう、上空にヘリの姿があった。
「救助の声が聞こえねえだろ！」
焦燥をぶつけるように宮垣が叫んだ。
宮垣は同志社卒、今年四年目の若手記者だ。ネタのためならルールは二の次という
すり切れたタイプで、いい意味でも悪い意味でも優秀な記者になるだろうと目されて
いた。その若者がシャツに血をつけ、ヘリに向かって叫んでいる。
現場の惨状よりも、むしろその姿が、植戸にことの重大さを認識させた。白昼夢め
いた周囲の光景が、実態を持って肌に染み込むのを感じた。
「写真がいるな」バッグからケースを取り出す。「おまえ、カメラは」
「デジカメなら。うちの取材班もすぐ来ます。地上はこっちで押さえるんで、植さん
は俯瞰《ふかん》図をお願いします」
「俯瞰て？」
「いつも撮ってるやつですよ。畿内《うち》はヘリなんて飛ばせへん、植さんが頼りです」
冗談めかした言葉だが、後輩の顔は真剣だった。それじゃ、と言い捨て宮垣は駐車
場のほうへ走っていく。

植戸は脱線車両に目を戻し、ふと胸騒ぎを覚えた。三つの車両は連結器が外れ、バラバラに散らばっているように見えた。一号車と二号車が特にひどくて――

「なあ」宮垣を呼び止めた。「一号車ってどれや」

「こっからは見えません」

「見えんって、なんで」

「一階の駐車場に潜り込んでるんです！　中がどうなってるか、見当もつかへん」

ぐらりと、足元が揺れた気がした。

植戸には写真の才能がない。

若いころは森山大道《もりやまだいどう》や荒木経惟《あらきのぶよし》のようなフォトグラファー志望だった。スタジオで働きながら独立を目指していた時期もあったが、食っていけず、知り合いのつてで畿内新聞に転がり込んだ。

それから十五年経った今でも写真の腕が上がったとは思っていない。ただ、地方紙の地味な仕事をこなしていくうちに、一つだけ得意分野といえるようなものができた。

高い場所からの撮影。

高校総体の体育館で。ニューオープンしたショッピングモールで。球団のパレードや市民デモで。高所からその場の全体像をつかむようなワンショットを撮るのがうまかった。より正確にいえば、撮るのに最適な場所を見つけるのがうまかった。

どの建物のどの階からどの方角を見下ろせば、どんな画が見えるか。高さを計算し、景色を想像し、誰よりも早く動くことができる。ヘリ代わりとは言い過ぎだが、宮垣がわざわざ自分を呼び出したのはそんな長所を買ったからだろう。

日陰に立っているのに、現場はひどく暑く感じた。植戸は額を拭《ぬぐ》ってから、周囲にさっと目を走らせた。

地形は平坦《へいたん》だ。自動車の修理工場、建材の製作所、化学メーカーの倉庫。現場のマンション以外、高い建物はほとんど見当たらない。駐車場の先にもう一つ、八階建てのマンションが建っているが、部外者は簡単に入れそうにない。入れたとしても各部屋のベランダがこちらを向いているので、廊下から現場を俯瞰することはできないだろう。その向こうには中学校も見えるが、やや遠すぎる。とすると——

ある建物が目に留まった。

バッグを肩にかけ直し、走りだす。タクシーを降りた地点まで戻り、町工場が並ぶ細い道に入った。二分とかからず目的地に着いた。

そこはどうやら研磨工場のようだった。薄緑に塗られたトタン壁が、灰色ばかりの通りの中で少しだけ目立っていた。あちこちに窓がある四〜五階建て相当の建屋で、角に外階段がついている。階段の頂点はそばの電柱よりも高く、マンションの側を向いていた。休憩中なのか、事故の様子を見に行ったのか、工場に人はいなかった。

わずかな逡巡《しゅんじゅん》のあと、植戸は階段に足をかけた。金属製の足音が響く。踊り場を回るたび、枯れかけのプランターや空の一斗缶が視界をよぎった。頂点まで来ると、手すりから身を乗り出すようにしてマンションのほうを見た。

切れていた息が、止まった。

階段からは予想どおり、線路とマンションの北側を俯瞰することができた。だがその場所からでも、見えた車両は六両だけだった。快速は七両編成だったはず。一両足りない。

宮垣の情報は本当だった。先頭車両はマンション一階に、完全に潜り込んでいるようだった。

地上から見えた三つの車両も、間近で受けた印象以上に大きく線路を外れている。どうやらマンションの角にぶつかったのが二号車、挟まれていたのが三号車で、一番手前にせり出していたのは四号車だったようだ。その後ろに、かろうじてレールに留まったという感じで、五〜七号車が尾を引いている。窓が割れ、ドアもすべて開いていたが、五号車以降の損傷は少なく見えた。

二号車の損傷は、想像より何倍もひどい。車体全体がつぶれるだけでなく、中央から大きくへし折れ、一両目が突っ込んだ穴に蓋《ふた》をするようにマンション一階をふさいでいた。車両の端には伸ばされた脚立が二本かけられており、救助隊員たちが車体に上っている。オレンジ、グレー、濃い青、くすんだ水色。男たちの制服は何色も入り乱れていて、白いヘルメットだけが共通していた。マンションの角には消防車が一台停まっている。その前には車両と接触したらしき車と、折れた架線柱が一本見える。屋外の駐車場には車両から外した青い座席シートが並んでおり、担架代わりに使われたり、負傷者たちが寝かされたりしていた。少し離れた場所の山は、乗客のバッグや靴をまとめたもののようだった。

マンションは、二階から上にはほとんど損傷がなかった。ベランダから顔を出し事故を眺めている者さえいる。その差異が余計に、植戸に恐怖を抱かせた。一階は中も駐車場だと宮垣は言っていた。住人はいなかったのだろうか。それでも、車両には数百人が乗っていたはずだ。死者数は十や二十では済まないのではないか。

マンションから線路へと注意を移す。高い位置から眺めると、線路はカーブを描いていた。大きく右側に反るような、かなり急なカーブだった。植戸には直感的に、事故の原因がわかった気がした。

曲がりきれずに倒れたんや。それで、カーブの外にあったマンションに――

背後から足音が聞こえた。

社員が自分を見つけ、注意するために階段を上ってきたのだと思った。だが振り向いたところで「あれ？」と声が出た。

立っていたのは、学ラン姿の少年だった。

「君、確か……」

尼崎駅のホームにいた高校生だ。なぜここに？　少年は軽く頭を下げ、植戸の横に並んだ。そして一言も発さぬまま、事故現場に視線を注ぐ。

目をしばたたくことしかできなかった。

植戸は尼崎駅からタクシーに乗り、ほぼ最短で現場まで来た。彼がこうして現れたということは、自分を追ってきたとしか考えられない。だが、どうやって。

尼崎駅での行動を思い返してみる。植戸は電話で「カメラ？　持っとるよ」「脱線？」「すぐ行く」などと話した。傍で聞いていただけでも、電話をしている男は報道関係者で、起きたのは脱線事故で、これから現場に向かうところだ、という程度は察しがついたかもしれない。植戸を追って改札を抜け、タクシーに乗り、「前の車についていってくれ」と言えば、現場に辿《たど》り着くことはできる。そういえば自分は出口を間違えそうになったり、行先の説明に戸惑ったりと、少しタイムロスもあった。

タクシーを降りたあとも、宮垣とのやり取りを聞いて「この人はこれから現場を俯瞰できるような場所に向かう」と推測したのだろうか。そうやって自分を追い続けてここまで来た？　事故の様子を確認するために？

ブン屋も顔負けの野次馬根性だ。だがそれ以上に――

賢い子やな、と思った。

驚きつつも少年を見つめる。間近で見ると、かなり端整な顔立ちだった。十六か十七、自分の娘と同い年くらいか。学ランは紺色の生地に黒ボタンで、第一ボタンが開けられている。肩にはスクールバッグの他にYONEXのラケットバッグ。少年は錆《さ》びついた柵《さく》を両手で握り、アーモンド形の目をぐっと開いて、救助の様子を凝視していた。その姿は苦悩する大人のようにも、テレビを眺める子どものようにも見えた。

何者なのか気にはなるが、ともかく自分を邪魔するつもりはないらしい。植戸はケースからカメラを取り出し、望遠レンズをはめた。事故現場に焦点を合わせると、シャッターを切り始めた。

現場は刻一刻と変わっていく。三号車の端にも脚立がかけられ、救助隊員がそこを上る。西側の道路ではオレンジ色の医療用エアーテントが膨らんだ。そうしたすべてを書き記すように、一枚ずつ写真に収める。

階段の頂点は幅が狭いため、カメラの角度を調整するたびに少年と肘《ひじ》が触れた。無人の工場の階段で、知らない少年と二人きりで、凄惨《せいさん》な事故を眺めている。なんとも奇妙な時間だった。

「人が」

少年が、口を開いた。

「人が死んでく」

「違う」反射的に植戸は応《こた》えた。「助けられてるんや。レスキュー隊や救急隊に。みんな助かる」

少年は、植戸の存在を思い出したかのようにこちらを向いた。黒い髪が風になびいた。

「写真、たくさん撮るんですね」

「仕事やからな」

「こんな事故を撮るの、いやじゃありませんか」

「気持ちのええもんではないな。そういう仕事もたまにはある」

ファインダーに目を戻し、撮影を続ける。その間も少年の視線を感じた。嫌悪をまとった、咎《とが》めるような視線だった。

「君は、写真は嫌いか」

「嫌いです。大嫌い」

「なんで」

「残酷だから」

シャッターを押す指が止まる。

　何百人もの命に関わる大事故が起きた。その現場をわざわざ離れ、物見遊山《ものみゆさん》のようなこの場所から、好き勝手に写真を撮っている。紙面を飾るインパクトを求めて。けれど死体や血など、生々しすぎるものは避けながら。確かにそれは残酷な行為だ。残酷で、醜悪だ。

「でも、こんなに大きな事故や。誰かが伝えなきゃあかん」

「どうして」

「どうしてって……みんな知りたがるやろ、事故のことを。君だって知りたいからここに来たんちゃうか」

　少年は、追及を避けるように顔を背けた。

「わた」

「ん？」

「いえ……知りたかったとか、そんなんじゃないです。ぼくはただ……見届けなきゃいけないと思って」

「……そうか」

「知りたい」と「見届けたい」の間にどんな違いがあるのか、植戸にはわからなかった。わからなかったが、二人の会話はそこで途切れた。事故現場に意識を戻す。緊急車両が新たに増えていた。医療チームだろうか、赤十字のゼッケンをつけた十人ほどの男女が降りてくる。頭上をヘリが横切り、中学校のほうへ降下していく。ブルーシートに寝かされていた負傷者たちが、エアーテントに運び込まれる。

「大丈夫や。大丈夫。みんな助かる」

自分に言い聞かせるようにつぶやき、植戸はシャッターを切り続けた。

平成十七年（二〇〇五年）四月二十五日。ゴールデンウィークを間近に控えた、月曜の朝の出来事だった。

2

宝塚発同志社前行き上り快速電車5418M。

それが脱線した列車の名称だった。

事故の発生は午前九時十八分。列車は尼崎駅一・四キロ手前のカーブを右に曲がろうとしたところで、左に傾くように──つまり遠心力に負けるように脱線。一号車は横転し、線路沿いのマンション〈エフュージョン尼崎〉一階の機械式駐車場に衝突した。後続車両も二～五号車までが脱線し、二号車はマンション北西部の柱にぶつかって〈く〉の字形に歪曲《わいきょく》。三号車は向きが前後逆に変わり、四号車は下り線側の車道にはみ出した。列車には約七百人の乗客が乗っていた。

　事故から二十七分後に国交省は対策本部を設置。救出作業は尼崎市消防局だけでなく、近隣住民、警察、陸自、県内・県外の各消防局の協力も得て迅速に行われた。だが大きく変形した二号車と、マンションに完全に潜り込んでしまった一号車での作業は困難を極めた。救助された死傷者は膨大な数に上ったため、パトカーや民間車両まで利用され、尼崎中央病院、塚口病院など複数の病院に搬送された。福知山線の宝塚―尼崎間は完全に運転が止まり、その日だけでも十万人近くの足に影響が出た。

　大事故のニュースは、またたく間に日本中に流れた。テレビ局は報道特別番組に切り替えて生中継を行い、各新聞は号外を発行した。畿内新聞の号外には、共同通信社から上げられる写真ではなく、植戸の撮った一枚が使われた。ヘリからの撮影と一味違い、鳥の目を借りたような奇妙な臨場感があった――と、これは宮垣の評である。それ号外に記された数字は、その時点で死者三十七人、負傷者二百二十人だった。それが夜には死者五十八人、負傷者四百四十八人に増えた。JR史上最悪の事故となることは確定的だった。

　畿内新聞ではこうした大事件の際、通常のデスクとは別に特任デスクを一人指名し、取材の指揮を集約させるならわしだった。今回選ばれたのは社会部の名村《なむら》という男だった。事故から十一時間後の午後八時、名村は机の周りに記者たちを集めた。現場に急行した取材班という扱いで、植戸にも声がかけられた。

「呼称は『JR福知山線脱線事故』で統一しようと思う。地元民には宝塚線でも通るが、大手は正式名称を使ってくるやろうから、そっちに合わせる」

名村は記者歴二十年、ベテランだが出世とは無縁の男で、デスクを担当するのも初めてである。鉄道好きでその道に詳しい、というだけが抜擢《ばってき》の理由だったが、本人には動揺もプレッシャーも見られなかった。天命を受け入れたように彼は淡々と話した。

「JR西は十四年前にも信楽《しがらき》高原鉄道で大事故を起こしとる。塚本《つかもと》では三年前、救助活動中の救急隊員が列車にはねられる事故があった。今回と絡めて事故史を採り上げたい。病院と体育館からのレポも上がっとるが、遺族関係は明日は避けよう。で、問題は事故の原因や。いくつか可能性があるが……」

「スピード超過です」記者の一人が答えた。「列車はカーブ進入時に一一六キロ出てたそうです。カーブの制限速度は七〇キロやから、五〇キロ近くオーバーしてたことになります」

「でも」と、別の記者。「JR側の試算じゃ、一三三キロ以上出さんと脱線しない言うてましたが」

「〈国枝式《くにえだしき》〉やな」名村が顎《あご》を撫《な》でる。「あの計算式は乗客数と風の条件次第で結果がだいぶ変わる。あてにはならんと思う」

「スピード超過に一票」宮垣が声を張った。「快速は事故の前、伊丹《いたみ》駅で七二メートルもオーバーランして時間を食ってました。塚口通過の時点で一分十二秒遅れてたそうです。その前にもいくつかトラブルが」

「遅れを取り戻そうとしてスピード出したってことか？」

「でも線路には自動ブレーキがついてるやろ」

「あのカーブはATS未設置だったそうや」

「事故のときブレーキ音を聞かなかったって証言もあります」

「オーバーランなんて普通するか？　運転士に問題があったんじゃ」

「運転士は亡くなった。十一ヵ月目の新人やったそうだが……」

「待った」

筋肉質な手がペンをかざした。副編集長の釜江《かまえ》だった。

「スピード超過よりも、置き石の線が強いんじゃないか」

この可能性は、事故から六時間後の会見でJR西日本が発表したことだった。現場のレールを調べたところ、石を轢《ひ》きつぶしたような白い粉が付着しているのが見つかったというのである。

「粉砕痕《こん》の写真まで公開された。動かぬ証拠だ。現場は踏切のそばで、誰でも簡単に侵入できた。俺は、原因は置き石だと思う」

記者たちはざわついた。誰も置き石の線を忘れていたわけではない。ただ、これまで起きた置き石による脱線事故は、小中学生のいたずらが原因だったことが多い。もしも未曾有《みぞう》の大事故の犯人が、子どもであるとわかったら――そのケースを想像してやるせない気持ちに襲われたのである。

「どうだ名村」と釜江が尋ねる。名村はまだ落ち着いていた。黒縁眼鏡をかけ直すと、彼は上司の顔を見据えた。

「釜江さん、粉砕痕の写真は僕も見ました。あの石は、たぶんバラストやと思います」

「バラスト？」

「緩衝材や防音材として線路に敷いてある石です。色がそっくりやった。一両目が斜めに脱線したとき、バラストをレール上に巻き上げて、それを後続車両が轢きつぶしたんでしょう。もちろん置き石は捨てきれませんが、明日はスピード超過に重点を置いたほうがええと思う」

「だが、JR西は……」

「スピード超過でいきます。そうしないと、たぶんうちは恥をかく」

特任デスクの最終判断だった。釜江は折れた。記者たちは、彼がなんと続けようとしたのかわかっていた。

JR西日本は畿内新聞にも出資している。強風や置き石ではなく、速度超過が事故原因となれば、畿内はスポンサーの失態を追及することになる。

「記事には遅延とオーバーランの件を盛り込んでくれ」名村はすでに腹を決めているようだった。「一応、置き石の件も。それと現場の急カーブ。あそこは八年前、ＪＲと直通させるために無理やり線路を曲げたような場所や。もともと危険が多かった。運転士の個人的な責任追及は控えめで頼む。僕は、この事故の根っこはＪＲ西そのものにあると思うとる。基本方針はこんなところで……あっ、まずい！」

「どうしました？」

「速度超過でこけたとなると、『脱線』やなくて『転覆』のほうが意味が近い。呼称を変えるべきか……」

記者たちに苦笑が広がった。「号外でも『脱線』やったし」「そのままのほうがわかりやすいです」と、ここは名村が説き伏せられる形となった。

「植さん、ちょっと」

写真部に戻ろうとしたとき、宮垣に呼び止められた。

「俺、生存者の記事を任されたんですけど」

「聞いとった。残念やったな」

誰よりも早くあの場にいた宮垣である。現場レポを独占してもおかしくなかったのだが、そちらは先輩キャップとの連名でまとめられてしまった。

「まあしゃあないです。で、生存者だけだと他社と代わり映えしないんで、事故を回避した人とかも採り上げよ思うて。植さん出てもらえません？」

「え、俺？」

「尼崎駅にいたんでしょ。快速を待っていたカメラマンがその電車の事故写真を……なんて、記事になりそうやないですか」

「まあ、ええけど……」

困ったように首の裏をかく。体験談を話すのは苦手だし、事故当時はひたすら慌てていた記憶しかない。宮垣の思い描くような面白味が出るかは自信がなかった。到着予定駅にいた者からという視点は確かにありかもしれないが。

そうだ。尼崎駅といえば――

「尼崎から俺を追ってきた高校生がいたんやけど。そっちはどうや？」

「高校生？」

植戸はプラットホームや研磨工場の階段での出来事をかいつまんで説明し、

「野次馬にしちゃ度が過ぎるし、真剣な顔で眺めとったからな。なんか事情があったのかもしれん。快速に友達が乗ってたとか……」

と、今さらながら思ったことをつけ加えた。これに宮垣が食いついた。

「ええですね、それ。高校生ですか！　最高のネタですよ。植さんよりずっとええ！」

「……そりゃよかったな」

「でも変ですね。事故が起きたの九時過ぎですよ。もう学校始まってる時間やないですか。その子、なんで駅にいたんです？」

「そういえば、そうやな」言われて初めて、違和感を覚えた。「遅刻してたのかな」

「その子、名前は」

「名前？　いや、知らん知らん。たいして話さんかったし」

「それじゃ捜しようがないじゃないですか。どんな子でした？　制服は？」

「ええと、学ランやったな。紺色の。ボタンは黒で……あと、ラケットバッグ持ってた」

「紺の黒ボタンの学ラン。で、快速を待ってたってことはたぶん東西線沿いの……」

宮垣はしばらく考えてから、「あ、わかった。青淋《せいりん》高校や。大阪天満宮《おおさかてんまんぐう》駅の近くにある、けっこうええとこですよ。ラケットってのはテニスの？」

「にしちゃ小さかったから、バドミントンかなあ。まあ、それがわかったところでさすがに名前は……あ、おい」

宮垣が廊下を歩きだし、植戸はあとを追った。着いたのは自分のホーム、写真部だった。宮垣は部屋を横切ると、ひときわ散らかった机を持つ永良《ながら》という男に話しかけた。

「永良さん、こないだ高校バドの春大会取材してましたよね。大阪の地区予選。スナップのデータ、まだ残ってますか」

永良は煙草を灰皿に押しつけ、「あるよ」とだけ答えた。

「見せてもらえます？」

「ちょい待ち」

パソコンの中も未整理らしく、フォルダの発掘にはしばらくかかった。やがて、数十枚の写真がデスクトップ上に表示された。植戸は宮垣に肩をつかまれ、パソコンと向き合わされる。

「こっから見つける気か？」

「ものは試しです」

「しゃあないな……」

ぼやきつつ、画面を睨《にら》む。試合だけでなく、ミーティング中や休憩中の各校を撮った写真も多い。だが、見込みは薄いだろうと思われた。そもそもあの少年が青淋のバドミントン部かどうか怪しいし、大会に出ていたかどうかも――

「あっ」

五分と経たぬうちに、一枚の写真が目に留まった。

〈ＳＥＩＲＩＮ〉と書かれたユニフォームの少年たちが、体育館の壁際に集まり、カメラに向かってピースをしている。

「たぶんこの子や」

口では「たぶん」と言ったが、内心では確信があった。間違いなくあのときの少年だ。選手たちは皆、ユニフォームの上に苗字《みようじ》入りのゼッケンをつけている。だが少年の体は前にいた仲間に遮られ、苗字が上半分しか見えなかった。宮垣は画面に顔を近づける。

「一文字目は、カタカナのタ……ああ、〈多い〉の〈多〉か。二文字目は……まだれに、なんやこれ?」

「〈鹿〉じゃない?」永良が口を挟んだ。「多いに鹿で、〈多鹿《たじか》〉」

「あ、それや。多鹿くんや!」

歓声を上げる宮垣。新しい煙草に火をつける永良。ほんまに見つけてもうた。植戸はあきれ半分で写真に目を戻す。

多鹿という名のその少年は、一番隅に写っていた。試合を終えたばかりなのか、髪が汗で光っている。カメラを向けられてはしゃぐ仲間たちと違い、彼だけは楽しそうな様子がなかった。顔をうつむけ、何かに耐えるように唇を結んでいた。

写真が嫌い、という彼の言葉を、植戸は思い出した。

3

翌日、四月二十六日。

授業が終わる時間を見計らい、植戸と宮垣は東西線に乗った。

東海道《とうかいどう》本線・福知山線から直通し、尼崎—京橋《きょうばし》間を地下鉄で結ぶJR東西線だが、福知山線不通のために今日のダイヤは乱れていた。乗り込んでくる乗客たちはそろって車内を見回したが、それは空いている席を探すというよりも、より安全な場所を求めるような、緊張感を隠した動作だった。誰もが事故に怯《おび》えていた。

現場での救助はいまだに続いており、死者も負傷者も増え続けている。名村の予想は見事に当たり、大手各紙を始めとしたほとんどのメディアが、事故原因を速度超過とみて報じた。ここ半日の間にも、いくつかの事実が明らかになった。

JR西日本には、ミスをした職員に懲罰を科す「日勤教育」と呼ばれる制度があり、運転士の間ではそれを逃れるための速度超過や虚偽報告が常態化していたこと。無理なダイヤ運行の一方で、ATS—P（自動列車停止装置）の設置が遅れていたこと。事故を起こした車両が軽さ重視のステンレス鋼製であったこと。つまるところ、問題はJR西の企業体質に集約されていきそうだった。垣内《かきうち》社長はすでに辞任の意向を示したが、それだけで済む規模の事故ではない。先に何が待ち受けているか、植戸には大局が読めなかった。滅入《めい》るような気持ちのまま、電車に揺られ続けた。

御幣島駅から東西線で十分。淀川《よどがわ》を渡り、北新地《きたしんち》を過ぎた先が大阪天満宮駅である。その名のとおり菅原道真《すがわらのみちざね》を祀《まつ》る大阪天満宮の最寄駅だが、年末年始以外だと観光客はそう多くない。

二人は七号車で降りたが、構内図で確認すると、青淋高校方面の出口はかなり遠かった。近くの階段から地下一階に上がり、西改札を出て通路を歩き、東改札を通り過ぎ、駅の端にある階段をまた上り……地上に出るだけで息が上がってしまった。下町風情が残る街並みを、松ケ枝町《まつがえちよう》のほうへさらに歩く。

五分ほどで青淋高校に着いた。正門には下校する生徒たちの姿があった。

「で、どうする?」

「青淋のバド部は火曜と木曜が休みだそうです。東西線ユーザーはみんなこっちの門を使いますから、待ってればたぶん出てきます」

「うちを辞めたら探偵になれるな」

「そしたら植さんを引き抜きますよ。助手として」

「カメラマンちゃうんか」

門の脇に立ち、学ランを着た男子たちに目を凝らす。見つかるかどうか半信半疑だったが、ここでも運に味方された。二、三十人をやり過ごしたところで、門からあの少年が出てきた。

少年のほうも植戸に気づき、立ち止まった。並んで歩いていた短髪の男子に「ちょっとごめん」と声をかけ、こちらに近づいてくる。

「おっす」あえて気さくに挨拶《あいさつ》した。「一日ぶりやな。多鹿くん、で合ってるか？」

「そうですけど……なんですか」

「薄々わかっとると思うが、俺は新聞社の者《もん》や。畿内新聞の植戸と申します、よろしく。実はうちの記者が、事故のことで君に話を聞きたいらしくてな。ちょっと相手してやってもらえんか」

「どうも」と、名刺を差し出す宮垣。

「……ぼくに話を、ですか。どうして」

「俺たち一緒に現場を見たやろ。そのときのことを聞きたいんだと」

「すみません……ぼくは、そういうのはちょっと」

「そこをなんとか。君がだめだと、俺がインタビューされなあかんのや」

植戸は苦笑したが、多鹿はつられて笑ったりしなかった。大会での写真と同じように、逃げるように顔をそむける。植戸は、昨日の自分の推測を思い出した。

「……もしかして、事故でどなたか亡くされたんか？」

「ち、違います」

「話しづらいことまでお聞きするつもりはありません。お時間は取らせませんし、謝礼も……」

「すみません」

多鹿は素早く頭を下げると、止める間もなく駅のほうへ走っていった。友人らしき男子が「あ、おい」と声をかけたが、それでも振り向かなかった。

男子は頭をかいてから、植戸たちのほうに寄ってきた。

「あんたら、多鹿になんかしたんですか」

「いや。話を聞かせてもらおうと思っただけで……」

二人は身分を明かす。事情を説明するうちに、少年の眉間《みけん》からしわが消えた。

「あいつシャイやからなあ、そういうの苦手なんですよ、許したってください」でもそうかあ、と腕を組み、「あいつやっぱ尼崎におったのかあ。昨日マジで怖かったんですよ。巻き込まれたんちゃうかって」

「君は多鹿くんの友達？」

「まあ、駅も部活も一緒なんで。毎日一緒に通ってます」

「駅が一緒ってことは君も尼崎住みか」植戸はふと思いつき、「ちょっと聞いてええかな。昨日、多鹿くんは待ち合わせに遅れたんか？」

「駅の待ち合わせには遅れなかったんですけど。あいつ、電車乗る直前で『腹壊した』言《ゆ》うて。そんで、俺だけ先に行ったんです。けど授業始まってもまだ来なくて。そしたらJRで事故ってニュースやろ？　もう心配で心配で。結局尼崎の手前の事故やったし、多鹿も十一時過ぎには顔出したんで、ほっとしましたけど」

植戸と多鹿が別れたのは午前十時ごろだった。現場から歩いて尼崎に戻り、東西線で学校へ向かったのだろう。だが――腹を壊したって？

「昨日の朝、君が電車に乗ったのは何時ごろ？」

「八時十五分ですよ。いつもそうです。あの、もうええですか」

「も、もう一つ。多鹿くん、ほんとに腹痛に見えたか？」

「調子は悪そうでしたよ。電車来る直前までは普通に話してたんですけど」

「どんな会話を？」

「どんなって……なんやったっけ。たいしたことない話だったと思います。好きな子おる？　みたいな。それじゃ」

軽く手を上げ、多鹿の友人は去っていった。残された二人は呆然《ぼうぜん》と立ち尽くした。

昨日の八時十五分、多鹿はJR尼崎駅にいた。だがいつもの電車には乗らず、駅に残った。植戸が尼崎駅で彼を目撃したのはその一時間後、九時二十五分である。急な腹痛に襲われ、一時間以上も駅のトイレにこもっていた――ということだろうか。だが、植戸が見たときの多鹿は健康そうに見えた。そもそも体調が悪かったら、自分を追いかけたりはできないだろう。

「……変やな」

「変ですね」

笑い声を上げながら、十人ほどの新たな集団が正門を通り過ぎた。

取材が不発に終わったため、植戸がインタビューの標的になった。しかたなく喫茶店に入り、体験談を語ったが、階段で多鹿と出会った話は伏せてくれと頼んだ。それでも宮垣は満足げだった。これと昨日集めた生存者インタビューとを合わせ、八百字の記事にまとめるのだという。

駅に戻る途中、また多鹿の話になった。一時間以上も尼崎駅にいたのはなぜか。現場まで植戸を追ってきたのはなぜか。そして、過剰にインタビューを拒否したのはなぜか。

「あの子、置き石犯だったりして」

地下への階段に差しかかったとき、宮垣が言った。前を歩いていた植戸は、思わず振り返った。

「冗談ですよ、冗談。ま、事故を見に来たのは学校サボりたかったからってだけでしょう。俺も高校生のとき、反対方向の電車乗ったことありますよ。琵琶湖まで行こう思たんですけど金が足らなくて。そんで結局……おっと」

着信があったらしく、宮垣が電話に出る。植戸は階段を下りながら、その「冗談」について考えた。

高校生。置き石。脱線事故。

あの子が些細《ささい》ないたずらで、事故を起こしたとしたら？

尼崎で友人と別れ、一度駅を出て塚口間の踏切まで行き、線路に石を置いて、また尼崎に戻ってくる――時間は一時間でちょうど足りる。現場まで植戸を追ってきたのも、深刻な顔で事故を眺めていたのも、インタビューを拒否したのも、それならすべてうなずける。

いや――やっぱりありえん。置き石なら、石を置いた直後の通過電車が被害にあうはず。彼に尼崎まで戻る余裕があったとは思えない。そう、違う。大丈夫や。

首を振ってみても、疑念は払拭《ふっしょく》しきれなかった。植戸は何かから逃避するように、階段を下る足を速めた。

大阪天満宮駅に戻ってくる。券売機の前には駅員が立ち、両手をメガホン代わりにして、福知山線不通の旨をアナウンスしていた。電話を終えた宮垣が植戸に追いついた。

「死者数、百人を超えたそうです」

「そうか」

「まだ車両に取り残されてる人もいます。最終的にはもう何人か増えると思います」

「……そうか」

二人は東改札を抜けた。すぐそばのエスカレーターに乗り、地下二階のホームに下りる。壁には、金閣寺《きんかくじ》や五山《ござん》の送り火を写したJR西日本のポスターが貼られていた。

「なあ。おまえこの事故、どこへ向かうと思う」

「どこへって？」

「社長が辞めて、遺族に謝罪して終わりとはならんやろ。終点はどこや」

「さあ。ただ、脱線させたくはないですね。置き石やら試算やらでレールをそらしたがってる奴らもおる。気をつけて進まんと」

宮垣は肩をすくめ、携帯でメールを打ち始めた。植戸はバッグから文庫本を取り出した。ページは、昨日尼崎駅で開いたときのまま止まっていた。

「なんすか、それ」

「『1リットルの涙』。娘に借りたんやけど、けっこう泣けるぞ。こないだ映画もやってたろ」

「セカチューなら観ましたけど」

「セカチュー?」

「去年ヒットしたでしょう」

「ああ、あったなあ」

「似たような映画ばっかりですね」

笑い合ってから、植戸は滲《にじ》むような不安を抱いた。去年のことすらうろ覚えとは。昨日名村が言及した信楽鉄道の事故も、実はほとんど忘れかけていた。十四年前といえば、もう畿内新聞で働いていたころのはずなのに。

文庫本のページのように。研磨工場の階段のように。あのマンションのベランダのように、出来事は積み重なってゆく。古い記憶は底に沈み、次から次へと色褪《いろあ》せる。一年後、自分はこの本のことを覚えていられるだろうか。十年後、この脱線事故のことを覚えていられるだろうか。

注意喚起の電子音が鳴り、下りホームに尼崎行きの電車が滑り込んだ。植戸たちの前には七号車が停まった。

しもたなあ、とふと思う。ここはホームの東寄り。御幣島駅の改札は西寄りにあるので、降りてからまたホームを横断することになってしまう。前もって一号車の乗車位置に移動しておけばよかった。そうすれば——

「あっ」

目の前で、自動扉が開いた。

4

鬱々《うつうつ》とした梅雨空から、数日ぶりに晴れ間が覗《のぞ》いた。

JR尼崎駅の六番線には、夏の気配をまとった濃い影が落ちていた。日曜を満喫する人々に交じり、休日出勤らしきサラリーマンが首の後ろを拭《ぬぐ》っている。環境省は今年から「クールビズ」なる省エネルックを推奨し始めた。普及率はいまひとつのようだ。

植戸もこれから会社に顔を出すつもりだった。が、ホームを見回して予定を変えた。文庫本をしまい、白線沿いを歩きだす。頭上からアナウンスが聞こえた。

『まもなく、六番線に、快速、同志社前行きが、まいります……』

十日ほど前。JR福知山線、宝塚―尼崎間は運行を再開した。六月十九日、脱線事故から五十五日ぶりのことだった。

復旧したカーブは制限速度が六〇キロに引き下げられ、福知山線のダイヤ全体にもそれまでほとんどなかった時間的余裕が与えられた。JR西日本は再発防止策をまとめた〈安全性向上計画〉を発表。国交省は全国の各鉄道事業者に対しても、ATSシステムの改良を義務づける旨を通達した。

だが、区切りがついた感覚は植戸の中にはなかった。ＪＲ西の後続人事は混迷を極め、社長・会長の辞任は先延ばしされた。遺族対応も連日のように問題が指摘されている。加えて、事故列車に出勤途中のＪＲ職員二人が乗り合わせたが、救助に参加せずその場を去っていたこと、事故当日に近隣のＪＲ職員たちがボウリング大会を実施していたことなど、あきれるような不祥事も明らかになった。畿内新聞は最後まで追い続ける覚悟だが、組織改革には長い時間がかかるだろうと思われた。

事故による最終的な死者は、運転士を含めて百七人。負傷者は五百六十二人だった。

マンションはまだ、あの場所に建っている。

青いラインの入った七両編成が滑り込んでくる。植戸は足を速めた。電車が停まり、ドアが開いた直後、ホームに並んでいた一人の肩を叩《たた》いた。

「やあ」

少年が振り向いた。

Ｔシャツに薄手のパーカー、下はジーンズ。学ランを着ているときよりも、ずっと華奢《きやしや》な体つきに見えた。

「二ヵ月ぶりか。同じ駅使《つこ》うてても、意外と会わんもんやなあ。まあそれが普通か。今日は一人？」

「……はい」

「急ぎか？」

「特には」

「じゃあ電車、二、三本遅らせへんか。何かおごるから」

「あの、すみません。ぼくは……」

「今日はインタビューやない。個人的に話があるんや」

わずかな躊躇《ちゅうちょ》のあと、多鹿は妥協するようにうなずいた。背後で快速のドアが閉まった。

二人並んでホームを戻る。南口から出ると、すぐそばにある喫茶店に入った。多鹿に飲みたいものを聞くと「なんでもいいです」と言うので、レイコーを二つ頼む。午前中の店内に客はおらず、不景気をごまかすように明るいポップスが流れていた。

「これ、最近よう聞くな。なんてったっけ」

「『全力少年《ぜんりょくしょうねん》』。スキマスイッチの」

「ああ、それそれ。ええ曲やな」

「そうですか」

「君は嫌い？」

多鹿は答えず、植戸から目をそらした。窓の向こうには、東海道本線のレールが走っている。

「電車、復旧したな」

「……ええ」

「君はその後、どうや」

「どうって」

「学校とか。普通に暮らしてる？」

「そりゃ、普通には暮らしてますよ」

「そう」

注文した品が運ばれてくる。二人はストローに口をつけ、あまり冷えていないアイスコーヒーを飲んだ。探り合うような間のあとで、多鹿が口を開いた。

「話って、なんですか」

「あの事故の原因な、スピード超過やった。最初は置き石って話もあったけど、調査で否定された。JR西には戦時中みたいな懲罰制度があって、運転士は遅延を避けたがった。それでカーブに入るとき、スピードを出し過ぎたんや。カーブに本当ならついてるはずの自動ブレーキがついてなかったことと、もともと無理なダイヤ運行だったことも原因や」

「ニュースで見ました」

「そうか……なら、ええんや。君がわかってるなら、それで」

「わかってるって、何を」

「君は何も背負う必要ないってことを」

少年の顔がさっと強張《こわば》り、それが仮説を裏付けた。語りかけるように植戸は続けた。

「なあ……君はあの日、快速電車に飛び込むつもりだったんちゃうか」


「気になったのは乗車位置や」

植戸は二つのグラスを脇へよけた。自分と少年とを隔てるものを、なくすように。

「あの朝俺は、七号車の乗車位置で電車を待ってた。来るはずだった快速は七両編成。七つまり俺が乗る車両が最後尾や。でも君は、十二両分あるホームの一番端にいた。七両しかない電車が、そんなとこに停まるはずないのに。電車を眺めたくてホームの端に立つ奴もよくおるが、あの場所に限ってはそれもありえん。君の前には乗務員用の詰所があって、線路への視界をふさいでたからな」

それだけやない、とさらに続ける。

「君の高校がある大阪天満宮駅。青淋高校へは、京橋方面の東の端にある出口が最寄りやな。尼崎から乗るとすれば、一号車か二号車に乗るのが一番楽や。後ろ寄りの車両に乗ったら、大阪天満宮で降りてからえらい苦労することになる。現に俺たちは、御幣島から七号車に乗ってきたせいでめちゃめちゃ歩いた。毎日学校に通ってる君がそれを知らんとは思えん。つまり――ホームの端に立ってただけでなく、君がホームの神戸寄りにいたこと自体も不自然なんや」

少年はなぜ、あの場所に立っていたのか。

JR尼崎駅六番ホーム、塚口方面の先端には、小さな詰所が建っている。〈乗務員乗継詰所〉と書かれたその小屋のせいで、ホームからは線路がよく見えない。ホームから線路が見えないということは、当然、線路からもホームが見えないということ。

塚口方面からやって来る快速電車。電車はホームの前寄りに停まるため、詰所を通り過ぎる時点ではまだ十分な速度がある。もし誰かが、詰所の陰に隠れていたら？

そして電車が来ると同時に、線路に飛び込んだら――

いつの間にかポップスは鳴りやみ、店内を静寂が満たしていた。多鹿は視線を落としたまま、グラスを幻視するように、テーブルについた結露の跡を見つめていた。

「自分でも、どっちだかわからないんです」

やがて彼は言った。

「本気だったのか、本気じゃなかったのか。勇気が持てなくて、迷ったまま何本も電車をやり過ごしました。あの快速には本当に飛び込むつもりでしたけど、やっぱり怖かった。心のどこかで電車が来なきゃいいのにって思いました。そしたら……」

本当に電車が止まった。

未曾有《みぞう》の脱線事故によって。

植戸は思い出す。自分を追ってきたあの日の彼を。階段の上から事故を眺めていたその姿を。

見届けなきゃいけない、という言葉を。

「事故と重なったのは偶然や。君は関係ない」

「わかってます。ただ……どうせなら、もっと早く飛び込めばよかった。わたしが死ねば電車が止まって、あんな事故も」

「それはちゃう」遮るように言った。「さっきも言うたろ、あれはJR西の人災や。日勤教育とあの急カーブがある限り、いつか必ず起きる事故やった。君が電車を止めたとしても何日か先延ばしになるだけや。そしてまた、別の人たちが犠牲になった」

閉ざされた電車の中で、生きたくても生きられず、亡くなっていった人々がいる。自分が死ねばよかったなどという言葉は、単なる生者のわがままに思えた。虚《むな》しさと憤りに似た何かが植戸の胸をふさいだ。

「なんで死のうなんて」と、独り言のようにこぼす。

多鹿はアイスコーヒーを飲み、それからストローで氷をかき混ぜた。手を離したあとも、コーヒーはぐるぐると回り続けた。その渦が収まってから、彼は奇妙なことを尋ねた。

「お名前、なんていいましたっけ」

「植戸や」

「漢字は」

「植えるの〈植〉にドアの〈戸〉」

「……金八《きんぱち》先生って、見てましたか」

「金八？　いや、今年のは見てへん」

「一個前のやつです。第六シーズン」

「ああ、それなら……」

不意打ちのように、ある考えが頭をかすめた。植戸は目を見開いて、初めて出会った相手を見るように、正面に座った多鹿を見た。多鹿も視線を上げ、まっすぐに植戸を見つめ返す。触れたら壊れてしまいそうな、怯《おび》えを孕《はら》んだ瞳《ひとみ》だった。

「あれを見て自覚した子って、多いと思うんです」

「……周りの人は」

「気づいてないと思います。気づかれる前に死にたかった」

「だからって」

「ドラマみたいにはいかないんですよ」か細い声だった。「でも、結局飛び込まずに済んだので。もう大丈夫です。これからは、普通に暮らします」

普通に、暮らす。

その言葉は多鹿にとって、何を意味するのだろうか。

植戸は天井のファンを見上げた。大会のスナップに写っていた多鹿のことを、毎日一緒だという友人のことを、それから、自分の娘のことを考えた。

背もたれにかけていたバッグを開くと、ケースからカメラを取り出した。

「一枚、撮らしてくれんか」

多鹿はきょとんとし、自分を指さした。

「わたしを?」

「君を」

「前にも言ったじゃないですか。写真は……」

「嫌い。覚えとる。そのあと話したことも覚えとる。俺は、みんなが知りたがるから写真を撮ると言った。でもそれは間違いやった。俺たちは、みんなが知りたがらないから写真を撮るんや」

けたたましい車輪の音が聞こえる。窓の外を、電車が流れてゆく。

「世の中のスピードはどんどん速まっとる。分刻み秒刻みで、津波みたいに情報が流れてくる。ええことやけど、その分忘れられてくもんも多い。この事故も十年後や二十年後にはみんな忘れかけかもしれん。もっと大きな事件の陰に隠れて、興味も持たれないかもしれん。だから撮る。記録に残す」

加速しすぎればレールを外れる。

そうならないよう、撮り続ける。

残酷と言われても。醜悪と言われても。

「君も今の自分が嫌いなんはわかる。でも俺は、今の君を撮っておきたい。都合の悪いことを忘れ続けたら、俺たちはいつかやってけんようになる」

多鹿はおし黙り、植戸をじっと見つめた。植戸ではなく、植戸の瞳に映る自分と対峙《たいじ》するかのように。まぶたを閉じ、また開いてから、多鹿は長い息を吐いた。

「綺麗《きれい》に撮ってもらえますか」

「任せとき。おじさんはこれでもプロや」

多鹿の顔から笑みがこぼれた。得意の俯瞰《ふかん》視点ではないが、いい写真になる、と植戸は思った。ボディキャップを外し、ファインダーを覗《のぞ》く。

静かな店内に、シャッターを切る音が鳴った。

●参考資料

『軌道　福知山線脱線事故　JR西日本を変えた闘い』松本創　東洋経済新報社

『一両目の真実　福知山線5418M』吉田恭一　エクスナレッジ

『クラッシュ　風景が倒れる、人が砕ける』佐野眞一　新潮文庫

『JR福知山線事故の本質　企業の社会的責任を科学から捉える』山口栄一　NTT出版

「福知山線脱線事故　事故調査報告書」国土交通省

ほか、JR西日本〈祈りの杜〉に所蔵されている各種資料を参考にしました。

炎上屋尊徳

井上 夢人

井上夢人（いのうえ・ゆめひと）

昭和二十五年生まれ。昭和五十七年に徳山諄一《とくやまじゅんいち》との岡嶋二人《おかじまふたり》名義で第28回江戸川乱歩賞を受賞してデビュー。平成四年に『ダレカガナカニイル……』（新潮社）で再デビューした。代表作に『ラバー・ソウル』（講談社）など。

尊徳《そんとく》のこと？　それ聞いてどうすんの？　阿久津《あくつ》さんから会ってやってくれって言われて、都合のいい日と場所を訊《き》かれたから、私はここに座ってるだけなんだけど。なにそれ。尊徳が信用できないって思ってるんなら、やめたら？　あのさ、阿久津さんの紹介ってことが信用なんじゃないの？　こっちもそっちもお互いに。あんたのほうはそうじゃないんだ。めちゃ上から来るんだね。

リスクってさ、それもお互い様じゃん。契約書交わせないような仕事を頼もうとしてるわけでしょ、あんた。違うっての？　見てりゃわかるよ。ずっとビクビクしてるんだもの。してるって。バレバレなの。どっしり構えてる風《ふう》だけど、目はずっと泳いでるし、何度もおしぼりで手を拭《ふ》いてるし。

もちろん、不安なのはわかるよ。初対面だもん。あんたも不安だろうけど、私だって不安なんだからね。

お金だけ取られて、騙《だま》されるんじゃないかって警戒してるわけでしょ。おんなじように私のほうだって、ホントに約束通り払ってもらえるのか、警戒はあるわけ。だから、前金として半額。あとの半額は成功報酬ってことにしてる。前金は、こっちにとっての保証金。仕事したのに報酬ナシなんてことはゴメンなわけだから。リスクがお互い様ってのは、そういうこと。

ただ、まあ、そっちの払うお金はあんたが身銭切るんじゃないよね。どうせ機密費とかなんかから捻《ひね》り出してきた裏金なんでしょ？　あ、余計なこと言ったかな。

うん、もちろん知ってるよ。予備知識は万全。あんたのマイナンバーとその内容情報、戸籍とか生年月日、勤め先とその身分、住所や家族構成、収入と資産の内訳、小中高大の学歴も成績も。野球部だったけどずっと補欠で、試合に出してもらったのは高二の選抜予選のときだけだとか、初めての彼女が大辻朝子《おおつじともこ》さんで、そのあとが依田《よだ》希実《のぞみ》さん。三人目が今の奥さんだよね。課内では真壁幸太《まかべこうた》と犬猿の仲だとか——まあ、いろいろ。

え？　だって、この程度の個人情報だったら、入手するのに手間はかかんないよ。一応、依頼者のことは事前に調べさせてもらう。尊徳って、ちゃんとしてっからね。どんな仕事でも手は抜かない。

まあ、抑えて抑えて。興奮することじゃない。阿久津さんから聞いてんでしょ？

尊徳のこれまでの実績とか、一応。

ようするに、だからこっちの情報も、もっと渡せってこと言いたいわけだ。尊徳について訊きたいってのは、そういうことでしょ？

うーん、どんなこと話せばあんたの警戒心を消せんのかわかんないけど……当然、言えることと言えないことがあるからね。

私？　私がなに？

簡単に言えば、私は窓口。渉外係みたいなもんかな。だって尊徳が自分で依頼者と話したりしたら、それこそリスクがでっかいからね。

いつから？　なに、いつからって。

私と尊徳――ああ、そういうことか。三年ぐらいかな。尊徳と初めて会ったのが三年ぐらい前。それまではお互いに存在も知らなかった。

《チェシャ猫》に連れてかれたのが最初。えとね、チェシャ猫って、マジックバーてのかな？　他に呼び方があるんだろか。ようするにマジックが見られるお店よ。歌舞《かぶ》伎町《きちょう》の汚ったない雑居ビルの三階にある八坪ぐらいのお店。小さいけどステージがあって、一時間おきぐらいでショーやってる。カウンターの中のバーテンもマジシャンなんだけど、テーブル席を渡り歩いてるプロのマジシャンが何人かいるの。カードとかコインとかのマジックを見せてくれるわけ。

すんごいレベル高いのよ。プロ。間違いなくプロのマジシャンたち。クロースアップ・マジックってたかな。目の前で見せられてるのに、どうなってんのかぜんぜんわかんない。

うん、尊徳はそのマジシャンの一人だったわけ。

あ、言っとくけど、今チェシャ猫に行っても、尊徳には会えないよ。妙な気を起こして探し出そうとしたって無駄足になるよ、絶対。探そうったって無理なの。まあ、どうしてもってんならご自由にって感じだけど。

別にいいよ。チェシャ猫に行ってごらん。でも、もうそこにはいないし、訊いて回ったって、今の尊徳知ってる人なんて、誰もいない。辿《たど》ろうとしても無理。だから私も店のこと話してやってんじゃん。支障ないから話してんの。言ったでしょ。尊徳には会えない。

とにかく、私はそのチェシャ猫で尊徳に会ったの。そう、三年ぐらい前。飲みに連れてかれたら、そこに尊徳がいたってシチュエーション？

あとで聞いて知ったんだけど、チェシャ猫って立花健介《たちばなけんすけ》が女を口説くのに使ってた店だったんだよね。

ああ——立花はバイト先の勘違い男。自己陶酔型の不細工。ただのキモ男だね。マジック観に行く？　って誘われてついてったの。

ようするに、マジックってマジで興奮するじゃん。立花はチェシャ猫に連れてった女の子をマジックで興奮させといて、お酒の力も借りて、その勢いでホテルかどこかに引きずり込もうって肚《はら》なわけ。聞いたら、バイトの子、何人かその手でやられちゃったみたい。

え？　まさか、ないない。私はそんなのには引っかかんない。こう見えて、お酒強いの。立花にバンバン飲ませて、逆に潰《ツブ》してやった。

「記憶力は良いほうですか？」

カードをケースから取り出しながら、マジシャンが私の顔を覗《のぞ》き込んできた。

うんそう、それが尊徳。彼が最初に私に言った言葉が「記憶力は良いほうですか？」だったの。

へ？　と思って、私は目の前のマジシャンを見返した。

「私の記憶力？　普通。記憶王決定戦とかに出れるほどの頭は無いけど、恥をかかされた恨みなんかは一生忘れない」

言うと、隣で立花が、うははは、と大袈裟《おおげさ》で下品な笑い声を上げた。無視した。

尊徳への返事はちょっと無愛想すぎたかも知れない。まあ、そもそもマジシャンなんて胡散臭《うさんくさ》いでしょ。

警戒心もあったしね。

尊徳は私の返答にニヤッと笑いながら、手際よくカードをシャッフルして、テーブルに敷いたマットの上へ扇に開いて見せた。裏向きじゃなくて、数字なんかが見えるフェイス側を表に向けて。

「記憶力には自信がおありだと。それは頼もしい。では、ちょっとテストさせていただいてもよろしいですか？」

いかにもお決まりの台詞《せりふ》って口調で尊徳に訊かれて、私は頷《うなず》いた。

「テスト？　怖いなあ、そういうの……いいですけど」

「お好きなカードを一枚お取りになって下さい」

え？　と私は扇に開かれたカードを指差しながら尊徳を見返した。

「一枚って、ここから？　全部見えちゃってる。何引いたか、バレバレじゃん」

「いえ、引かれたカードを当てようというのではないんです。これはマジックと言うより、お客様がどれだけの記憶力をお持ちかというテストですから」言いながら尊徳は上着の内ポケットから小さなメモ帳とボールペンを取り出した。「念のために、お客様の選ぶカードを私もメモして残しておきますね。間違いがないように、念のためってことですね」

で、メモ帳の上でグリグリってボールペンを動かすの。何を書いたのかは私には見えなかった。私はまだカードを選んでない。どのカードを選ぶかなんて決めてもない。

それって、予言してメモったってこと？

尊徳は、どうぞ、と言うようにカードの上へ手を差し伸べる。

「…………」

嘘だぁ、と思いながら、私は、なるべく扇の端のほうから一枚を引き抜いた。〈クラブの7〉だったのね。そしたら、尊徳は手に持っていたメモ帳をくるりとひっくり返して、私と立花にさっきメモしたものを見せたわけ。そのメモ帳には〈♣7〉と書かれてたの。

「――――」

「間違いないですね。お選びになったカードはクラブの7ですね」

立花はまたも、わわわわ、と下品に笑い声を上げ、私は、ふう、と息を吐き出した。そして、尊徳は、ニコニコと笑いながら、そのメモ帳を裏返してテーブルの脇へ置いた。そして、これね？　と私に見せるようにクラブの7のカードをひっくり返して伏せる。

「他のカードは邪魔ですから、しまっちゃいましょうね」

言いながらカードの扇を閉じて、メモ帳を置いたのと反対側のテーブルの隅へ裏向きにして積む。で、一枚残って伏せられているカードを指差した。

「さて、記憶力のテストです。このカード、なんだったか、覚えていらっしゃいますか？」

まあ……ザワザワするような予感はあるわけよ、マジックなんだしさ。でも、やっぱり嘘だぁって思うでしょ。思いながら答えるよね。

「……クラブの7」

「ホントですか？」と尊徳は驚いたような表情を作って、私を見返した。けっこう綺《き》麗《れい》な眼してんじゃん、と私も彼を見返す。「ちゃんと覚えてます？　確かですか？　間違いないですか？」

重ねて何度も訊《き》かれるのが面倒くせえなとも思いながら、私は頷いた。

「クラブの7。間違いない」

隣で立花が「絶対ですよ。ね？　オレも見てるし」と声を上げるのがさらにうざい。

「ホントですか。じゃあ、その記憶が正しいかどうか、ご自分で確かめてご覧になって下さい」

私は、おそるおそる目の前のカードに手を伸ばして、クルリとひっくり返してみた。

そのカード、ハートのクイーンだった――。

でも、驚きはそこで終わんなかった。尊徳は、首を傾げながら、脇に置いたメモ帳を取り上げて見せたの。

〈♣7〉と書かれていたはずのメモは〈♥Q〉に変わってた。

ていうのが、出逢《であ》い。私と尊徳の最初は、そういう感じだったの。

　ソントクじゃなくて、タカノリなんだって。そう読むんだって。

§

比良渡尊徳《ひらとたかのり》っていうのが、彼の名前。て言っても、誰もタカノリなんて呼ばないけどね。知ってる人間にはソントクで通ってる。私もつい半年ぐらい前に聞いたばっかり。

　尊徳の仕事に関わりを持つようになったのは、二年半ぐらい前から。友達が抱えてる悩みを相談……ていうか、愚痴ったのがはじまり。チェシャ猫には何度か通った。はっきり覚えてないけど、三回ぐらいだったんじゃないかな。

　だってさ、やっぱちょっと高いのよ。五千円とか八千円とか。立花に連れてってもらったのは一回きり。あとは一人だから自分のお財布からってことじゃん。まあ、尊徳のマジックにハマっちゃったから中毒みたいなもんだけど、でも、大学生が通うような店じゃないよね。

　そしたら、三回目だったか四回目だったか、マジックの途中で尊徳から渡されたコインが私の握りしめた手の中で金色のプレートに変わってたの。そこに文字が彫りつけられてて〈今度の水曜日、ランチに付き合ってくれませんか〉って書いてあったの。

その水曜日から付き合い始めたってわけね。うん。彼のマジックを独占して見せてもらうなんて、すんごいラッキーだと思ったし、簡単なカードマジックなんかはタネも教えてもらった。で、当たり前だけど、付き合ってれば、マジック以外の話とかもするようになるわけじゃん。

「どうした？　なんかあったのか？」

尊徳に訊かれて、私は顔をしかめた。真夜中の私のアパート。マジックバーって閉店が遅いから、彼が部屋に来られるのは夜中の二時過ぎになっちゃうんだよね。逆に、そんな時間だから、会うのはいつも私の部屋だった。

「さっきまで友達と電話で話してたんだけど、その話でなんか、すっごく頭きちゃって」

「どんな話？」

「舟山恵美《ふなやまめぐみ》って、高校が一緒だった友達で、今は彼女、体育系の大学に行ってんの」

「体育系か。俺には体育会系の知り合いはいないなあ」

「イメージないよね。尊徳って、帰宅部か、もしかして不登校の引きこもり？」

「似たようなもんだ。で？」

「恵美がやってんのはバレーボールで、彼女のいるチームからは何人も日本代表が出てるんだ。強豪チームってことで有名なの」

「なるほど」

「ただ、コーチが最低のクズ野郎なんだって」

「どんなクズ？」

訊かれて、私は恵美に聞かされた話を詳しく尊徳に伝えたわけ。

「奥原俊幸《おくはらとしゆき》って男らしいんだけど、ちょっとでもミスをすると罵声《ばせい》を浴びせられるし、思いっきりひっぱたかれる」

「殴られるんだ。怪我をした人とかは？」

「チームの一人が殴られたあと左の耳に障害が残ったの。耳鳴りとか眩暈《めまい》なんかが起こるようになって、顔の左側に痙攣《けいれん》なんかあるし、病院で診てもらったら、鼓膜と耳小骨《じしょうこつ》の損傷を起こしてたんだって」

「それは……警察に届けるとか」

私は首を振った。

「親が学校に訴えたらしいけど、殴ったことは否定されちゃったみたい」

「否定？」

「結局、その子が悪かったってことにされちゃったらしい。練習に集中していなかったから、飛んできたボールを避《よ》けられなくて頭を強打して倒れた。コーチが暴力を振るったような事実はないって、事故にされちゃったんだって」

「ふうん」

「みんな毎日ビクビクしてる。全員で抗議すればって言ったんだけど、日本代表になるのはみんなの夢だし、そのためには、監督やコーチには逆らえない」

「コーチだけじゃなくて、学校や、監督もクズってわけか……」

私の話に、彼があんなに興味を持つとは思ってなかった。話が一段落したときには、夜が明けてた。

いきなり尊徳が立ち上がって、私はびっくりして彼を見上げた。

「なに？」

「俺の部屋に来ないか」

——それが、尊徳の住んでるマンションを私が訪ねた最初だった。

「わあ、なんだこれ」

広いリビングは、なにかの作業場みたいだった。横長のデスクが壁際にL字に置かれていて、大型のコンピュータ・ディスプレイが五台並べられている。その前にはキーボードとタブレットが二台ずつ。デスク脇のスチールラックには、なんだか正体のわからない機器がごちゃごちゃと置かれてて、しかもそのほとんどが赤や緑のランプを点滅させてる。石目調のフローリングの上には、書類や雑誌がいくつも山を作ってた。

「これ……マジックって、今はこういうので作ったりしてるの？」

いやいや、と言いながら、尊徳はキッチンのカウンターでコーヒーメーカーのスイッチを入れた。マグカップ二つにたっぷりのコーヒーを淹《い》れると、リビング中央のガラステーブルの上に置いた。

「マジックに関するものは、あのケースの中」と、部屋のドア脇に積まれた衣装ケースを指差した。パソコンのほうを振り返って「こっちは、もう一つの仕事をやる場所なんだ」

「もう一つの仕事？」

「座ろうよ」

私は頷《うなず》いて、テーブル前のソファに腰を下ろした。マグカップのコーヒーをひとくち啜《すす》ると、尊徳は私に目を上げた。

「さっきの話だけど舟山恵美さん、そのクズコーチをどうしたいって思ってるんだろう」

「どうしたい……って」

「お仕置きしてやりたいって思ってるのかな。電話では、なんて言ってたの？」

「お仕置きとかっていうんじゃないだろうけど……ただ、我慢できないぐらいひでえヤツがいるって」

「我慢できないその気持ちは、どうしたら治まる？　日頃罵声を浴びせられたり暴力を振るわれてる選手たちが溜飲《りゅういん》を下げるっていうかさ、本当はこうなるべきだってみんなが思ってるようなこと」

「言いたいことはわかるけど、無理でしょ。ずっとこの状態が続くのは酷《ひど》すぎるってみんな思ってるだろうけど、大学側もコーチのやり方を黙認してるし、ほとんど諦《あきら》めてるっていうか、スポーツはこんなもんだって洗脳されちゃってるというか」

「例えば、コーチが馘首《クビ》になったら？　少しは良くなるかな」

「クビ？　でも、多分誰も訴えたりできないって――」

「逆らえないってことだろ？　恐怖政治だよな。楯突《たてつ》いたら、余計酷い目に遭わされるかもしれないって恐怖があって」

「うん」

「訴えようってんじゃない。そうじゃなくて、チームの誰も表立った行動はしないけど、コーチを徹底的に叩《たた》く。再起不能になるほどのダメージを受けさせられるとしたら？」

「そんなこと……できんの？」

尊徳はソファから立ち上がって、デスクへ歩き、引き出しの中から小豆《あずき》のような豆粒を取り出して、私に差し出した。私は掌にそれを載せながら尊徳を見上げた。

「なに、これ？」

「カメラ」

私は、その豆粒を凝視した。どう見てもカメラには見えなかった。

「いわゆる隠しカメラだね」言いながら尊徳は私の隣に座り、ソファの革の継ぎ目を指でなぞると、そこから名刺ケースぐらいの大きさの黒い箱を取り出した。もちろんソファの中にそんなものを隠してあったわけじゃない。尊徳の手先が生み出したマジック。「その小《ち》っちゃいのがカメラで、こっちがカメラと交信するターミナル。これを舟山恵美さんに渡して、隠し撮りをやってもらってほしい」

「隠し撮り？　つまり、コーチの……」

「そう。選手を殴ったりするのが日常茶飯事なんだとすれば、数日カメラを回してるうちに暴力の現場が撮れるんじゃないかと思うんだ。そういう決定的な瞬間を捕えた動画がほしい」

「動画……これ、動画が撮れんの？」

私はまた掌の上の小豆を眺めた。

「例えば、練習着？……なんて名前か知らないが、トレーニングウエアのマークだとか縫い目とかに紛れるようにしてそのカメラを縫い付ければ、まず見つからない」

尊徳は黒い箱のほうを私のもう一方の手に載せた。とても軽かった。

「ターミナルのほうは、舟山さんのいるところから五十メートルの範囲内にスポーツバッグかなにかを置いてもらって、そのポケットかどこかに突っ込んどいてくれればいい。カメラからの信号を受信するために、ちょっとだけターミナルを外に覗《のぞ》かせるような感じでね。だいたい四時間程度の綺麗《きれい》な動画をゲットできる」

私は、大きく息を吸い込んで尊徳を見返した。彼は私に微笑み返してきた。

「マジシャンだけじゃ、なかなか食えないからね。こういうバイトもやってんだよ」

「仕事……？　盗撮とか、そういうの？」

尊徳は、身体を曲げて首を振りながら、グフフ、と笑った。

「必要なら盗撮も盗聴もやるよ。だけど、それが専門じゃない。俺の専門はネット上をハイテンションにする仕掛屋《ギミッククリエイター》なんだ」

§

それから一週間ほど経って、尊徳は彼の望んだ通りの動画を手に入れた。

当然、私もその動画を見ることになったけど、奥原コーチの選手たちへの「体罰」は、想像していたよりもずっと過激だった。その日、コーチの餌食となったのは、アスリートとしては小柄で、表情にも子供っぽさが残る女の子だったの。

レシーブの練習なんだろうけど、コーチは選手をコートの端まで下がらせて、ボールをネットの下へ落とす。選手は猛ダッシュで飛び込んでボールを受けるの。私はバレーボールのことなんてなにもわかんないし、まあ、その特訓にはべつに文句ないよ。問題なのは、受け損ねた選手へのコーチの対応。

「やる気あんのか！　馬鹿野郎！」いきなり奥原コーチの怒号が飛ぶ。「ふざけてんのか、お前！」怒鳴りながら、コーチはコートに倒れている選手の髪の毛を摑《つか》んで引き起こす。「やる気あんのかって訊《き》いてんだろ、この馬鹿が」直立不動の姿勢を取った選手の顔に、いきなりコーチがビンタを喰らわせる。選手の小柄な身体がよろめいて、彼女は必死で自分を立て直すけど、そこへまたコーチのビンタが飛ぶ。「おい、馬鹿にしてんのか俺を！」選手は「いいえ」と首を振る。そこにまた二発のビンタが大きな音を立てた——。

奥原コーチの繰り出すビンタを九回まで数えたけど、気持ち悪くなって私はディスプレイから目を背けた。あんまりだった。酷すぎる。大学側の味方なんかする気もないけど、どれだけコーチの行動を理解しようとしたって、この映像からは暴力以外のなにも感じられない。どう見たって傷害事件。犯罪の証拠動画だったんだ。

尊徳は、二時間以上ある動画から、一番衝撃的なところを四十秒ぐらい抜き出した。さらに、それがまるでスマートフォンで撮影されたみたいに縦長の画面に加工したの。

その理由を訊いてみたら、尊徳は「紛れやすくするため」と楽しそうに言った。

「画面を見ただけで素人《しろうと》が撮影した動画だと思えるものにしておくんだ。作りものっぽさをできるだけ排除しておく。同時に、万一奥村コーチとか、学校側が撮影者を特定しようとした場合、さらに問題を大きくするための布石さ」

「どういうこと？」

「密告《チク》ったのが誰か、連中が炙《あぶ》り出そうとする可能性もあるよな。その場合、撮られた動画がスマホによるものだとすれば、選手たち全員にスマホを出せと言ってくるかもしれない。そうなれば飛んで火に入る夏の虫だ。その様子がさらに動画に撮られて流出することになっちゃうからね」

「あ……そうなるんだ」

「もちろん、全員のスマホが調べられても、元の動画は発見できない。誰も撮影していないんだからね。撮影者を炙り出そうとした連中の行為だけが残る。こういうのは、マジックの基本なんだよ」

問題なのは、その暴力動画をどのように活用するかってことになるわけ。ネットへ流出させることは私にもわかる。だけど、その流出経路だって隠す必要があるでしょ。

「動画の投稿者を隠す方法はいくつもあるけど、簡単で確実なのは、乗っ取りを使うんだ」

尊徳はパソコンの前に座って、リストが並んだテキストファイルを開いたりしてる。

「乗っ取り？　なんか物騒」

「だな。でも、ネット上で犯罪行為がなされる場合の半数近くは、乗っ取りが使われてるんじゃないかな。調べたわけじゃないから、想像で言ってるだけだけど」

「何を乗っ取るの？」

「アカウント」

「……わかんない」

「例えば、SNSを使うだろ。ツイッターとかフェイスブックとかインスタグラムとか」

「うん」

「使い始めるとき、最初にIDとパスワードを設定するように求められる。SNSの提供側はその二つが入力されることで、ユーザーが本人であるかどうかの判断を行なうわけだ。それがアカウント。サービスを利用するための権利だな」

「パスワードを盗まれないようにとかって、あれ？」

「そう。IDは公表されているから、悪さをするヤツにとって必要なのはパスワードだからね」

「悪さをするヤツってのが、あなたね」

尊徳は、まるで悪戯《いたずら》っ子のようにニヤッと笑う。

「まず、使わせてもらえそうなアカウントを探す」尊徳はディスプレイに開いているリストから、浅利《あさり》勇二《ゆうじ》という名前を選んでクリックした。「一応、候補を探し出した。この浅利君は、男子バレーボールのコーチだ。ツイッターに投稿された彼の発言を読むと、結構正義感の強い男だってことが随所に現われてる。その一方で思い込みの激しい熱血コーチのようで、三百人ぐらいのフォロワー数もちょうど手頃。彼は〈アメーバ〉に自分のブログページを持っていて、そこにもたまに書き込んでいる。この手の男はパスワードも単純に決めてしまう場合が多くて、探索にはさほど時間がかからなかった。彼が見ているチームは、二〇〇四年に全国制覇を果たしている。で、パスワードは《champion2004》だった。セキュリティなんか考えたこともないんだろうな。ツイッターもアメーバも同じパスワードなんだ」

「それをあなたが乗っ取るわけね」

「いや、直接アタックはかけない。俺みたいなことをやる人間は、常に〈棄《す》てアド〉とか〈棄アカ〉をいっぱい用意して持ってる」

「すて……」

「使い捨てのメールアドレスやアカウントね。用済みになったら捨てる。何か問題が起こって、公的な捜査が行なわれたとしても、追跡はまず不可能」

「絶対にバレない？」

「ネットやコンピュータの世界に絶対はない。さらに串《クシ》を使ったりして二重三重に安全策を取った場合でも、百パーセント安全とは言い切れない。ただ、俺が用意している棄アカは、マフィア御用達のかなり胡散臭《うさんくさ》いプロバイダーのものだから、相当優秀な機関とか個人に追跡されたとしても、辿《たど》り着くまでには何カ月もかかるんじゃないかな」

尊徳の説明についていけなくなって、私は質問を変えた。

「その……浅利君だっけ？　フォロワー数が三百人って言ってたけど、三百人に動画を見せるぐらいで奥原コーチにダメージを与えられるもんなの？」

「浅利君の投稿がフォロワーに閲覧される期待値は最大で三百人だ。ただ、フォロワー全員がいつも浅利君の投稿を見ているわけじゃないし、多分半分の百五十人ぐらいが閲覧する最大数だと考えていいんじゃないかな。いや、もっと少ないな。百人が見れば良いほうだろう。加えて、閲覧されただけでは、何も起こらない。必要なのは、投稿を見た人がリツイートしてくれることだ。リツイートされると、浅利君のフォロワーを超えて、投稿は他のユーザーの目に留《と》まることになる」

「たくさんの人に見てもらえることになるんだ」

尊徳は、テーブルの前に移動してマグカップを取り上げた。コーヒーを啜《すす》りながら、ソファに腰を下ろした。だから私もソファへ移った。

「あの動画はかなり内容が強烈だから、ほっといてもある程度リツイートが拡がってくれる可能性はある。ただ、それだけじゃ俺が仕掛ける意味がない。もっと確実に最高の効果が得られる方法を使わないとね」

「最高の――」

尊徳は私に、ネットが炎上するためにはアーリーアダプターを狙ったフローを書く必要があると話した。どこかで聞いたような「アーリーアダプター」は経済用語なんだって。彼がネットに仕掛ける作戦は、ただ当てずっぽうで行なわれてるんじゃなくて、理論的に組み上げられたものなんだってことが、やっと私にもわかってきた。

「イノベーター理論と、キャズム理論てのがあってね」と、尊徳はニヤニヤ笑いながら私に言った――わかんなかったら、自分で調べて。私はわかんない。

ただ、奥原コーチに再起不能のダメージを与えるって尊徳の目論見《もくろみ》は、二カ月も経たないうちに現実になっちゃったわけよね。

§

あの事件、あんたも知ってるでしょ？　そうそう。あの頃はテレビつけたら、どのチャンネルも取り上げてたしね。

そう、実はあれ、私もちょっとだけ関わってたってわけなのよ。

浅利君本人が知らない間に、彼のツイッターに例の動画が投稿されちゃって。二日間は、尊徳も様子見で放置してたんだけど、三日目に浅利君のフォロワーの一人が打ったリツイートで動画は一気にツイッター上に拡がり始めた。

実は、そのリツイートをかけたフォロワーてのは尊徳の棄アカだったんだけどさ。

その棄アカは、たった三人のフォロワーを抱えてるだけの豆粒みたいなヤツだったの。ただし、徹底的に選ばれた三人で、彼らは全員が天下にもの申したいってタイプの自称評論家たち。それぞれが一万人以上のフォロワーを抱えてる。

その三人のフォロワーの中には〈特定班〉って呼ばれてる人たちが何人もいるの。素人なんだけど、ネット上に上げられた写真や動画から個人情報を掘り出して、それを晒《さら》すのを生甲斐《いきがい》にしてる連中なのね。例えば、クルマの窓からゴミをポイ捨てした動画を徹底的に調べて、そのクルマの持ち主とかドライバーの情報を公開してネットリンチするように煽《あお》ったりするわけ。

そんな特定班の連中が、一斉に奥原コーチの暴力動画に飛びついた。彼らは、これまで奥村コーチが行なってきた暴力を伴うパワハラやセクハラめいた言動、それが問題化しそうになったときに常に監督や大学が行なってきた隠蔽《いんぺい》なんかを、徹底的に暴いてくれたのよね。

ちょうどそんなときに、テレビ各局のワイドショーが話題として奥原コーチ問題を取り上げ始めた。それと時期を合わせるようにして、大学が女子バレー選手たちにスマホを提出させている動画がネットに流失したわけよ。

うん、尊徳の思惑通りになっちゃったんだよね。怖いぐらい。

こうなったら、もうどうにもならない。テレビだもの。ネットをやらない人たちにも、あの暴力動画が知られることになっちゃった。大学側は自分たちに火の粉が降りかかることを怖れて、奥村コーチに謝罪会見をやらせると、さっさと彼をスポーツ界から追放した。もちろん、コーチを馘首《クビ》にしただけで事態は収拾できなかったけどね。覚えてるでしょ。他の体育系の大学にまで飛び火しちゃって「スポーツ界の前近代的パワハラ体質」なんてことを言い出すジャーナリストやテレビ・コメンテーターまで現われちゃった。もちろん、それは尊徳がやったことじゃないけどね。

でも、そういった一連のことが、尊徳が仕掛けたシナリオによって起こったわけよね。その真相を知ってる人はほんの数人しかいない。「黒衣《くろご》なんだ」って尊徳が言ってた。俺は、ネット裏の黒衣だからって。

え、舟山さん？――ああ、恵美はあのあともバレーを続けてたけど、残念ながら日本代表のメンバーには入れなかった。それは、実力だから仕方ないよね。すごい選手って、いっぱいいるから。

まあ、さすがの尊徳も、恵美を日本代表に押し上げるようなことはできないってことだよね。あったり前だけど。

あの暴力コーチ事件がきっかけになって、尊徳の裏の仕事が増え始めたの。私が彼を手伝うようになったのも、それからだね。

阿久津さん？　別にフィクサーってことでもないけど、阿久津さんもいろいろ仕事を紹介してくれるようになったのよ。そうじゃないよ。尊徳と阿久津さんはもっと長いんだ。ううん、そのあたりは知らない。本人に訊《き》いてみたら？　教えてくれるかどうかはわかんないけど。

ああそうか。あんたが一番衝撃的だったのは〈ピザ・クオーコ〉なのね。

うん、そうだよ。あれも尊徳が仕掛けた。

§

ライバル店からの依頼を受けたの。言っとくけど、ライバルの名前は出さないよ。出さなくても想像はつくだろうし、たぶんあんたが想像してる通りのヤツさ。この仕事で守秘義務なんて言っても、どれだけ意味があるかわかんないけど、依頼主のことはやっぱり口にできないからさ。私は言わない。

ううん。「バイトテロ」自体はもちろん尊徳の発明じゃないよ。いくら何でもそんなことないでしょ。あれはＹｏｕＴｕｂｅｒ《ユーチューバー》の俗悪な進化形。尊徳がそう言ってた。うん、私が言ってるのは、なにもかも尊徳からの受け売り。

年収が億を超えるようなユーチューバーが出現して、それまではどんな職業欄にだって載ったことのない得体の知れない人種が登場したでしょ。子供たちの「なりたい職業ランキング」にもユーチューバーが上位に入ってる。古い人間には、まるで理解できない仕事だもんね。テレビタレントでもなんでもない素人《しろうと》が、カメラの前で、体力の限界に挑戦、みたいなことやってみせて、ネットにアップする。それでお金が稼げるなんて、誰も想像してなかった。

もちろん一芸に秀でてるっていうか、そもそも才能のある人——ピアノの超絶技巧演奏を披露するとか、コンテストで優勝を狙えるぐらいのダンス・パフォーマンスを演じてみせるとか、超細密画の制作過程を早送りで見せるとか——そういうのは問題ないんだ。ていうか、そういう映像こそ観たいと思うよね。

だけど、ほとんどなんの才能も持たない、ただただ再生回数を増やしたいってだけのアンポンタンたちが、動画サイトには腐るほどいるんだ。才能のない彼らが撮る動画は、面白《おもしろ》系と呼ばれるものが圧倒的に多い。面白系って言うけど、面白くもなんともないんだよね、これが。

テレビのバラエティ番組から拝借してきた罰ゲームの焼き直しみたいなもんがほとんどでさ。ちゃんと作ってあるならいいよ。酷《ひど》いんだ。素人がやってんだもん、完成度低くてグダグダ。そんなの、見せられてるこっちが恥ずかしくなるだけでしょ。

そもそもあれは、動画の再生回数に応じた広告報酬が収入になるって仕組みなんだよね。公表されてないみたいなんで正確じゃないけど、平均すると十回の再生回数で一円になる程度の収入なんだって。だから一億円の年収を稼ぐためには、一千万回もネット上で再生される動画を、年に百本も公開し続けなきゃなんないってことだ。

そこで何が起こるかっていうと、再生回数を少しでも増やすために、動画の内容がどんどん過激化するってことなんだ。観てもらうために、クリックされそうなテーマや素材を探す。例えば、ことさら激しいアクション。未舗装の山道をマウンテンバイクにカメラを固定して、凄《すさ》まじいスピードで下るようなやつとかね。例えば爆発の危険を伴う劇薬の調合だとか、あるいはほとんどAVに近いような観るに堪えない色ネタや、コードスレスレの下ネタ。倫理規定に引っかかって削除されたり、出入り禁止を言い渡されるユーチューバーも少なくないんだって。

そんな過激化する風潮の中で現われてきたのが、バイトテロだったわけ。

アルバイトの学生たちが、深夜の勤め先で悪ふざけしている写真とか動画をSNSにアップして騒ぎを起こす——バカとしか言いようのない連中の最低な行為。

深夜営業のファミレスの暑い厨房《ちゅうぼう》で、バカなバイト店員が涼をとるために冷蔵庫の中へ足を突っ込んだ。「気持ちいいー」と、彼はそんな自分をスマホで撮影してツイッターにアップしちゃったのね。ニタニタ涼んでる彼の写真はたちまちリツイートの嵐に遭って、ネット中を騒がせることになった。だって、冷蔵庫には食材が保存されてんだからね。

特定班がここでも大活躍することになる。店が特定されて、もちろん彼自身もネットリンチに遭うハメになっちゃった。謝罪文がネットに公開されたけど、それだけでは収まらずに店舗は臨時休業して、冷蔵庫を入れ替えることにまでなった。店に大打撃を与えることになっちゃうから、バイトテロって呼ばれるようになった。

このバイト学生はユーチューバーではなかったけど、彼が考えもなく自分のバカ行為をスマホで撮影した背景には、ネット動画でなんでも面白がってネタにする風潮が影響してる……って、これも尊徳が言ってた。

まるでブームにでもなったみたいに、バイトテロがあっちこっちで繰り返されるようになったわけよ。あるバイト店員は「テラ盛り」と称する特大の大盛をふざけながら作る様子を動画に撮影した。「不潔だ」「不快だ」とネットを騒がせて、ニュースでも取り上げられる事件になった。かと思えば、厨房のシンクを湯船にして身体を洗うバイト学生も現われた。

いったいこいつらって、どんな頭の構造してんのか。最低限の常識も持ってないし、善悪の判断もつかない。親の顔が見たいって、こういうことよね。

ピザ・クオーコのことね。

あれも阿久津さんの紹介があったのかな。全国チェーンを展開しているデリバリーのピザ屋さん。そのある支店の店長さんと会うことになったの。うん、もちろん会ったのは私。

地区内に新たにピザ・クオーコが開店したんだけど、それがきっかけになって売り上げが落ち始めたって言うのね。エリアマネージャーにも締め上げられて、このままでは自分のクビが飛んでしまう。もちろん努力は惜しまないが、なんとかピザ・クオーコから客を取り戻せないだろうかってことだったわけ。尊徳に仕事を依頼しておいて、営業努力を惜しまないもないと思うけどね。

あの仕事が完璧《かんぺき》だったのは、あんたもよくご存知よね。

準備には一カ月かけた。地方から女性の役者を雇って、一週間だけピザ・クオーコのバイトをさせたの。もちろん偽名で、履歴書の中身も全部デタラメ。メイクで顔の印象も変えさせた。他の店員たちと仲良くなって、仕事にも慣れたところで田舎の身内に不幸があったという理由でそこを辞めてもらった。その時点で彼女の存在は完全に消えちゃったの。彼女の役割は、店内や厨房の隠し撮り。加工前のネタ動画ね。

尊徳が作ったバイトテロ用の動画は、ほんとに完璧だったと思う。だって、あれをCGだって指摘した人は誰もいなかったもの。ある意味、動画はネットを震え上がらせたんだもんね。

覚えてる？

夜の厨房——。

ふざけながら二人の店員がキャッチボールをしてる。一人がボールを取り損ねて落としたとき、それがピザの生地を丸めたものだってことがわかるの。「いっけない、いけない」と一人が潰《つぶ》れた生地を拾い上げる。声はドナルドダックのように加工されているの。「無駄にはしませんよ。極上の生地ですからね」と言いながら、彼は調理台に生地を載せてピザの大きさに伸ばし始めちゃう。とっても手際がいい。

トッピングの最後にチーズを載せるとき、彼はそのチーズのひとつまみを自分の口に入れる。クチャクチャと嚙《か》んだあと、彼はピザ生地の上にそのチーズを吐き出すの。「さあ、これを美味《おい》しく焼いて、お客様のところへお届けしましょう」

二人の店員の笑い声を聞かせながら、動画が終了。

ここからは誰もが知ってる事件だよね。

ツイッターにアップされた動画は、凄まじい勢いで炎上を始めた。見てたでしょ？

その経緯。

特定班の面々は、動画からすぐにそれがピザ・クオーコの厨房であることを割り出した。もちろんどこの支店であるかということまでが明らかにされて、そのあと間もなく誰かが動画をユーチューブにアップし直したんだ。世界中のあちこちで、その動画が再生されて社会的な大問題になった。もちろんすべてのテレビ局がこの事件を取り上げた。

ピザ・クオーコの本社は懸命にお詫《わ》びと原因の究明、売り物のピザを台無しにしたバイト店員の割り出しを約束したが、騒ぎは大きくなるだけで収まる気配も見せなかった。

そして、致命的な事実を特定班が掘り出したわけ。映像の男たちは巧みに顔を隠していたんだけど、ほんの数秒、壁の鏡が一人の男の顔を映し出していたの。それは、その店のチーフマネージャーの顔だった。

マネージャーは、必死に否定したけれど、誰も耳を貸さなかった。数日後、彼は首を吊《つ》って自殺した……これには、尊徳もショックを受けたみたい。

§

まあ、こんなところね。

で、あんたの希望としては、例の反対運動のリーダーとその側近の二人、さらに運動を支援している代議士の結束を断ち切って、それぞれのイメージを落とすってことでいいわけね？

もちろんよ。まだ不安が残ってるの？　あんたや、あんたの後ろにいるメンバーの名前なんか出ない。あんたが、尊徳を裏切ったりしない限りね。

私と尊徳からのお願いは、阿久津さんに迷惑をかけないでほしいってことなんだ。

お互いに、後悔のない仕事をしましょうね。

半分オトナ

千澤のり子

千澤のり子（ちざわ・のりこ）

昭和四十八年東京都生まれ。専修大学卒。平成十九年に宗形《むなかた》キメラ名義で二階堂黎人《にかいどうれいと》との合作を発表後、平成二十一年に『マーダーゲーム』（講談社）でデビュー。他に『君が見つけた星座』、編著で『人狼作家』（ともに原書房）など。

物心ついたときから、親は一人だけだった。

1

三学期の始業式から三日経った金曜日の放課後、担任に呼び出された。

場所は教室ではなく、一階の相談室だ。カウンセラーは退勤していて、担任と二人ぼっち。気分を和らげるというカモミールの匂いが、かすかに漂っている。

冬とはいえ、西陽が眩《まぶ》しいのか、担任はレースのカーテンを半分だけ閉めた。一人がけのソファに座るよう促される。

向かい合わせに座り、担任は言った。

「まだ提出していないのは、学年でキミだけなんだ」

学校で出された用紙に自分の名前の由来を書いて、赤ちゃんの頃の写真を貼り付ける。

それが、冬休みの宿題のひとつだ。毎日の一言日記も欠かさない。書き初めはどうにか書けた。ドリルはちゃんと終わらせた。縄跳びは、やったことにしている。

クラスのほかの子たちよりも、ちゃんとほかの宿題を終わらせたほうだ。隣の席の武田《たけだ》なんて、この提出物しか出していない。

なのに、あいつは怒られもせず、グラウンドでリフティングの練習をしている。

「もうすぐ二分の一成人式じゃないか。大人になるまでの折り返し地点に立ってしまうんだぞ。それでいいのか、正宗《まさむね》」

呼ばれて顔をあげる。

いつだって、担任の言っていることは正しい。表情も自信にあふれている。

大学を卒業したばかりでこの学校に赴任してきて、産休の先生の代わりに、彼は四年生の担任を受け持つことになった。

曲がったことが大嫌いな性格で、革靴もスーツもいつも新品。ジャージも時計もスポーツブランドで、女子からはおしゃれでかっこいいと人気がある。

明るくて笑顔が絶えず、勉強も運動もできるクラスの人気者が、そのまま大人になったような人間。プロフィールも包み隠さず、出身地から生年月日、身長や体重、足のサイズまで書いた紙を自己紹介のときに配ってきた。

人を疑うことなんて、この人はきっと知らない。

だから、当たり前のことをするのが難しい人間の存在なんて、目に入らないのだろう。


来週の土曜日は、二分の一成人式が行われる予定だ。

半分大人になる記念として、生まれてからこれまでの十年間を振り返る。命を与え、育ててくれた親に感謝の言葉を述べ、今の自分ができることを式典の中で披露するイベントだ。

どうしてそんなことをするのか分からないけれど、何年か前から二分の一成人式は、学校の行事になっていた。

塾に通っている頭のいい子たちは、知識で勝負する。

街のダンスチームにいる子たちは、ヒップホップを踊るらしい。

バック転や側転のできる子たちは、体育館で練習中だ。

小さい頃からサッカーを習っている子たちは、リフティング競争をすると聞いた。

一輪車に乗れる子、中学生の数学問題が解ける子、楽器を演奏できる子、こういった何らかの特技のある子たちは式の花形として扱われる。

では、人より優れているものがない子はどうしたらいいのか。

その場合は、親に感謝する歌を合唱するだけだ。百人いる四年生の中で、二十人くらいが歌をうたうだけ。学年の二割が、何もできないその他大勢に分類されてしまう。保育園か幼稚園を卒園してから、普通に小学校生活を過ごしてきただけの子たちは、取り柄がない。

逆に、小さい頃から習い事をさせてもらえたり、もともと人より優れたものを持っていたりしたら、親たちの前で胸を張れる。

二分の一成人式は、わずか十歳で、人間の格差を実感させられる行事でもあるのだ。そんなもの、潰《つぶ》してみせる。

「写真がありません」

「そりゃあ、飾ってはいないかもしれないけれど、おうちのどこかに大事にしまってあるはずだよ」

「見たこともないです」

「そんなことはないだろう」

やはり、いろいろな家庭があることなんて、担任には理解できていないようだ。

「先生だってこんなことは言いにくいけれど」

ワックスで固めた髪をなでながら、まっすぐに視線をぶつけてくる。

「両親が揃っている家庭ばかりではないことは、正宗だって分かっているよな」

まったく見当違いの展開になりそうだが、反論はしないで頷《うなず》く。

「自分の子供が赤ちゃんだった頃の写真を見たら、会いたくない人を思い出してしまう親御さんだっている。だから、写真は勘弁してほしいと、学校に投書がきた年もあるそうだ。でも、赤ちゃんの頃の写真と、十年経った子供の字で名前の由来が書いてあるパネルなんて、家族の素晴らしい記念になる。親御さんも間違いなく感動するよ」

担任にとっても初めての式なのに、なぜそこまで親の気持ちが分かるつもりになっているのか理解ができない。

「正宗にとっても、自分の誕生を知るいい機会じゃないか」

「先生が子供の頃は、二分の一成人式ってあったのですか？」

話題をずらした。

「もちろん、なかったよ。今の子供たちは羨《うらや》ましいなあ。先生も空手の演武を父と母に見せたかったよ」

それから、しばらく担任の演説が続いた。外が暗くなってきているのにも気付いていないようだ。

「先生」

腕時計を指す。

「もうこんな時間か。遅くなってごめんな。月曜日までに用意できなかったら、冬休み前に言ったとおり、火曜日に家庭訪問に行くぞ」

「わざわざ先生が来てくれても、親はいないと思います」

「大丈夫。夜におうかがいするよ」

拒否することは、笑顔で阻止された。

ブカブカの成人女性用防寒フリースを羽織って、ドブネズミ色のランドセルを背負う。ゴムの伸び切った通学帽をかぶり、駅前の百円ショップで買った手袋をつけた。

電気が消されたところで、担任を引き止める。

「これ、教室で拾ったんだけど」

すごく大きくて平べったい形をしたペンギンのキーホルダーがついた鍵《かぎ》だ。ポケットに入れたままでいた。担任はペンギンに触れて、「南アフリカか」とつぶやいた。

「どうして分かるんですか」

「たぶん、ワールドカップのお土産だ。先生も同じものを持っているから分かる。もうかなり前になってしまうんだなあ」

つい、話を引き伸ばしてしまった。校舎を出る頃には、一番星が光っていた。

2

いったん帰宅した。ランドセルと通学帽を親と一緒の寝室に放り投げる。あらかじめ荷物を詰めておいた黒いリュックサックを背負い、1LDKの広くも狭くもないマンションを出た。

地主ばかりが住んでいる、高くてどこまでも連なる塀の隙間を急ぐ。車は通れないし、外灯もほとんどないけれど、暗い道なんて慣れているから怖くはない。

大昔は溝だった歩道を終点まで歩き、突き当りのT字路を左手に曲がって個人経営のスーパーに入る。ちょうどタイムサービスをしていたので、半額になったばかりの弁当をふたつ買った。

すぐに帰らず、裏手の駐車場の隅にある屋根付きの喫煙所に向かう。世間は禁煙ブームで、子供はもちろん、小学生の子を持つ親も喫煙所にはほとんど近づかない。だから、密談には持ってこいの場所だ。

「サンキュ」

ランドセルを背負ったままの武田が、ベンチに座っていた。一本だけある外灯は消えかかっていて、ほかに客はいない。

袋を渡すと、武田は深々と頭を下げて受け取り、弁当のひとつを返してきた。

「こっちは正宗の夕飯だろ」

「拙者はいらぬ。明日《あした》と明後日《あさって》のお主の飯だ」

「かたじけない。ありがたくいただく」

武田は小学校三年生まで、遠くの県にある児童養護施設で暮らしていたが、四年生になると同時に母親に引き取られて、この街にやってきた。

彼の地獄はそれから始まった。

母親が食事を与えてくれないのだ。

夕方から母親は「仕事」と言って外出するそうだが、食べ物やお金を置いていかない。帰ってくるのは武田が寝たあとで、登校する時間は母親が寝ているから、朝食も当然ない。

学校がある日は、給食が食べられる。もちろんそれだけでは足りないから、残った牛乳やパンや果物を、武田はこっそり持ち帰っていた。汁物以外も、ときどきビニール袋に詰めているのを見たことがある。

このことは、ほかのクラスメイトたちも黙認していた。サッカーも口もうまく、おまけに顔もいい彼を蔑《さげす》む人間は、学校にはいない。

「俺がこの世の中で一番嫌いなのは、食べ物を捨てることだ！」

こんなふうに武田が主張したら、みんなもそれに従った。給食の残りを持ち帰ってはいけないと注意されているから、担任には隠している。

でも、逆に、給食がまったく残らない日も少なくない。むしろ、残り物があるほうが珍しくなってしまっている。

武田の生活を知ったのは、運動会の翌日の振替休日だったから、五月の終わりになる。ショッピングモールの休憩所で、彼が無料で飲めるお茶をがぶ飲みしているのを目撃したのだ。土日なら試食がたくさんできるけれど、平日は試食販売を行っていない。「だから、丸一日食べていない」と言われて、フードコートで昼食をおごってから親しくなった。

待ち合わせて会うのはだいたい、給食がない日の前日だ。そのときに、弁当を二食分渡している。

本当は、もっと用意したい。腹が満たされていれば、たいていのことはどうでも良くなるからだ。生きるつらさも、めんどくささも、みんな忘れられる。

なのに武田は、一食分の金額以上の食べ物を受け取らなかった。「これはお前の分だ」と、何度も突っ返されたことがある。だから、半額の商品を選び、少しでも量を多くしている。

学校外で会うのは、二週間ぶりだった。

ゴールデンウィーク、夏休み、冬休み、武田は児童養護施設に戻るという決まりで親の許《もと》に引き取られているため、その間の食べ物は不自由していない。母親の住むアパートに戻ってきてからの数日は、施設でもらったお土産やわずかばかりのお年玉で食いつないでいたと、今日の体育の時間に聞いた。

衣服や靴や学用品も、施設に寄付されたものをもらってきているらしい。冬休み前は十二月でも半袖《はんそで》一枚の上からブルゾンを羽織っていただけだったのに、始業式からは、セーターにボアのついたコートも身に着けている。真新しいジーンズも、フリースの裏地がついているそうだ。これまで我慢していただけで、実は彼は寒がりなのかもしれない。

区の職員に今の暮らしを訴えて保護してもらおうと提案したこともあったが、「どっちも地獄」とだけ、武田は語った。施設から通っていた学校では、かなりひどいいじめにあっていたらしい。

そのへんの詳しい話は、聞かない。

いくら友達でも、知らないままでいたほうがいいこともある。


人が来た。担任と同じ年くらいの若い女性だ。ブランドもののバッグからシガレットケースを取り出し、タバコを一本出して火をつける。空いているもう片方の手で、器用にスマホの操作を始めた。

こんなところに小学生が座っていても、大人たちは気にも留《と》めない。一本か二本を吸い終わるまでの数分、彼らが見ているのは小さな画面だけだ。

武田が煙にむせる。それから、苦しそうに胸を押さえた。煙いからではない。痛いのだ。白い息が浮かんでは闇に消えていく。

「まだ痛むのか。それって冬休み前にやられたところだろ」

「でっかいあざになってるぜ。見るか？」

穴の空いたセーターをめくろうとしたところを、かろうじて阻止する。

彼は母親が連れてくる新しいオトコに、よく蹴《け》られていた。身体中があざだらけなのを、ほかの人にはサッカーのせいにしている。

女性もいなくなったので、話題は、担任に呼び出されたことになった。

「よく二分の一成人式のあれ、書けたな。ほかのやつらは出してるのにって、かなり絞られた」

「あんなのチョロいさ。俺んち、写真だけはいっぱいあるから」

「母親、お前に飯は与えないし、子供のためには一銭も払わないくせに？」

「父親も一緒に写ってるからじゃないかな。俺に似て、すげえイケメン。今でも惚《ほ》れてるんじゃないかなあ」

その父親がほかのオンナの許《もと》に走ってから、母親は人間ではなくなったらしい。

「正宗はどうするんだ？」

「出すわけないじゃん。どうせ中止になるんだから」

武田は軽く笑って、ゆっくり言った。

「本当に、実行して、いいんだな」

力強く頷《うなず》く。

「武田は？」

「構わないさ。食っていけるなら」

「かたじけない」

大人はこういうとき、タバコを吸いたくなるのだろうなと思った。

「あれ、武田、靴変えた？」

暗がりで気がつかなかった。

「今までのやつがズタボロだったから、施設でもらってきた」

「デカイかもしれないけど、学校外ではこっちを履いてくれないか」

リュックサックから新しい靴を取り出す。サイズは二十六センチ。量産されているので、どこの店でも手に入るブランドもののスニーカーだ。色は自分のランドセルと同じドブネズミで、センスは良くない。ショッピングモールで売っているのを確認し、ネット通販で注文した。

同じくネット通販で買った中敷きを装着して、試しに武田に履かせてみる。少し大きいくらいで、歩きにくくはなさそうだ。

「木曜日は雪が降るらしい。そんなには積もらないだろう」

黒いレインコートと百円ショップで買った手袋も取り出して渡す。

「大人用しか目立たない色が見つからなかった。まあ、脱ぎ捨てるのは楽そうだな」

「サンキュ。ペンギンのキーホルダーは？」

「月曜日に名乗り出ればいいよ。ただし、受け取るときは、こうする。手のひらで握って、そのままポケットに入れてくれ。鍵《かぎ》は手袋をつけてから取り外して」

手のひらを受け皿のように差し出せば、担任はその上にキーホルダーを落とすはずだ。

ビニール袋に一式を入れて、さらにその袋を黒いリュックサックに詰め、武田に渡した。

「こんなにいろいろ用意できるなんて、どうしてそんなに金を持ってるんだ？」

「現金は毎日の夕食代くらいしかもらってないよ。買い物はほとんどネットで済ませているから、親がカードで払ってる。それで物品は比較的自由に手に入る」

それと、家には幾ばくかの保険金もある。

ほんの少しお金に余裕があるおかげで、他のひとり親家庭のようにパートを掛け持ちしているなど、親は無理をする働き方をしていない。

でも、金があっても、この世界は地獄だ。

蜘蛛《くも》の糸を登った先に何が待っていようと、今よりは救われたい。

だから、ある計画を立てた。武田は喜んで乗ってきた。

話している間、タバコを吸いにきた大人が何人かいた。やはり、誰もベンチの小学生に興味を示さない。男も女も、若い人も、年を取った人も、みんな同様に疲れた顔をしていた。

なのに、煙を吐き出すときの表情は、幸せそうだった。

3

告知どおり、担任は火曜日に自宅にやってきた。

時刻は午後六時ちょうど。

共働きの家庭なら、この時間でも留守が多い。誰かが在宅している家でも、夕飯の準備に忙しい時間帯だ。デリカシーのない人間とは、担任のような訪問者のことをいう。

「親御さんに送ったメールでは、断られなかったんだけどなあ」

リビングで防寒具を脱ぎながら、担任は言った。テレビで見るような豪華なソファはないから、親がいつも使っている座布団に、勝手に腰を下ろしてくる。

「火曜日に個人面談したいというメールが来るかもしれないけど、それ、木曜日の午後七時に変更してもらってるから」

このように、昨日の朝、親には先手を打っておいた。

今日、親が帰ってくるのは午後十一時すぎになる。もともと飲み会の予定が入っていたからだ。担任の目に留まる前に、予定の書いてある卓上カレンダーをひっくり返しておく。

「正宗の家、結構分かりにくいところにあるんだな。てっきりこのマンションも単身者専用だと思った。人っ子一人歩いていないから、道も訊《き》けないし。本当にここでいいのか、先生はちょっと不安になったぞ」

三年生のときは家庭訪問があったけれど、四年生は学校で面談だけだったから、目の前の担任が自宅に来るのは初めてだった。

マンションの先には小さな児童公園と土手しかない。二階建てでオートロックもなく、間取りも二部屋以上ないせいか、子供のいる世帯はこの家だけだ。確かに、家を間違えたと思われるかもしれない。

「先生、そろそろ夕飯のお弁当を買いに行きたいんだけど」

「まさか、正宗。いつも市販のものしか食べていないのか？」

頷いた。

「食事を用意してもらえないのか？」

想像どおり、同情された。情を向けられたほうが、操りやすい。

もっとも、その心配の目は、武田に向けてもらいたい。

「仕事が忙しいし。それに、あの人、お湯だって沸かせない」

「育ち盛りの子供には良くないな。よし、先生が何か作ってあげよう」

そう言うと、担任は勝手にカウンターキッチンに入り、冷蔵庫を開けた。

「材料、あるじゃないか」

中には、肉、もやし、キャベツ、ニンジン、玉ねぎ、じゃがいもが入っている。簡単な料理なら、子供だってできる。冷凍食品も野菜系が多い。むしろ、一人暮らしだという担任よりも、バランスのいい食事を取っているだろう。

食事の支度をできる十歳児がいるなんて、担任は想像もつかないのだ。

「包丁だって錆《さ》びてますから」

食材を取り出している背中に向かって声をかける。

「新しいものを買ってくるよ」

「いえ、そこまでしてくれなくても」

「学校の自転車を借りてきてるから、ショッピングモールまで行ってくるよ。食材ももうちょっと必要だな」

「自分でどうにかしますから」

「子供に任せるわけにはいかない」

「もう大人ですよ」

「半分だけな」

担任は防寒着を羽織って出て行った。買い出しは想定外だけど、悪い方向には行かないだろう。

外まで出て見送り、二階の廊下から外を見る。ちょうど同じマンションに住むカップルがこっちに向かって歩いていた。目が合ったので、会釈をし、担任に向かって「先生！」と叫び、笑顔で大きく手を振った。

部屋に戻って三十分後、チャイムが鳴った。担任が戻ってきたのだ。大きくドアを開け、サンダルを履いて廊下に出た。

隣に住む大学生が顔を出す。自分の家に宅配業者が来たのかと勘違いされたのかもしれない。それほど、この時間に、この家の呼び鈴が鳴るのは珍しいからだ。

「なあ、正宗ってお姉さんがいるのか？」

担任は靴を脱ぎながら、玄関に飾ってある写真を指した。

「母です」

「え、先生よりも若く見えるぞ」

「十年以上前のものですから。まだ結婚したばかりの頃らしいです」

「こんなに綺麗《きれい》な人がお母さんなんて、羨《うらや》ましいなあ。正宗も髪が伸びたら似てるんじゃないか。母親似なんだな」

「よく言われます」という返事は呑《の》み込んだ。親に似ていても嬉《うれ》しくはない。自分は自分だ。

担任は買ってきたばかりの包丁を取り出し、調理器具と食材を洗って、皮を剝《む》き始めた。

「先生、スーツが汚れちゃう」

親の使っていたエプロンを軽く投げる。担任は受け取ると、上着を脱ぎ、ネクタイを外してエプロンを身に着けた。少し古ぼけているが、たっぷりあしらわれているフリルとレースがよく似合う。

渡された上着とネクタイはハンガーにかけるため、寝室に持ち込んだ。

あっという間にいい匂いがしてくる。担任は肉野菜炒《いた》めと味噌汁《みそしる》を作っていた。意外と気が利くのか、即席の白米も一緒に買ってきていたので、レンジで温める。

「いただきます」

コタツの上に料理を並べ、手をあわせてから一口食べた。

人の作った食事を食べた記憶はない。

少ししょっぱかったけれど、美味《おい》しかった。

武田がこの場にいればいいのにと、思った。

食後は写真探しになった。

「小学四年生でもちゃんと自室があるんだなあ。しかも片付いている。よし、生活習慣は満点だ」

広めのベッドに洋服ダンスがふたつ、サイドテーブルと姿見と学習机しか家具はない。物入れを開けて、お菓子の箱を引っ張り出した。

ベッドの上で中身を空ける。担任はマットレスの上に座り、大量の写真を一枚ずつ手に取っていった。スマホをサイドテーブルの上に置き、担任に身体を寄せて座り、見終わった写真を整理する。

「こんなにたくさんあるのに、小学校に入ってからの写真しかないもんなんだなあ」

「生まれてすぐ、親が死んじゃったから、写真どころじゃなかったのかも」

担任の目が曇った。手を伸ばされ、強く頭をなでられる。

「先生」

右手のこぶしを口元に当て、うつむく。

「悲しいことを思い出させてしまってごめんな」

担任の手が背中をさする。甘えるように寄りかかる。

横目でサイドテーブルを確認し、こぶしの中に隠していたリモコンのシャッターボタンを押す。音が鳴らないようにする操作方法は、親から聞いて知っている。

自分で撮影するのは初めてだ。いつもは親に身体をなでまわされ、下半身を中心にカメラに写されていく。

結局、二分の一成人式で掲示する用紙には、一番古い写真を貼り付けることになった。二歳くらいの頃に保育園で撮ってもらったスナップ写真だ。

まだ幸せだった頃。

何も知らなかった頃。

世界がおぞましくなかった頃。

もうすぐそんな世界は終わりとなる。

「あとは名前の由来だな。いい名前だから、きっと何かすごい秘密が隠されていると思うぞ」

担任はそう言って、午後十時前に部屋を出た。

「先生！」

慌てて廊下に出て追いかける。

「これ、今日のお礼です」

百円ショップで買っておいた新品の手袋を渡した。

「そんなの受け取れないよ」

「ご飯が美味しかったから」

タグは切ってあるので、担任の手にそれをすばやくはめた。

「ありがとな」

手袋越しに頭をなでられる。

「鍵《かぎ》はしっかりかけるように」

そう言って、担任は階段を下りていった。途中で、二階に住む若いサラリーマンとすれ違う。外に手を振る様子を怪訝《けげん》な目で見ながら、サラリーマンは自室の鍵を開けた。

上着は着ていたけれど、担任は外したネクタイを忘れたままだった。

そのほうが都合がいい。

4

天気予報のとおり、木曜日は午後から雪が降り出した。

夜になったらもっと激しくなり、明日《あした》の朝は交通渋滞が心配だと、朝のテレビでニュースキャスターが言っていた。積雪予報は十センチ。それが多いのか少ないのかは分からない。

でも、雪が降るのは嬉しい。

「用事のない者は早く帰るように」

まだそんなに降っていないのに、校内放送が流れた。

二分の一成人式の練習は中止になった。明日の金曜日は会場設営のみ。だから、昨日で練習はおしまい。

そして、本番は、きっと来ない。


午後五時半になるまで、家にいた。もう少ししたら、外出しないとならない。学校、駅前、土手、ショッピングモール、立ち読みのできる古本屋、小学生が時間をつぶせる場所なんて、限られている。

昨日は、最終打ち合わせのために、武田とスーパー裏の駐車場の喫煙所で会った。二日連続で同じ場所にいたら変なふうに目立つだろうか。

いや、今日は一人だし、単に行き場のない小学生が遊んでいるだけだと思われるだろう。こんな雪の日でも、喫煙者はきっといる。そこに自分の姿を見せれば任務は完了する。

普通に振る舞っていればいいのだ。それよりも、早く出ないとならない。

武田の分の折りたたみ傘を持って外に出た。

迷った挙句、どのみち買い物もしたいし、合流するから、ほかの場所で時間つぶしはせず、行き先はまっすぐいつものスーパーにすることにした。

マンション前の一本道には出ず、土手に上がる。真っ暗で人っ子一人いないサイクリングロードには雪が積もっていた。

「うわあ」

つい、感嘆の声をあげてしまったが、誰にも聞こえていないだろう。

電車の音を背に、新雪を踏みしめていく。あっという間に、スニーカーが冷たくなる。長靴を履いてこなかったことを後悔した。

五分ほど歩いて、雪の積もった石段を滑り降りる。新築建売住宅が並ぶ道を抜けると、いつものスーパーに出た。

スマホの時刻を確認する。まだ午後六時にもなっていない。

店内に入り、立ったままでも食べられるおにぎりやサンドイッチをカゴに放り込み、裏手にある駐車場に回る。トタン屋根がついているのに、ベンチにも、うっすらと雪が積もっていた。

今から長くて一時間。

何をしよう。

たまには子供らしいことをしてみようか。

ベンチの雪を払い除《の》け、買ってきたビニール袋と折りたたみ傘を置いた。食べ物が濡《ぬ》れないよう、自分の傘を立てかけておく。

足元の雪を掬《すく》い、雪玉を作る。まずはおにぎりくらい。力を入れてしっかり固め、それから雪を足していく。バスケットボールくらいの大きさになってから、雪玉を地面に置き、ゆっくりと転がした。

「ねえ、雪だるまを作ってる子がいる」

「寒くないのかなあ」

「うちらと違って若いもん」

そんな声がした。顔をあげると、スタンド式の灰皿の近くに三人の女性が立っていた。雪玉を勢いよく転がして、彼女たちの前で止める。

「大きいねえ」

おばあちゃんに近いくらいのおばさんが声をかけてきた。笑顔だけ向け、綺麗《きれい》な丸になるように雪玉をたたく。

「あら冷たい。凍えちゃうわ」

付き添いにきただけのようなおばさんが大げさに肩をすくめた。

「おうちに帰らなくていいの？　もう真っ暗よ」

もう一人の細長いタバコを吸っているおばさんも声をかけてきた。

「待ち合わせしてる」

「お母さんと？」

首を振った。

「じゃあ、お父さん？」

もう一度首を振る。

「正宗！」

声がした。武田がベンチにやってくる。靴はどこかで履き替えたみたいだ。

「武田！」

「正宗って、あなたのこと？」

毛皮の耳あてをしたおばさんが首をかしげる。

「武田信玄《しんげん》と」

武田を指して言う。

「独眼竜《どくがんりゅう》政宗」

逆に武田から指をさされる。

「俺たち、下剋上《げこくじょう》を起こして、いつか二人で天下を統一するんだ」

武田がおばさんたちにおどけて言った。

「あら、そんな遊びが流行《はや》っているのかしら」

タバコを吸い終わったおばさんが、ほかのおばさんたちに同意を求める。

「あだ名だったのねえ」

「やあねえ。今はアイデーっていうのよ」

おばあちゃんみたいなおばさんに、もう一人の派手な化粧の若いおばさんが傘を傾けた。

「本名だけどね」と心の中でつぶやく。

「いっぱい降るみたいだから気をつけてね」

おばさんたちに口々に言われた。良い目撃者になってくれそうだ。

駐車場は二人っきりになった。武田と目が合う。表情は冷静だった。レインコートは着ておらず、黒いリュックサックを背負っている。髪には雪の溶けた水滴がついていた。

「お疲れ」

「ああ」

成功したのだ。失敗したら、必ず何か言ってくる。

「腹、減ってる?」

「まあね」

「買ってきてある」

ベンチの上の食べ物をあごで示す。

「食う前に、完成さしちまうか」

武田は新しく雪玉を作り始めた。

「せーの！」

二人で作った雪玉が大きくなりすぎたので、一人で作った雪玉を頭にした。おかげで、かなり大きい雪だるまが完成した。

「あっつい」

額の汗を手の甲で拭《ぬぐ》う。

「汗、すげえ」

武田はブルゾンの前を開け、風を入れている。

「武田」

「ん？」

「サンキュ」

彼は口元だけで笑った。

それから、歩きながらおにぎりとサンドイッチを食べ、途中の自動販売機で飲み物を買って土手に上がった。

「ゴミはどうするんだ？」

「明日《あした》は燃やせるゴミの日だから捨てとく」

「そんな余裕あるのか？　ないんじゃないか」

「分からぬ」

「俺が学校のゴミ集積場に捨てておく」

「良き案だ。頼んだ」

土手のサイクリングロードには、自分の足跡と武田の足跡が重なっていて、その上には、もう雪が積もっている。これなら、誰の足跡なのか分からなくなりそうだ。

奪ってきたスマホは、鉄の柵《さく》に叩《たた》きつけて画面を割った。雪の中に落とし、さらに両足でジャンプする。武田も同じように、踏みつけた。

壊した機械は、川に向けて投げ捨てた。

「俺ら、これからどうなっちまうのかなあ」

武田はリュックサックの中身をビニール袋に詰め込み、本体を手渡してきた。久しぶりに背負ってみる。紐《ひも》を伸ばしていたので、自分のサイズにあうように調整した。

「うまくいったら、二人で同じ施設に入ろうよ。武田が逃げ込めば、今の生活から抜け出せるさ。先に待ってる」

「駄目だったら」

最悪のケースのことを言っている。

「武田はむしろ、そうなることを望んでたんじゃないか」

「ああ。俺はいい。幸せになれる。けど、お前はどうなる」

「施設行きは間違いないかな。まだ十歳だから、精神鑑定もされないだろうし、簡単に出られないような医療系には行かないだろ」

「子供って自由なのか不自由なのか分からないな」

二人で大きくため息をついた。

「いや、そうじゃない」

大事なことを忘れていた。

「なんだ?」

「明日、明後日《あさって》の、武田の飯をどうしよう」

「そんなん、どうでもいーよ」

小さい雪玉を投げつけられた。すかさずしゃがみ、手近な雪を摑《つか》んで投げ返す。でも、武田が避《よ》けるほうがずっと速い。夢中になって雪をかき集める。

「正宗――」

立ち上がって振り返った。同時に、顔に大量の雪が当たる。

「お前、頭いいのにどんくせーよな」

「うるせえよ」

強く頭を振り、肩に残った雪を払う。

当面の食事が心配だったので、二千円を渡した。武田は「半分返す」と、千円だけ受け取った。

金の取引を終えると、その場で武田とは別れた。

5

翌日は二分の一成人式の会場設営どころではなくなった。

朝一番に自宅に連絡があり、すぐに警察の人がマンションにやってきた。顔も洗っていないし歯も磨いていないのに、車に乗せられて遠くの警察署で降ろされる。車に酔ったと訴えたら、小部屋のソファで寝かされた。

そのまま、女性の警察官からたくさん質問を受けた。ここ数日の出来事を話す。ただし、武田にしか話していないことは黙っていた。

登校はせず、帰宅もせず、病院に連れて行かれた。個室で横たわり、しばらく眠った。

帰宅できたのは、それから五日後だった。

入院は一日だけで、その後はよく分からない場所にいた。なんでも、いきなり親を失い、行き場のなくなった子供を保護する施設だそうだ。温かくて、大人たちはみんな優しくて、自然に涙が流れた。それを見て、もらい泣きする人もいた。
葬儀も、役所の人たちが済ませてくれたという。マスコミは大騒ぎだったそうだが、直接の応対は免れた。
久しぶりに自分のスマホに触る。スナップ写真の箱に隠していたから、留守の間は見られなかった。同行している区の職員に断って、ネットの匿名巨大掲示板を確認した。

一月◯日、会社員の正宗一人《かずと》さんが、何者かに背中を数箇所刺されて殺害された。警察では重要参考人として正宗さんの子供の担任教師に事情を聞いている。

スレッドの一番上にはニュースが要約してあり、その後に膨大な数のコメントが続いていた。

・担任の家から児童ポルノが大量に見つかったらしいな。
・子供しかいないのに、夜に自宅に上がり込んでたんでしょ。

・デキてたんじゃない？
・証拠品が落ちてたんでしょ。
・そんなの、ワールドカップのお土産だっていうキーホルダーくらいじゃん。
・包丁だって担任が買ったものらしいし。
・こわっ！
・キモっ！
・はーい。同じ学校の者です。相談室に呼び出しているのを見たよ。
・なら、付き合ってたんじゃん。
・十歳児の画像アップよろしく。
・担任のならあるよー。
・証拠不十分で釈放されたんじゃないの。
・いや、こいつでＦＡ《ファイナルアンサー》でしょう。

さすがに自分の画像はなかったが、名前も学校名も自宅の住所もさらされていた。

担任のほうは、例の自己紹介文の画像がネットに出回っている。

スマホに入ったままの、担任との画像をアップしようかと思ったが、余計なことはしないでおいた。さすがにそこまでしたら、いくら担任でも可哀想だ。

肝心のことは、知られていない。

武田のことも、書かれていない。

バレてないなら、作戦は成功だ。

余計なことはしないに越したことはない。

「二分の一成人式ってどうなったんですか？」

「中止になったわよ」

声をあげて笑いたいのを抑える。

「先生は？」

「残念だけど」

ロリアニメを観ていたというだけで変態扱いされ、保護者たちが学校に押しかけたことにより、退職せざるを得ないらしい。

単なる個人の趣味なのに、まだまだ世間は偏見に満ちているのだ。

「本当に荷物はスマートホンだけでいいの？」

玄関の写真を見ながら、職員が聞いてきた。児童養護施設に入ることになったので、自宅に荷物を取りに来たのだった。その目的を忘れていた。

持っていくものなんて、何もない。

これから新しい人生が始まる。

やっと救われるのだ。

何もかも全部捨てていってやる。


「保険金ってどうなるんですか」

自宅で飲む最後のお茶を淹《い》れながら、一番気になっていることを聞いた。親が死んだら五千万円が入る。受取人は自分だ。

「保険の担当者に聞いてみましょう。未成年の間は後見人が必要になるかもしれないけど、あなたの場合はちょっとすぐには分からないの。ごめんなさい」

報酬は、武田に四千万。自分に一千万。

互いに大人になったら、必ず支払うと言ってある。

「家具も全部処分してしまっていいのね」

「いらない。それよりも、友達に会っておきたい」

「お昼の前には帰ってきてね」

「すぐ済みます」

冷凍食品やレトルト食品をリュックサックにすべて詰め、武田の家に急ぐ。学校はまだ授業どころではないらしく、彼は家にいた。

「久しぶりじゃん」

いつも会っていたのに、なんだか懐かしい気がした。

食料を手渡してから、いつもの駐車場に行った。雪はすっかり溶けていて、喫煙所には誰もいない。

「こっちがいない間、疑われなかった？」

「いや、全然。むしろ、お前のアリバイ証人になった。タバコを吸ってた三人のおばさんたちも証言してくれたらしい」

「助かった！」

「そうだな」

彼は小さく笑った。

「今の生活のままだったら、殺人でも犯して捕まったほうが、まだマシだ。どうせ罪になる年齢じゃないんだし」

武田がそう言っていたので、父親の殺害を依頼した。

どうせならと、嫌いな大人の代表者である担任に疑いの目がいくように細工をした。ペンギンのキーホルダーは、証拠品になるように、担任の指紋をつけておいた。

計画は成功したのだ。

今のところ、この二人に疑いを抱く者はいない。

失敗しても構わないと思って堂々としていたからだろう。

「施設は、隣の区にあるみたい。武田も来るか？」

「気が向いたらな」

武田は少し寂しそうだ。同じ気持ちだ。

「あの、さ」

「なんだ？」

「友達だよね。これからも」

ずっと不安に思っていたことを訊《たず》ねた。怖くて顔を見ることができない。

「そりゃそうだ。分け前をもらえないと困る」

金が絡んでいなかったら友達でいられないのかという邪推はやめた。彼はそういう人間ではない。

「ありがと。助けてくれて」

「俺、かっこいいだろ」

「顔だけじゃないんだな。女子に人気があるのも分かった」

武田には、自分が産まれたと同時に病で亡くなった母親の代わりをしていることも打ち明けていた。

夜の生活も、全部。

半分大人ではなく、無理やり大人にさせられてしまった事実も。

児童相談所に訴えたら、きっと助けてくれる。

だけれど、性的虐待を受けたという事実は一生消えない。

同情、好奇心、あらゆる目がつきまとう。

何も悪いことをしていないのに、普通の人間でいられなくなる。

性的虐待被害者と、殺人事件の被害者、同じ被害者として生きるなら、後者のほうがずっといい。共犯者になったって、地獄にいるよりいい。

武田は、その気持ちを分かってくれた。

「正宗、今度はいつ会えるんだ？」

「分かんない。でも、大人になるまでには会いたいね」

少し距離を置いたほうがいいことも、分かっている。彼を殺人犯にしてしまった罪悪感も、ちょっと強い。

「しばらく会えないなら言っておこうかな」

首をかしげた。

「十八歳になったら、俺たち結婚しちまおうぜ」

「はあ???」

同性愛者だって結婚が許される時代だ。

成人年齢だって二十歳ではなく、十八歳に引き下げられる。

「絶対いいパートナーになれる。少子化対策にも貢献できる」

「不幸な子供が増えるだけだよ」

「俺らは分かってるじゃん。幸せじゃない子供の気持ちを。大事にできるさ」

「こっちは初潮も迎えてないのに、気が早いな」

虐待は連鎖するといわれているけれど、たぶん、武田と二人なら大丈夫だ。

子供を苦しめたりなんてしない。

「花音《かのん》」

ふいに、下の名前で呼ばれた。顔が赤くなる。

「武田花音って名前、イケてるよな」

「その頃は夫婦別姓が選べるようになってるよ」

平成ももうすぐ終わる。

きっと、あたしたちの未来は明るい。

bye bye blackbird...

遊井かなめ

遊井かなめ（ゆうい・かなめ）
昭和五十五年福岡県生まれ。東京外国語大学中退。「レコード・コレクターズ」（ミュージック・マガジン）などの編集を経て、フリーの編集者に。編著書に『サイバーミステリ宣言！』（KADOKAWA）など。

13

安っぽいユーロビートが流れていた。出来の悪いアニメ声で「ナンバーワンナンバーワン」とわめいてやがる。安っぽい麦茶にお誂《あつら》え向きの曲。まさに、ピンサロのBGMという感じだ。

午前十時。開店前で客はいない。スピーカーの音だけが、店内に俄然《がぜん》強めに流れている。目の前の男は言い訳するのを諦《あきら》めたようだ。数えきれない数をただ数えるように、俺の追及に頷《うなず》いている。

オーケー。認めよう。俺は若干、自分に酔っていた。推理を披露する自分にときめいていた。だから、隙ができたのだろう。黒のジャンパーを着た坊主頭は入り口に向かって逃げ出した。背中に店の名前が思いっきり刺繍《ししゅう》されている。後を追う。俺の横にいたスパイラルパーマの男は動けないでいた。

坊主頭はエレベーターが今どこにあるかを確認していた。奴にとっては残念なことに、カゴは下降中。切羽詰まった表情で、あたりを見回している。風俗店の受付には消火器やら鉢植えやらボールペンやら、武器にできそうなものがいくつもあるからな。ただ、ここ数日は晴れていたから、傘立てはない。ビニール傘の先端で目を狙われる恐れはないってわけだ。さあ、奴はどれを選ぶ？

坊主頭はすぐ傍にあった消火器を摑《つか》んだ。確かに扱いやすいよな。

俺は右足を前に出し、重心を落とす。坊主頭が消火器を左に薙《な》ぎ払《はら》った。逃げ場を失った人間として正しい行動。俺はダッキングでかわす。右足を気持ち一個分浅めに、しっかり踏み込む。肩と腰に捻《ひね》りを加え、右の拳《こぶし》を坊主頭の左脇腹に突き刺す。右足を踏みしめ、左脚を跳ね上げる。瞬間、右足の爪先《つまさき》を浮かす。左脚が相手の首に巻き付いていくような感覚。ボディブローからのコンビネーションには自信があるんだな。うまいんだな、これが……って、古いか。とにかく、俺の左脚は坊主頭の側頭部をとらえた。

スピーカーはまだ品のない音楽を垂れ流していた。騒ぎがおさまったことに気づいたスタッフたちがやってくる。暇な奴らだぜ。

1

そして、いつものように僕は六本木《ろっぽんぎ》駅の三番出口から地上に出た。アマンドに向かう。ピンクと白の日よけの下。その辺になんとなく立つ。アニエスb《ベー》のバッグから、文庫本を取り出す。ジャン・フィリップ・トゥーサン『ためらい』。待ち合わせにぴったりの本だ。待ち合わせ時間まで、あと四分半。頭の中で、スペアミント「ア・トリップ・イントゥ・スペース」が流れ出す。

少しして、チバトモがやってきた。お団子頭の女の子。今日も、結び目に細く折った赤いバンダナを巻きつけている。アンテナみたいだ。鼻はやや低いものの、大きくて猫みたいな目。バランス的に「ハクション大魔王」のアクビちゃんを思い出させるような顔をしている。ライトブルーのダウンジャケットは多分キャンディストリッパーだ。

「待たせたねー。じゃあ、早速行こか」

暖かく風が流れ出す。午後三時。挨拶《あいさつ》もそこそこに、僕らは歩き出した。六本木交差点から六本木通り沿いを渋谷《しぶや》方面に八分ほど。七階建ての、窓のない灰色のビルがそこにある。六本木ＷＡＶＥだ。

WAVEはビルのまるまるひとつがレコード屋で、地下にはシネ・ヴィヴァン六本木という映画館が入っている。シネ・ヴィヴァンには、今年の四月に『猿の惑星』のリヴァイヴァル上映を観に行ったのを覚えている。レイトショーだった。春らんまん。猿らんまん。サリュ？「じゃあね」ってわけじゃないけれど、今日、一九九九年十二月二十五日に六本木WAVEは閉店する。

2

シネ・ヴィヴァンでは『CUBE』が掛かっていた。そういえば、十月末にクリストファー・ドイルが監督した『孔雀』を観にきたなと思い出す。あのときはリカと一緒だった。

リカというのは、チバトモの友人で、僕のカノジョだ。美容師の卵で十九歳。僕は最初、リカのお客さんだった。

僕がリカと出会ったのは、八月のこと。その日は編プロでのバイトが休みだったので、全然意味なく家を出たりして、僕は午前十時から吉祥寺のパチスロ屋にいた。午後七時。レコード二枚分と夕食代を稼いだところで、僕は店を出た。筐体《きょうたい》に描かれた黄色い鳥に、感謝のことばを述べるのを忘れずに。

多分、魔がさしたんだと思う。換金所を出ると、僕は線路沿いを西荻窪《にしおぎくぼ》方面に少し歩き、黒ずんだ雑巾《ぞうきん》みたいな色をしたビルの前にいた。カラオケやキャバクラが入っている雑居ビルだ。そのままエレベーターに乗って、上を目指す。降りた先にあったのは、「C Love.com《シーラブドットコム》」というピンサロ。そこで僕が指名したのが、黒髪ロングのリカだった——以上が、僕とリカのなれそめである。秋田出身の彼女は、美容師を目指す傍《かたわ》ら、お店ではキリと名乗って夜のアルバイトをしていた。

僕もリカも使っていた香水がたまたま一緒で、そこで意気投合。電話番号を教えてもらって、付き合うようになった。僕らはバーバリーのタッチ・フォー・ウーマンで繋《つな》がった。

リカと僕は、ギター・ポップやソフトロック、ソウル・ミュージックにボッサ・ノーヴァ、フレンチ・ポップスにハウスといった音楽が好きだった。いわゆる「渋谷系」と括《くく》られがちな音楽だ。ご多分に漏れず、僕らも渋谷や代官山《だいかんやま》で遊んだ。渋谷のマキシマム・ジョイにレコードを掘りに行ったり、代官山のA　CHI　CHIでカフェ・オ・レを飲んだり。お台場《だいば》で遊ぼうなんて考えたこともなかった。チバトモも僕らと音楽の趣味が近かったので、三人でよく遊んでいた。

3

六本木ＷＡＶＥの入り口にはエリック・クラプトンのバナーが掲示されていた。クラプトンとＷＡＶＥという取り合わせは、ずれているように感じられた。

午後三時十分。一階を素通りして、僕らはエレベーターで上に向かう。二階には日本のポップス、三階には海外のポップス（とワールドミュージック）のＣＤとレコードが並んでいる。店内は閉店セール中で、活気こそあるものの、レコード棚にはめぼしいブツはあまり残っていなかった。フロアに立ち並ぶ棚は慰霊碑のようで、どこかひんやりしている。

「今日はリカ、残念だったよね」ベックの新譜を手にとって、チバトモが僕に同意を求めてくる。「リカも来たかっただろうね」

リカは今日も仕事で、この店の最後には立ち会えそうにない。フリッパーズ・ギターの解散を数日遅れで知ったことを、八年経った今でも後悔している彼女のことだ。悔しがるに違いない。

リカは六本木ＷＡＶＥという空間が好きだった。ＴＳＵＴＡＹＡや新星堂《しんせいどう》には置いていない、特別なポップスに触れられるから。東京のキラキラした部分にアダプトしている気になれるから。彼女がこの店に通っていたのは、多分そういう理由だ。僕がまさにそうであるように。

チバトモは次々とCD棚に手を伸ばしていく。だけど、僕はそんな気分にはなれなかった。今ここで棚を漁《あさ》るということが、墓をあばく行為の比喩《ひゆ》に思えてならなかったからだ。行動が事象に意味を与えてしまうというか。僕らが手を伸ばすことで、目の前の棚は象徴としての「墓」になってしまうのではないか。棚から抜き取ったCDは手に触れてすぐ崩れて消えていくのではないか。そんなふうに思えたからだ。

気後れする僕。レジに向かうチバトモ。彼女はガールフレンドの7インチを買った。スウェーデンのグループだ。バッド・ドリーム・ファンシー・ドレスみたいなジャケット。多分、中身もあんな感じに違いない。そう、ノスタルジックでヘタウマ。

「スウェディッシュ・ポップスって、みんな聴かなくなったよね」階段を降りながら、チバトモはそんなことを口にする。これは明らかに比喩になっている。僕は返事をしなかった。

4

「さんちゃん、どうしたの？」電話にでた僕は返事した。

午後四時十分。WAVEから出たところで、携帯電話に着信があった。着信音は自分で入力したもので、三和音の山下達郎《やましたたつろう》「クリスマス・イブ」。「セイヂくん、ベタだねー」アンテナ頭のチバトモがすかさず小声でつっこんできた。アンテナ三本分の感度で反応した彼女は、笑いをこらえている。着メロ本を眺めながら音階を一個ずつ打ち込んでいった僕の姿でも想像しているのだろう。

耳から一旦《いったん》携帯を離し、オレンジ色に輝く液晶を眺める。アンテナはゼロ本。圏外ではないが、ギリギリ電話は繋がるといったところだ。

「ようやく繋がった。よかったよー」電話の向こうで、さんちゃんがほっとしている。どうやら、さっきまで僕の携帯は圏外だったようだ。「セイヂは今どこにいるの?」

「六本木だよ」そういえば、今日は昼から外出することをさんちゃんには伝えていなかった。さんちゃんは、C Love.com のボーイで、先月からマンションの部屋を僕とシェアしているルームメイトだ。昨晩は僕とリカと一緒に C Love.com で夜通し飲んでいたはずなのに、オール明けで店に出勤している。タフな同居人だ。

「そうか。まだ六本木なんだな。今は誰かと一緒にいるの?」

「いや、僕一人だよ」僕はスライスチーズを裂くように嘘をついた。僕らは、ありふれた嘘をついていた。互いに二重の秘密を探り合っている。

さんちゃんは、急に電話をかけたことを謝ってから、電話を切った。その声には焦りがにじみ出ていた。そこに、僕は嫌な予感を覚える。さんちゃんは「まだ六本木なんだな」と念押しした。僕が六本木にいることを知っていたのならば、「まだ」はわかる。知らなかったはずなのに「まだ」という言葉をチョイスするのは不自然だ。

さんちゃんは、なんだかんだ言って、やくざな仕事についている。そして、僕とは親しい仲である。そういう男が隠し事をして、僕の裏をかこうとしている。そんなときは気をつけた方がいい……と、僕に以前教えてくれたのは、他ならぬさんちゃんだった。

5

青山《あおやま》ブックセンターの二階で立ち読みしたあと、六本木通りを溜池《ためいけ》方面に歩いた。ついでに誠志堂《せいしどう》に行こうとチバトモに提案する。

僕らはアマンドの前まで戻ってきた。午後四時半。オレンジ色の太陽が灰色の雲を炙《あぶ》っている。僕はあくびを噛《か》み殺す。あくびにつられたチバトモも口を大きく開ける……。

そんなどうにも腑《ふ》抜けたタイミングで、三菱《みつびし》のスペースギアが近づいてきた。奇妙なことに、緑色のミニバンはドアを開けたまま、路肩に停車した。

クラクションと罵声《ばせい》がスペースギアに浴びせられる。ニット帽とマスクを身につけたジャージ姿の男が車から降りてきた。黒のプーマに身を包んだその男は、明らかに僕を目がけて歩いてくる。僕は動けなかった。男が僕の左腕を掴《つか》もうとする。僕はそれでも動けなかった。声も出せなかった。だけど、チバトモが叫んだ。叫んでくれた。いかにもチバトモだなって感じの叫び声で。

「なにしてるんだ！」通りを歩いていた老人が、チバトモの叫び声に気付いて怒鳴る。ジャージ姿の男が怯《ひる》んだ。その隙に僕らは走り出す。車は男を残して渋谷方面に発進。残されたジャージ姿の男は僕らを追いかけてくる。僕らはわけがわからないまま走り続けた。チバトモはぜいぜい喘《あえ》いでいる（もちろん僕も）。道行く人を避けながら、僕らはわけわかんないまま、走って逃げた。走っているのか歩いているのかわからない感じで。

さんちゃんから電話があった時点で、僕らが何かに巻き込まれているという予感はあった。だが、緑色のミニバンに拉致《らち》されそうになるなんて、想像もしていなかった。

とにかく、久しぶりに走って再確認したことがある。VANSのスリッポン・シューズは走るのに不向きだということだ。もし僕がリーボックのアレン・アイヴァーソン・モデルなんか履いていたら、僕らは芋洗坂《いもあらいざか》を駆け降りて逃げていたはずだ。イメージとしては、『トレインスポッティング』の冒頭——警備員から走って逃げるレントンとスパッドだ。ただ、僕らの心肺機能は彼らほどタフではなかったので、人混みにまぎれることにした。

マイアミからイタリアへ。マイアミビルからイタリアントマトの前へ。横断歩道を渡る。飛び出してきた車に轢《ひ》かれそうになりながら、脚をもつれさせながら、僕らは右足と左足を交互に前に出す。行き場を見失ったアルマジロのように、無様に前に、不格好に進む。店の前に警察官が立っていたのは、十秒ぐらい前に気づいていた。僕らは彼に助けを求めた。振り返ると、ジャージ姿の男は姿を消していた。

座り込む僕とチバトモ。風よ吹け、と僕は願った。吹いてくる風で、涙なんてすぐ乾くはずだから。息も絶え絶え、咳《せ》き込んでいた僕の目には涙が浮かんでいた。ようやくまともに呼吸ができるようになって、僕は思い出した。レントンが履いていたのは、アディダスのサンバだということを。

6

僕とチバトモは日比谷《ひびや》線中目黒《なかめぐろ》行きに乗った。リカとは午後七時半に渋谷で落ち合うことになっている。

「結局さぁ、セイヂくんはアニエスbが好きなんだよね。そのPコートもアニエスじゃん」まだ動揺しているのだろう。チバトモは震えていた。戸惑っている。二人、わなわなと震えていた。だけど、気を紛らわすためなのか、チバトモはどうでもいいことを訊いてきた。

「じゃあさ、セイヂくんはボーダーのシャツを着るにしても、アニエスなわけ？」

「うん。縞《しま》の太さが好みなんだよ」チバトモがダウンジャケットの下にセントジェームスのボーダーシャツを着ていることに、僕はもちろん気づいていた。

「あのさぁ、セイヂくんはかわいいと思われたいのかもしれないけど、三十過ぎてもまだその路線だったら、私は怒るからね」彼女は唇をとがらせる。

「スパイラルパーマに眼鏡なんて、安藤政信《あんどうまさのぶ》を意識しているのかもしれないけど、十年後もそれだったら怒るからね」チバトモは途中から笑っていた。調子を取り戻したようだ。

「でさぁ、今からどうするわけ」

待ち合わせの時間まで、あと二時間半。さっきの奴らにまた追いかけられるかもしれない。僕にアイデアはなかった。とりあえず、中目黒で降りて東急東横《とうきゅうとうよこ》線に乗り換える。そのまま東横線で渋谷に向かうのがベターな気がした。人混みに紛れていれば、彼らも手出しできないはずだ。なにより、今日は土曜の夜のクリスマス。渋谷で今日もバカ騒ぎしている連中に便乗させてもらおう。とりあえず、〈羽目を外した奴ら〉と〈アクセサリーを路上販売している奴ら〉と〈プーマのジャージ野郎〉の見分けがつきそうにないセンター街だけは避ける——それが僕らの方針だった。

7

僕とチバトモは、ファイヤー通りと公園通りを行ったりきたりして、あちこち覗《のぞ》いてブラブラ歩き、時間を潰《つぶ》した。美容院でのバイトを終えたリカから、渋谷に到着したと電話があったのは、午後七時二十分のことだった。僕らが追われていることについてはリカには黙っておくことにした。

十分後、僕らはリカと落ち合った。待ち合わせ場所はタワーレコードの五階、カントリーとブルーグラスのコーナーだ。いつ来てもあまり人がいないので、僕とリカは渋谷で待ち合わせするときはいつもここを使っている。

「セイちゃんもチバトモも、携帯のメールを使おうよ。駅前は電話が通じづらいんだよ？『着いた』って電話するのも手間なのに」会うなり、リカは苦情を述べてきた。「いつも読んでくれないから、メール送らないんだよ？」彼女の声は少し怒っている。

赤いダッフルコートを着た身長一四八センチのリカがこちらを見上げながら不平を述

べる様はかわいかった。多分、彼女のコートは、小沢健二《おざわけんじ》「痛快ウキウキ通り」のジャケット写真を意識したものだろう。僕は、リカへのクリスマス・プレゼントにプラダの靴を用意していることを、まだ内緒にしておくことにした。

「私はさぁ、携帯でメールを送れるなんて信じらんないのよ。それに、iモードだっけ? 外でわざわざ見なくても、家に帰ってパソコン見ればいいじゃん」チバトモが言い訳だかなんだかわからないことを言う。僕が携帯のメールを使わないのは、ダイヤルボタンを押して文字を入力するのにまだ慣れていないからなのだが、話がややこしくなるので、ここは黙っておくことにした。

「チバトモ、ちょっとうるさいよ」リカはチバトモを軽くたしなめる。僕らはそれを合図に、カントリーの棚を離れた。チェット・アトキンスの弾く「ウィンター・ワンダーランド」がフロアでしんしんと鳴っていた。

エスカレーターで降りながら、僕らは次にどこに行こうか相談した。店内はクリスマスの飾り付けがしてあって、赤や緑とタワレコ本来の黄色が絶妙に調和していた。どこかくすんでいた六本木WAVEとは違って祝祭感に溢《あふ》れていた。モーニング娘。「LOVEマシーン」のようなアッパーな曲が普通にかかってもよいというか。六本木WAVEには多分、「LOVEマシーン」は似合わない。もっといえば、六本木WAVEでは「LOVEマシーン」がかかるのをよしとしない雰囲気すらある。サブカルにこだわる、ではなく、サブカルに徹する。それが六本木WAVEであり、だからこそ生き残れなかったのかもしれない。そんなことを僕は考えていた。

僕の意識を引き戻したのは、後ろにいたチバトモの声だった。「今日もケーキを食べたいよね」

僕の前にいるリカが振り返って答える。「セイちゃんには今朝も言ったけど、今日はクリームたっぷりのケーキは食べたくないな。チョコケーキがいい」下がり眉《まゆ》のリカは声まで下がり気味だ。

僕らは三階の洋楽コーナーを通過する。

「なんで？」チバトモが被《かぶ》せ気味に訊《き》く。

「いや、さすがに……。お客さんの顔が浮かぶもん」リカの声も眉毛も八の字形に下がっていく一方だ。

僕らは、ポール・マッカートニーの「ワンダフル・クリスマスタイム」が流れる一階まで降りると、店を出た。

店の前の横断歩道を渡り、ゆるやかな坂道、通称「フィンガーアベニュー」をのぼる。そして、八月にオープンしたばかりの「TGIフライデーズ」に入った。見上げると、赤と白のストライプの日よけがあった。ピンクと白から、赤と白へ。僕はストライプに魅入られている。

フライド・モッツァレラ、オニオン・リング、そしてフィッシュ&チップスがテーブルに並ぶ。僕はクラシック・モヒート、リカはストロベリー・マルガリータ、チバトモはトロピカル・マイタイを頼んだ。五〇年代アメリカ、もっといえばロックンロール時代のアメリカがイメージされるような内装は、確かにポップだが、人工甘味料めいた都合の良さがあった。「八〇年代は、こういう店に大学デビュー組が集まったんだろうね」「これを九九年の今楽しむっていうのが、ジョンとヨーコが言うところの〈ラヴ&ピース〉なんだ」などと、僕らはしばらく無駄口を叩《たた》いた。

午後九時十分。ケーキが運ばれてくる。リカとチバトモにはヴァニラ・アイスがたっぷり載ったチョコレート・ブラウニー、僕にはニューヨーク・チーズケーキ。いつだって僕は慎《つつ》ましくありたいのだ。二口ほど食べたところで、リカが話し始めた。

「今日、ドットが大騒ぎだったらしいの」

僕は「C Love.com」を「ドット」と略す彼女のセンスに驚きながらも、そこはつっこまずにたずねた。「イベント絡み?」

C Love.com では去年からクリスマス時期にクリームを使ったイベントを行ってい

8

た。女の子の胸にクリームを塗って、それを客が舐《な》めるというイベントだ。クリームの仕入れ先がなかなか決まらなかったと、さんちゃんから聞いたことがある。

「いや、そっちじゃなくて」リカの声はやや尖《とが》っている。

「ひょっとして、さんちゃんが関係してる?」僕は慌てて聞き返した。

「わからないけど、お店の女の子が言うには、ドットの昨日の売上が事務所から盗まれたんだって」リカはフライド・モッツァレラにまた手を伸ばす。カロリーの過剰《オーヴァー》摂取《ドーズ》だ。


リカの話は寄り道が多いので、僕なりにまとめてみる――。

本日午前十時。C Love.com の開店準備中に、昨日の売上金百三十四万円が集金袋ごとなくなっていることが判明した。昨日の閉店時には売上金の所在は確認されており、事務所の鍵《かぎ》を無理やり開けた痕跡《こんせき》がなかったことから、身内の犯行だろうということになった。

店長は、お店のケツ持ちをしている「マックス」というグループに報告。三十分後には彼らが店に到着した。マックスは「ラヴ・マスター・セックス」の略で、杉並《すぎなみ》区と武蔵野《むさしの》市で活動していた暴走族ＯＢの集まりである。彼らはヤクザ組織には所属しておらず、ヤクザとの繋《つな》がりもないそうだ。

規律を重んじるマックスは、すぐに捜査を開始。昨日の遅番スタッフは全員家宅捜索され、今日の早番も事務所内で身体検査をされたのだという。おかげで、店は二時間遅れの午後三時にオープンする羽目になった——。

僕にはなんとなく見えてきた。チバトモも気づいたようだ。この話は、さんちゃん経由で僕らに繋がっている。

「お金は見つかったの?」僕は答えがわかっていて訊いた。

「まだ見つかっていないらしいよ」リカは、お店の女の子の恋愛事情を話すのと同じようなノリで僕に話す。「あずさちゃんは色管《いろかん》されているらしいよ。相手は店長なんだって。あんなハゲのおっさんと付き合う?」ぐらいのノリ。

軽い目眩《めまい》がした。僕の頭の周り、半径三〇センチ以内で星がきらめいているようだった——おそらく、こういうことだ。昨日、僕は閉店後のC Love.comで、勤務明けの女の子とボーイたちと飲んでいた。結局、始発まで飲んでいたのは、僕とリカとさんちゃんの三人。最後に戸締まりをしたのは、さんちゃんだった。この事実は、マックスに把握されているはずだ。おそらく、さんちゃんはすでに拘束されている。残る容疑者は僕とリカ、ということなのだろう。まったく身に覚えのないことで、僕は追われているようだ。

「リカは誰かに追いかけられたりした？」黙っている僕の代わりにチバトモが訊いた。チョコ・ブラウニーに載っているヴァニラ・アイスは、キャラメル・ソースと混ざり合ってどろどろだ。

「全然。誰にも追いかけられていないよ？」テーブルの向かいに座っているリカは、こちらを見つめながら返事する。下まつ毛がくっきり見える。だから目が大きく見えるのかな、とくだらないことに気づく。僕は六本木で起こったことを説明する。

「そだそだ。さんちゃんから三時頃にメールがあって。どこにいるのか訊かれたんだ」

メールのやりとりを見せてもらった。

さんちゃんからのリカへのメールはこうだ。

「キリちゃん?? 今どこにいる??!?」——「?」が多い。お調子者のさんちゃんらしい。

それに対するリカからの返信はこうだ。

「阿佐谷《あさがや》でバイト中だよー。そっちは大変みたいね。今頃おびえてるんじゃない、金とった奴？セイチは家で？」リカはメールの文章もふわふわしている。しかも絵文字入り。

メールにある「家で」というのが、よく意味がわからない。「外に出ることをうちらは家出って言ってるの」リカがはきはき答える。それを言うなら「外出」だ。〃ドット"で流行《はや》っている言い回しらしいが、頭がくらくらする。

メールのラリーはまだ続く。

「セイジは今日家出するっていってた⁇」さんちゃんが質問する。お前も「家出」か。

「六本木に行くっていってたよ！」

流れは大体わかった。マックスは、さんちゃんに僕とリカの居場所を探るよう脅したのだろう。すると、先にリカと連絡がつき、僕が六本木にいるとわかった。そこで、彼らは六本木に向かった。その内、僕とも連絡がとれたので、僕がまだ六本木にいるかどうかをさんちゃんに確認させた——そういう流れに違いない。

なお、メールのやりとりは夕方になって再開され、リカが僕と渋谷で待ち合わせていることは、さんちゃんにばっちり伝わっていた。

「でも、なんで、リカは追われていないんだろうね」チバトモは首をひねっていた。

9

午後九時四十分。ＴＧＩフライデーズを出ると、僕らはパルコ前の交差点まで出て、そこからオルガン坂を西に歩いた。突き当りは神南《じんなん》小学校下交差点。東急ハンズは今日も僕らを指さしている。酔った男女のグループとすれ違う。彼らははしゃいでいた。

男は「あーちーちー」、女の子は「まるまるまるまるまる」。彼らは僕らと違って、ホールデン・コールフィールドみたいとかなんとか言われてご機嫌になるようなことはないだろう。すれ違いざま、風船を手に持っている女の子に「チャオ」と声をかけられた。

北へ、NHK方面に進むと、マンハッタン・レコードの青い屋根が見えてくる。マンハッタンと向かいの吉野家《よしのや》との間に、右に曲がる裏路地がある。通称シスコ坂。CISCO《シスコ》をはじめとして、レコード屋が立ち並ぶ通りだ。路地に面したビルにはグラフィティ・アートが描かれ、フライヤーが壁に所狭しと貼られている。薄汚れた自動販売機の傍ではホームレスが寝ている。そんな路地だ。

いつものようにレコードを掘りに行こうとしたところで、交差点のあたりから、けたたましいクラクションの音が聞こえてきた。見覚えのあるミニバンが、信号を無視して曲がろうとしているのが見えた。渋谷中を探し回っているにちがいない。

見つからないように、僕らは裏路地に入った。シスコ坂の階段を一段飛ばしで駆け上がる。どうやら気づかれなかったようで、追われている気配はない。しかし、安心はできない。僕らは階段をのぼりきると、左折して無国籍通りのゆるやかな坂を北に進んだ。渋谷税務署前交差点に出たところでタクシーを呼び止める。
行き先をどうするか一瞬悩む。すると、リカが先に声をあげた。それは、僕が考える限りで一番居心地の悪い場所だった。

10

室内の至るところにあるTVモニターから、様々な喘《あえ》ぎ声が聞こえてくる。夜の十時半。僕らはAVショップにいた。歌舞伎町さくら通りにある雑居ビルの四階に、その店「スリム・チャンス」はあった。僕のすぐ傍にあるモニターでは、茶髪でショートカットの女の子がモザイクなしで絡んでいた。正常位から騎乗位、そして正面座位へ。崩れ落ちて、もつれ合って、浮かんではベッドに沈んでいる。三年ぐらい前に人気だったAV女優だ。

「どーした？　疑似だからガッカリしてんのか？」スリム・チャンスの店長が、にやにやしながら訊《き》いてくる。白いロングTシャツを着たその男は、アメリカン・スピリットに火をつけると、僕らを奥の事務室へと案内した。Tシャツには、吸血鬼みたいな面構えをしたミッキーマウスがプリントされている。

今まで起こったことをチバトモが説明し終えると、彼は立ち上がった。男は唐突に目の前のテレビに踵《かかと》を落とす。どうやら、テレビの映りが悪いことに腹を立てているようだ。テレビが機嫌を直したことを確認する彼の左目、その目尻《めじり》の少し下のあたりにホクロがあるのに、僕は気づく。咥《くわ》えタバコの煙が沁《し》みたのか、右目は閉じられていた。

「面倒なことになってんな」ジョージ・コックスの白いレザーのチャッカブーツをテレビに載せたまま男は話を始めた。リカは彼を冷めた目で見ていた。ツイストパーマのその男はハラグチという名で、リカの前の彼氏だった。

ハラグチはマックスの立ち上げメンバーの一人で、マックスのリーダー麻倉《あさくら》とは幼《おさな》馴染《なじみ》なのだという。ハラグチに調停役を頼むため、僕らはここに来たのだ。

「残念ながら、麻倉は乱闘騒ぎで捕まっていて、今は波多野《はたの》という奴がマックスをまとめてる。頭がキレる奴で、詐欺事件を仕掛けたり、パーティーやヤリコンを仕切ったりして、ガッツリ稼いでるらしー。んで、波多野ってーのは俺の後輩なんだが、昔から細かいことにぐだぐだこだわる奴でな。不祥事には厳しーんだわ」黒いレザーのジョガーパンツにタバコの灰が落ちたのだろう。ハラグチは手でパンツをはたいた。いちいち動作が大きい。

ハラグチにも問い合わせの電話はあったようだ。「セーちゃんの居場所を知らねーかと訊かれたよ。俺からオンナを寝取った奴の居場所なんてわかるわけねーよと答えたがな。とりあえず、金をとったのがおめーじゃないのはわかる。おめーはびびりだからな」ハラグチは犬みたいな目でにやついている。

「ただ、マックスの奴らがおめーだけを疑っている理由がどーにもわからねー。もう一度、最初から話してくんねーか？」

僕らは最初から順を追って説明した。新宿《しんじゅく》に向かうタクシーの中で、僕の居場所をたずねる電話がリカに何度かあったことも伝えた。話を聞き終わると、ハラグチは椅子に座って考え始めた。僕ら三人は暇なので、ソファーに並んで座った。さっきまでハラグチに足蹴《あしげ》にされていたテレビで「桃太郎電鉄V」を始める。

「あのさー、AV屋なんて儲《もう》かるの？　レンタル屋に勝てなくない？」チバトモはどうでもいいことを訊く。

「んあ？　今はぼちぼちといったところだが、数年後は儲かるだろーな。アクビはDVDって知ってっか？　DVDはVHSよりも収録時間がなげーし、作るのも安く済むんだよ。しかも、大量生産が可能ときてる。今までは一時間のテープを作成しようとすると、ダビングに一時間かかったのが、DVDだとものの数分でできちまうからな。となると、販売価格もぐんと落ちる。三千円も払えば、新しいのが買える時代がくるだろーよ。その値段なら雑誌感覚で買う奴が出てくんじゃね？」ハラグチは僕に同意を求める。

「メールでの通販受付も始めたんだが、これも評判いーしな……」ハラグチはそこで何かに気づいたようだ。貧乏神のなすりつけ合いをしていた僕らのところにやってくるなり、リカから携帯を取り上げた。携帯の画面をしばらく眺めると、ハラグチは机に戻る。

「昔、リカと携帯でメールしていたときに、何度かいらっとしたことがあるんだよ。なんかわけわかんねー記号が出てきてな。『‖』のたくましいバージョン。これはリカと別れてから知ったことなんだが、絵文字ってあるだろ？　あれが文字化けしてんだわ。俺はJ-PHONEでリカはdocomo。違う機種だと、そーいう症状が出るみたいだ。でだ、J-PHONEからdocomoに絵文字付きのメールを送ると、絵文字が『??』に化けるらしーんだな」

さんちゃんの携帯がJ-PHONEだったことを僕は思い出した。さんちゃんのメールは、だから「??」が多かったのか……。

「すると、問題になってくるのが、リカのメールだ。俺に転送してみたんだが、こう表示されるんだわ」ハラグチは自分の携帯を僕に投げる。キャッチしたそれは傷だらけで、普段から雑に扱われていることがよくわかった。僕は急いでメール画面を開いた。

「阿佐谷でバイト中だよー。そっちは大変みたいね。今頃おびえてるんじゃない、金とった奴▮▮セイヂは家で？」

絵文字の「?.」は「▮▮」に化けていた。

ハラグチは首を回して、鳴らし始めた。そのまま喋《しゃべ》り出すので、声が左右に揺れている。「マックスの奴らは＝をイコールだと思ったんじゃね？　『今頃、お金をとった奴、すなわちセーちゃんは家でおびえているんじゃない？』と読んだんじゃねーか？」。それで僕が疑われるハメになったのか……。

さっきまで僕にキングボンビーをなすりつけるのに必死になっていたリカとチバトモは、僕を助けるようハラグチに懇願していた。ハラグチは面倒くさそうに、携帯電話を手にした。

11

四コール目に電話はつながった。俺はセイヂの無実を訴え、マックスの勘違いだと説明した。そのあとは散発的な呟《つぶや》きを繰り返すだけ。波多野が怒鳴れば、なだめすかす。そうやって、十分が経過した。電話は切れた。内容を反芻《はんすう》しようとしたが、無理だった。面倒ごとに巻き込まれてしまったことに、俺が苛《いら》ついていたからだ。

俺は隣の倉庫部屋に向かう。リカたちは俺を不安げに見る。物が倒れる音、崩れる音、割れる音はリカたちに聞こえてしまうだろう。でも、構いはしない。これはスイッチを入れる儀式だ。ひとしきりあたり散らすと、俺は倉庫部屋から出た。事務所の冷蔵庫から缶コーヒーを取り出し、プルトップを開ける。

リカの目が冷たい。セイヂは不安そうだ。俺は深呼吸して、説明を始める。

波多野はマックスの下っ端が勘違いしていることは納得した。だが、まだセイヂを疑っている。セイヂじゃないというのなら、真犯人を明日《あした》までに挙げろと要求しやがった。ふざけるな。俺は便利屋じゃない。AV屋だ。

ただ、望みはある。ドットの連中が普段からいかにぶったるんでいるかを、波多野は知らない。現にドットの奴らが昔やらかしたミスを知らなかった。マックスの奴らが調べていないポイントが絶対にまだあるはずだ。

俺は、襟にボアの付いた黒のレザージャケットに袖《そで》を通す。

「とりあえず、今からドットに行くぞ」

リカたちは支度を始める。四年目まで進んでいた「桃鉄」をチバトモは当たり前のようにセーヴする。またここに来るつもりか。リカは音符みたいに笑って、セイヂに手を振っている。セイヂも手を振り返している。自分らの置かれている状況がわかっているのか？

考えをまとめるため、支度しながら話を続ける。まず、早番は身体検査されて何も出てこなかったのだから全員シロだ。昨日の遅番がさんちゃんになすりつけようとしたとも考えられるが、あいつ以外のスタッフはあいつが朝まで残ることを予測できなかったはず。だから、遅番もシロだ。どちらにせよ、店の者じゃないだろう。バレた場合のリスクはわかっているはずだ。暴走族上がりのリンチがどんなものか想像つくだろ？　じゃあ、外部の人間か？　だが、毎朝店にやってくるおしぼりの配送業者はそもそもドットの事務所に入れないそうだ。シロだ。じゃあ、誰だ？

チバトモが事務所に転がっていたブランケットを拾い、持っていこうとする。俺が頭脳労働に励む間、おめーは寝るつもりか？


店を出て、エレベーターに向かう。この時期はやはり寒い。廊下はひんやりとしていた。カゴに乗り込む。先客がいる。上の階の客か。つまり、こいつは放尿専門風俗店の客ってわけだ。目が合わないように、俺はカゴの中でじっとしていた。今の時期なら、あの店は尿を出汁《だし》にした鍋《なべ》を提供しているはずだ。こいつも鍋で温まったのだろうか。鍋奉行は気まずそうにエレベーターに乗っている。ふと隣を見ると、リカたちも目を泳がせている。気まずい時間がただただ流れていた。

カゴはようやく一階に到着。俺らは逃げるようにしてビルを出た。今日もさくら通りは、怪しい呼び込みで活気づいている。俺に裏ビデオを売りつけようというバカはさすがにいないが、セイヂがうさん臭いおっさんに声をかけられそうになっている。すぐに舌打ちして追い払う。新宿区役所に沿って、区役所通りを北へ歩く。リカたちはホストやキャバ嬢を見てははしゃいでいる。

「途中でコンビニに寄ろーよ」チバトモはお泊り会と勘違いしているんじゃないか？　ピンボール台みたいに派手な壁の建物が見えてくる。747超高速立体駐車場。ブルーのトヨタRAV4はそこに停めてある。

夜十二時半。靖国《やすくに》通りはそこまで混んでいない。流れていく風景はクリスマスそのものだった。カーステレオではローリング・ストーンズが鳴っている。ストーンズをちゃんと聴いたことがないのだろう、助手席のセイヂがそわそわしている。

「この曲、サビでのハモリ、かっこいいですね。なんて曲ですか？」こいつとは友だちになれそうだ。俺は自分がおかしくてならなかった。だから、いつもの調子で答えた。

「ミックスト」一拍区切って「エモーションズ」

12

午前一時二十分。合鍵《あいかぎ》で入った閉店後のドットには誰もいなかった。リカとチバトモは、事務所のソファーに並んで座っている。二人はブランケットにライナス風にくるまって、事務所にあったプリングルズを勝手に食べていた。俺はセイヂと一緒に事務所の中を見て回る。椅子が俺に引っ掛かって何度か倒れる。いちいちムカつくよな。ドットのスタッフジャンパーが床に転がっている。セイチが拾い上げた。背中には店の名前が刺繍《ししゅう》されている。ひねりがない。

俺は椅子を起こしながら、普段と変わったことが昨日なかったか、セイヂにもう一度訊《き》く。車内で何度も確認したが、もう一度念のために確かめておきたかったのだ。だが、特に何も引き出せなかった。ヒントは相変わらず不足している。俺はタバコに火をつけたまま、店内に向かった。セイヂもついてくる。

店内にはフラットシートが十席。それぞれの席には、高さ一メートルほどの仕切りしかない。これだと、隣の客が丸見えじゃねーか。俺は驚いているのに、セイヂは「今さら?」という顔をしている。常連面してやがる。自慢できない常連だと思うがな……。

靴を脱いでフラットシートに上がる。上がってみてわかる。やはり隣が丸見えだし、隣にも丸見えだ。なんかエロいのな。「アップル写真館」で見たシチュエーションだ。

すると、突然、それが俺の目に飛び込んできた。よく見えないので、隣のシートに跳び移る。それというのは、壁に貼ってあるチラシだ。やっぱり普段とは違う素敵なサムシングがあったんじゃねーか。俺は首を盛大に鳴らす。

「12月23～26日はクリスマス・イベント! ホイップまみれのおっぱいを舐《な》めよう」

チラシにはそう書いてある。なんだそれ。「デラべっぴん」で見たやつじゃん。この店、エロいのな。なんか腹たってきた。俺はセイチにイベントについて知っていることはないかたずねた。セイチは無駄口を叩《たた》かず、最短距離で説明してくれた。ドットがクリスマスにクリームを使ったイベントを行なうのは今年で二回目。去年はスーパーで売っているクリームを使用したが、甘ったるくてプレイどころではないという声があり、今年は口当たりのよい業務用のクリームに切り替えたそうだ――。業務用ホイップクリームの仕入れ先が気になる。ドットにクリームのツテなんかないはずだ。奴らにはインターネットで調べるなんて考えもないはず。あいつらは、どうやって業務用のクリームを手に入れた？

「近所のケーキ屋さんで働く店員さんからこっそり分けてもらってるって、さんちゃんから聞いたなぁ」ケーキ屋？

俺は事務所に戻る。昨日、一昨日《おととい》とドットに出ていたリカなら、入手先を知っているはずだ。早速たずねると、リカは二日間でついたお客さんの顔を思い出したらしく、「気分が落ちた」と言って、ふさぎこんでしまった。同棲《どうせい》していた頃に何度か見た光景。ちょっと感傷的な気分になる。俺はリカの頭をぽんぽんと軽く叩いた。リカは「痛い！」と怒る。全然力を込めていないのに……。ごめんな。少し調子を取り戻したリカがぽつりぽつりと説明を始める。俺は急《せ》かすような真似をせず黙って聞く。説明はところどころで回り道したが、俺の知りたかったことは全部入っていた。よくがんばった。さんきゅ。そして、ごめん。

「おっけー。ケーキ屋が朝十時に早番スタッフと一緒に入店して、事務所の冷蔵庫に置いていくわけな。わかった。そいつが犯人だ」

「えー。いくらなんでも、さすがにそこは調べてるでしょ」チバトモが反論する。

おいおい。ドットの店員を信用しすぎだ。奴らがいかにたるんでいるか例を出そう。

ドットには大学生のキャストが少なくない。一方で、ピンサロは価格帯が低いので、学生客も多い。だから、しばしば事故が起こる。客とキャストの通っている大学が一緒という偶然が稀《まれ》に生じるのだ。実際に、女の子が身バレしちゃうという悲しい事件も起きた。そこで、女の子を守るために、ドットが思いついたのが、学割サービスだった。

学生は金がないから、割引してもらうために学生証を提示する。それが店の狙いだった。もしその客が、指名した女の子と同じ大学ならば、理由をつけて別のコをあてがうわけだ。だが、奴らは一度、こんなミスをした。大学は別だったから、指名をそのまま通したのだが……なんと、そいつは女の弟だった。つまり、名字のチェックをしていなかったのだ。大学をチェックすることだけが目的になっていたってわけ。

チバトモは説明している俺を無視して、照明のスイッチをいじりだした。ブラックライトに切り替わる。チバトモはリカにじゃれついて、はしゃぎだした。何が楽しいんだ？

パイプ椅子が足に引っ掛かって倒れる。ムカつくなあ。俺は構わず続ける。

「風俗店員は気をつけるポイントがルーティンになっていて、ルーティン以外は気にかけねーんだ。だから、あいつらはケーキ屋を気にかけてもいねーぞ」

セイヂが反論してくる。「証拠はないですよ？」。こいつ、甘いなあ。

「これはコナンなんかじゃねーし、俺もホームズみたいな童貞のヒーローじゃねー。証拠なんてどーでもいーんだ。疑わしい奴は殴って真相吐かせりゃいーし、間違ってたら殴って黙らせればいーんだよ」

セイヂはわかっちゃいない。俺も波多野たちと同じ穴のムジナだ。今はマックスとつるんでいないだけで、暴力に魅入られている点では俺も波多野たちも同じなのだ。

俺らはビルから出た。中央線は始発がもう動いていた。外はまだ暗く、並びにあるスロット屋の前には寝袋にくるまった開店待ちの客の姿が見える。そっと風凪《な》いだ夜に、やっと終わりが見えた。

14

十二月二十六日、午前十時半。俺らは開店前のドットにいた。リカとチバトモは事務室で寝ている。店内ではソウルⅡソウル「キープ・オン・ムーヴィン」がかかっていた。ゆったりしたグルーヴはただただエロい。レゲエとハウスとソウルのおいしいとこどりみたいな艶《なま》めかしいサウンドはピンサロでのプレイに映えるはずだ。ユーロビートよりもぴったりだと思う。

俺とセイヂはフラットシートを見下ろしていた。そこには結束バンドで両手を縛られた坊主頭の男がいた。黒いジャンパーの背中には、ケーキ屋の名前が刺繡されている。今朝も配達にきたので問い詰めたところ、坊主頭は犯行を認めた（まあ、ひと悶《もん》着《ちゃく》あったわけだが）。事務所で一人になる時間があった。机の上に集金袋が置いてある。ついつい手を伸ばしてしまった――ありきたりな真相だ。

あっけない幕切れだったが、困ったことに、こいつはマックスのメンバーでもあった。ろくでもない結末を迎えるのは明白。気は進まなかったが、俺は波多野に電話することにした。十秒ほど話しただけ、まだイントロ部分も話し終わらない内に、波多野は早速キレていた。声のテンションが跳ね上がっていた。なだめすかす。跳ね上がる。なだめすかす。跳ね上がる。キリがない。最後には、迎えに行くという言葉を残して、電話が切られてしまった。残業確定だ。

暇だったので、とりあえずセイヂに話しかけることにした。

「セイヂくんは、回転寿司に行ったら、まずなに頼む？」

「とりあえず、タイかヒラメですかねえ。後回しにすると、味がわからなくなりますし」育ちの良さがよくわかる回答だ。よくわかってらっしゃる。ちなみに、俺はアジとヤリイカね。単に、まずは生姜《しょうが》でいっておきたいからなんだけど。

「じゃあ、次は？」

「玉を一回挟みますかね。もしくは、白魚の軍艦巻き」

「あー、白魚の軍艦巻きはいいよな。俺も必ずどこかで一回挟むわ」しりとりをするよりも建設的な時間の潰《つぶ》し方だと俺は思う。多分、ミック・ジャガーとキース・リチャーズも、寿司のネタについて、こうやって話し合ってきたはずだ。知ってっか？「ジャンピン・ジャック・フラッシュ」って、光り物について歌った曲らしーよ？

「波多野はな、最初にえんがわとあわびを頼むんだよ。その次がかにの味噌汁《みそしる》だ」

「せっかちなんですねえ。ところで、これって性格判断ですか？」

いいや、残念ながら、そういう精神分析ではない。評論家ではない俺には、そんなことできない。単なる興味本位の暇つぶしだ。動物占いみたいに、合コンで猛威を奮うこともないだろう。

「いや、何の意味もねーんだよ。ただ、波多野ってのは、最初にあわびに行っちゃう奴だから、気をつけろよ、って話。あいつを理解しようとすんなよ」

予想よりも早く終わってしまったため、俺らはしりとりを試すことにした。


五回目の「ら」攻めを凌《しの》いだところで、ブーンというモーター音が聞こえてきた。ボロいエレベーターならではの、埼玉の私鉄みたいな音。不快というか、不安な音。帰りは外付けの階段で降りることに、俺は決めた。

カゴは四階に停まった。扉が開くと、ワインレッドのスーツに身を包んだロン毛の男とガキどもが降りてきた。

ロン毛はセイチの前で止まると頭を下げた。誤解だったと波多野は謝っている。誠意ある謝罪とは言い難いが、一応は謝っている。波多野の顔はほぼ左右対称で、瞳《ひとみ》が小さい。いわゆる四白眼《しはくがん》。蛇かよ、お前は。

セイチへの形ばかりの謝罪は済んだのか、波多野は次に俺のところに来た。

「マナブさん、すいません。遅くなりました」波多野の声はひどく不快だ。「早咲《はやさき》が犯人だったんすね」波多野は、ケーキ屋の店員をローファーの爪先《つまさき》でつつきながら、そう言った。

坊主頭はもう口を割っている。無茶な制裁はやめろと俺は釘《くぎ》をさした。途端に、波多野は不機嫌になる。「生ぬるくないっすか？　麻倉さんもマナブさんも、身内にぬるいんすよ」

なんだ、これ？　波多野は早咲に顔を近づける。「早咲、なにびびってんだ？」波多野は嗜虐的《しぎやくてき》な笑みを浮かべた。

俺はうんざりした。グラスに入った水を飲み、氷を嚙《か》み砕《くだ》く。不愉快な音が部屋に響き渡る。ざまあ見ろ。

波多野は早咲の股間《こかん》の辺りをズボン越しに踏みつける。勢いはついていなかったが、それでも早咲は悲鳴をあげる。「びびんなくていいって。痛い目には遭わねーからな？」絶対に嘘だ。「俺らは仲間だろ？」ひどく不愉快な声で波多野が囁《ささや》いている。

早咲は目を見開いている。**なんだ、これ？**

波多野は早咲の腹をワニ革のローファーで踏みにじると、マックスのメンバーに早咲を連れて行くよう指示を出した。**なんだ、これ？**　早咲が拘束されたまま、外に連れ出される。エレベーターの扉が閉まる。**なんだ、これ？**

ひとり残っていた波多野は俺に会釈すると、店を出ようと入り口へ向かう。

「ちょっと待てよ」行き先ボタンを押した波多野を呼び止める。「あいつをどーすっかわかんねーけど、そこまでやる必要あっか？　金は戻ってきたんだぞ？」

波多野は振り返ると、俺の左肩を掴《つか》んで壁に叩《たた》きつけた。**なんだ、これ？**　また、あの音が聞こえてくる。埼玉からの幽霊列車。

「けじめってやつですか？　俺、そういうの嫌いなんすよ」肩を掴む力を波多野は強める。**なんだ、これ？**　俺は波多野を突き飛ばすと、すぐさま左フックを打つ。牽制《けんせい》なんかなしだ。波多野は右腕でガードするが、衝撃でバランスを崩す。倒れはしなかったが、波多野は後ずさった。腕が痺《しび》れるのか、しきりに腕を振っている。

「義理人情で動いているマナブさんは、平和でいーっすね」にやついている。小馬鹿にしてる。いらつかせようとしているのが見え見えで、乗る気にもならない。

「ああ、平和に暮らしているよ。毎日AVを売って、平和に暮らしてる」波多野が吹き出したのを、俺は見逃さなかった。

「とりあえず、おつかれさまっした」波多野はエレベーターに乗り込んだ。

大きな音をたてながら、扉が閉まる。店内には俺とセイヂだけが取り残された。友だちになれそうにない奴らは、ホームへ帰ってしまった。夜通しのリズムもようやく止まったようだ。

15

どうにもやりきれない結末に、ハラグチはうなだれていた。ハラグチが言うように、現実はホームズの物語みたいにいかないのだ（「名探偵が活躍する物語なんて、処女ものAVと同じだ」とも言っていた）。都合のよい結末を迎えるとは限らない。

リカたちと相談した結果、僕らはハラグチを誘って渋谷へと向かうことにした。クリスマス気分はまだ街に残っているはずだ。

西武《せいぶ》渋谷店の駐車場にRAV4を停めて、僕らは街に出た。渋谷はいつもどこかで工事を行なっている。スクランブル交差点前の工事もようやく終わり、一週間前にQFRONTがオープンしたが、道玄坂《どうげんざか》のあたりにも工事中のビルがある。渋谷という街は〈途中の街〉なのかもしれない。

僕らはQFRONTを見上げた。壁面はほぼガラス張りで、壁の中央にある巨大なスクリーンではCMが流れていた。一、二階にはスターバックスが、そして地下二階から四階までTSUTAYAが入っていた。

「あのさ、バカなこと言ってると思われるかもしんないけど」リカはそこで一旦《いったん》区切って、桃の天然水を飲んだ。「ここって、渋谷の文化的な入り口なわけじゃん。そこにあるのが、ＨＭＶでもタワーレコードでもなくＴＳＵＴＡＹＡなんだよね」

「ＷＡＶＥでもなくね」チバトモが付け加えた。

「うちらって、結局、普通が嫌だったわけじゃん。普通の高校生はＴＳＵＴＡＹＡでＣＤをレンタルして、カラオケで歌っていれば、それで大オッケーかもしんないけど、うちらはそれじゃ嫌だったんだよね。普通でありたくない人たちが、わざわざ渋谷に出てレコード屋へ足を運んだんだよ。なのに、ここにＴＳＵＴＡＹＡができるなんて、自分史を否定されたようで寂しいよ」

渋谷系は終わったという声がある。ただ、僕はそうは思わない。渋谷系というのは単なるアティテュードだ。だから、終焉《しゅうえん》なんてものはない。ＴＳＵＴＡＹＡで満足できない高校生の選択肢として今後選択されづらくなるだけだ。ただ、渋谷系は精神的な拠点を失ってしまった。これは事実である。ＱＦＲＯＮＴが開店し、六本木ＷＡＶＥは閉店した。六本木と渋谷は、僕らにとって特別な街ではなくなったのだ。

「私も、あと三ヵ月もしたら二十歳だよ。こうやって、私たちは過去の人になっていくんだなあ」リカはなおも続ける。

「過去じゃないよ。僕らもこの街同様、途中なんだよ」。アダルトビデオも携帯も、すべて今は途中にある。僕らが別のアティテュードに染まるのも手だし、僕らが別の街にアダプトするという手もある。九〇年代を引きずったまま、渋谷を取り戻そうとするのも手だ。途中の僕らにはまだまだ選択肢がある。あの映画風に言えば——

未来を選べ。

青臭い会話に辟易《へきえき》しているのか、ハラグチはじっと目の前の巨大なビルを見上げていた。チバトモはカバンから取り出した「写ルンです」でスクランブル交差点を行き交う人びとを写真におさめている。

リカが急にはしゃいだような声をあげた。カラスが目の前を横切ったのだ。センター街でよく見かけるだろうに。カラスを追って、リカは空を見上げた。いつも彼女は僕を迷わせては、赤い舌を出して次の話題に移る。ひと呼吸置いて僕も空を見上げた。誰かが手を離したのだろう。風船が空をさまよっている。カラスの影が風船に重なり離れていった。

白黒館の殺人

小森健太朗

小森健太朗（こもり・けんたろう）
昭和四十年大阪府生まれ。東京大学卒。昭和五十七年に史上最年少の十六歳で江戸川乱歩賞の最終候補になり話題を集める。平成六年に『コミケ殺人事件』（出版芸術社）でデビュー。代表作に『大相撲殺人事件』（文春文庫）など。

　前捜査局長で現在は刑事弁護士として名高い栗生慎太郎《くりおしんたろう》は、先頃〈黒石館《こくせきかん》〉で生じた怪事件を見事に解決し、さらに盛名を加えたが、その後持ち込まれる事件の数々のどれにも心をひかれることがなく、食指を動かされるものがまったく無かったため、無聊《ぶりょう》をかこち、読書をして無為に過ごす日々を送っていた。一カ月の休暇をとって、欧州旅行に出かける算段をしようとしていた冬の日の夜、かねて彼に敬服し、いくつかの事件において捜査を共にしていた熊田《くまだ》警部補から、電話がかかってきた。

「君か」電話口に出るなり、栗生は不機嫌そうな声で応じた。「あいにくとぼくの予定はもう八割がた塞《ふさ》がっている。欧州旅行に出る予定も日時も九割がた決まっていて、後は旅行会社との契約を待つばかりだ。そして君から持ち込まれた事件は、この夏以降十件が十件ともに陳腐極まる退屈至極なものばかりだった。こう数えあげてみると、八、九、十の連鎖に一種の美を見いだすことができそうだ。もっともエラリー・クイーンの『十日間の不思議』に始まる連作は、十、九、八と逆順に並べられるんだがね」

「十一番目の事件は、たぶん栗生さんの期待に応《こた》えるものがあると思いますぜ」電話越しに熊田は、気さくな口調で話しかけた。「何せ、被害者が田畑勝義《たばたかつよし》という有名人、その舞台となったのは、〈白黒館《しろくろかん》〉という異名をもつ異形《いぎよう》の館《やかた》なんですぜ」

「田畑勝義というと、あれか？　最近世間を騒がしている差別団体の設立を提唱した……？」

「そう。その田畑です」

「〈白黒館〉という名前は、彼の屋敷かなにかか？」

「へい、さようで。通報があって現場にかけつけてみて驚きましたが、表からだと、真っ白な漆喰《しっくい》づくりの建築にみえるのに、裏からみると、黒塗りにされた真っ黒な屋敷なんですぜ、これが。表側からみるのと裏側からみるので、まったく色が逆になっている奇怪な建物です。これなら、栗生先生の好みにもぴったりの、異形の館ってやつに該当しませんか？」

「〈白黒館〉ね。目を白黒させたような名前で、少々俗っぽいな。その名前は黒死館《こくしかん》や十角館《じゅっかくかん》のような風雅さが欠けている。この間の事件の舞台となった〈黒石館〉に比べても、かなり及ばない……」

「しかしとにかく、風変わりな建築物なのは間違いないですぜ。しかも現場も密室というか密室的な状況を呈しています」

「ふむ、しかしながら、今年の下半期に君が持ち込んできた事件の中では、一番興味をそそられるものがある。少なくとも、平凡な民家やアパートで起きた事件とは舞台も性質も異なっているようだ。ぼくはちょうどいま退屈をかこっていたところだ。誘いに応じさせてもらうよ」

「そうこなくっちゃ。こちらから先生のお宅に車をまわしましょうか」

「それには及ばない。そこの住所を教えてくれたまえ。すぐにそちらにかけつける」

栗生は、熊田から現場の住所を確認し、「了解した。三十分以内にそちらに着けるだろう」と告げた。

「お待ちしてます」

陽気そうな声でそう云ってから熊田は電話を切った。

栗生は、ベッドに腰掛け、煙草に火をつけて一服し、吐き出した煙の輪をしばらく眺めていた。それからおもむろに立ち上がり、クローゼットにしまわれている衣類をとりだし、おろしたての黒い背広に袖《そで》を通した。

「ふむ。ひさしぶりに、ぼくを楽しませてくれる事件であることを願うよ」

そう独り言を云って、ネクタイを締め背広を着た栗生は、颯爽《さっそう》とした足どりで玄関へと向かった。

§

ハイヤーをとばして現場に急行した栗生は、〈白黒館〉と呼ばれる館の前で待ち構えていた熊田警部補と長谷蔵《はせくら》検事に出迎えられた。

「これが〈白黒館〉か……」

車を下りた栗生は、目の上に手をかざして、眼前にそびえたつ建物に視線を注いだ。鉄柵《てつさく》に囲まれた広大な敷地の中に、小規模な城塞《じょうさい》や聖堂のようないでたちをした真っ黒い建物がそそりたっている。その輪郭だけをたどれば、ゴシック建築の巨大な教会を思わせるものがあるが、建物自体は大教会ほどの大きさはなく、せいぜいが三階建ての高さにみえ、屋根や壁は真っ黒い竜や天使を象《かたど》った装飾で飾られている。

「こちらは裏門の側で、ここからみると真っ黒なんですが」腕まくりをした熊田がその建物を指さしながらいう。「表側にまわってみると、そちらから見えるのは真っ白な建物でして――。〈白黒館〉というのは正式な名称ではないようですが、近隣の住民からは、もっぱらその名前で呼ばれている異形の建物です」

「そこの主人の田畑勝義が、殺害されたというわけか」

「はい、そういうことで。被害者の田畑勝義についての最近の動向については、栗生先生はご存じですか？」

「大して知ってはいないさ。もっとも、一通り、報道されていることくらいは把握しているがね」

栗生が把握していた事実とことの経緯は、大体以下のようなものだった。

日本有数の資産家として知られる田畑勝義が、黒人差別を旨とする悪名高いＫＫＫに似た団体を設立すると宣言して物議をかもしたのは、ついひと月ほど前のことであった。田畑興業の会長職を辞任したばかりの田畑に、このような決断を促したのは、かつて有名な銀幕スターであり、現在は田畑と結婚しているクリスティーン・ロックフォードの感化によると云われている。彼女の父親はアメリカの南部では著名な権力者であり、黒人差別論者として、自身が差別団体の支部長を務めていた。そのような父親が有色人種の日本人に娘を嫁がせることを許さざるをえなかったのは、田畑興業に多額の借金を抱えていた弱みのためであるといわれているが、南アフリカのやりかたにならって日本人だけは〈名誉白人〉として認める、という屁理屈《へりくつ》をつけていたと云われる。その父親の薫陶を受けたためか、一人娘のクリスティーンも熱心な黒人差別論者であり、奴隷制復活を大統領に要望したことがあるという噂も囁《ささや》かれていた。

田畑のこの決断は、当然のことながら囂々《ごうごう》たる世論の非難を巻きおこし、さまざまな抗議が各所から寄せられていた。田畑家には抗議の手紙と電話が殺到し、田畑邸前で彼の行為に対する抗議集会が催されたりした。田畑勝義は、それだけの手痛いしっぺ返しを被《こうむ》りながらも、自分の決断を変えようとはせず、あくまでそういう反対論に抗する構えを見せていた。

「今日もその組織絡みで、田畑のところに抗議に来ているアメリカ人の牧師とジャーナリストがこの屋敷を訪ねてきていた。彼らが帰った後に、田畑が何ものかに射殺されているのが発見されたんだ」と長谷蔵が説明する。

「とすると、そのジャーナリストと牧師が容疑者というわけか？」

「まあそうなるかもしれないが、まだ確定的なことは言えない。もう少し前後の事情をたしかめないと、現時点ではまだ何ともいえない。屋敷には田畑夫人もいるし、事件当時屋敷にいた使用人もいるから、容疑をかけられる関係者は何人か他にもいる。いま鑑識が現場の調査をしている最中だが、現場の保全作業や撮影などは大体終わっている。じきに屍体《したい》を搬送するから、その前に、一度見物しておくかい？」

「屍体がときに雄弁な証拠となって、真相を告げてくれることがあるからね。そうさせてもらえるならありがたい」

「ではついてきたまえ。表の玄関にまわろう」

長谷蔵検事に先導され、熊田警部補と栗生は、屋敷を囲む黒い鉄柵に沿って道を進み、角を二回曲がって、反対側の正面入口のある側へと赴いた。そちら側からみる建物は、輪郭としては裏側からの眺めとほぼ同じであるのに、全体が真っ白に塗られていて、印象がガラリと違うものに変わっていた。庭には白い石柱の並んだあずまやのある庭園があり、そばにギリシア風の彫像が立っている噴水があり、少し離れたところから眺めると、まるで純白のパルテノン神殿のある広場のようなつくりをしていた。

「ほう、これは」栗生は目を細めて建物全体を眺めわたした。「これまで一風変わった建築物を見てまわってきた数では、ぼくも人後におちないが、この表と裏とでの色の激変ぶりは実に珍しい。反対側から眺めれば黒く、正面からみれば純白の建物——これは屋敷の主人の思想か意図が反映しているものなのかな？」

「田畑と昵懇《じっこん》にしているこの建物の設計者が、なにか新興宗教にかぶれているようでして」と熊田がこたえた。「表側は天界をイメージし、裏側は地獄をイメージし、建物の中で天地一体融合の境地を具現しているとか説明していたそうです」

「ほう。その説明はなかなか興味深いね。キリスト教建築では、裏側に地獄をかたどる建物をつくることはまずないといっていいし、それはユダヤ教やイスラム教といった一神教の文化圏でも同様だ。だとすると、この建物の基本設計は、そういった一神教によるものではありえない。こんな建物をつくりうるとしたら、ゾロアスター教か、あるいはアジアではもう滅びてしまった信仰とされているマニ教あたりではないかね。その建築家は、この現場に来ているのかい？」

「いえ、建築家はここにはおりません。建物自体、つくられたのはもう十数年以上前のことのようですし。その説明は、さきほど建物の中にいた使用人の一人に聞かせてもらったものです。この建築の設計者がこの事件に直接関わっているという様子はないので、現在どこにいるかまで追いかけてはいません。それと、その建築家がかぶれていた新興宗教の名前も聞きそびれましたが――」

「ふむ、それはそれでなかなか興味深いものがあるが、事件との直接の関わりを示すものがないかぎりには、さしあたり脇筋として後回しにしてもよさそうなところだね。では、その天地一体融合の境地とやらを覗《のぞ》かせてもらうとするか」

栗生は鷹揚《おうよう》そうにうなずき、熊田と長谷蔵に先導されて、門の中に入った。そして玄関にある豪壮な白い扉をあけて、その建物の中に入った。

§

扉を入ってすぐのところは、高いところにシャンデリアがかかった広間であり、その奥に幅の広い階段があって、踊り場から二方向の階段へとわかれていた。階段の左右にはギリシア風の彫刻が飾られ、壁には写実的な画風の風景画が何枚も飾られている。

栗生は興味深そうに一階の広間に置いてある美術品を眺めまわそうとしたが、長谷蔵から掣肘《せいちゅう》された。

「美術品を鑑賞するのは後にしたまえ、栗生君」

「しかしこれはこれで実に興味深い物が配置されている。天地を創造した神を讃《たた》えるつくりになる一神教のものとは、根本からして思想が違う。これはいってみれば、アフラマズダーとアフリマン、善と悪の神が相剋《そうこく》しながら、互いに終わらない闘争をし続けているのをモチーフとして、天界から地獄までも模して描こうとする試みだ……」

「だが、この美術品鑑賞は、事件との直接の関わりがあるわけではなかろう」

「それはまだ何ともいえない。かの法水麟太郎《のりみずりんたろう》は、黒死館の現場に到着するや、百と二十の怪しい徴候を館内の文物や備品に見いだしていたからね」

「法水というのは私からみれば、いたずらに事件を攪乱《かくらん》し、捜査関係者をケムに巻く迷惑千万な輩《やから》だよ。君があの法水の轍《てつ》を踏むことはあるまい。いちいち美術品を鑑賞していたのでは、現場にたどりつくまで何時間もかかってしまう。まずは現場に行くのを優先すべきだろう」

「耳が痛い忠告だが、この場においては正論であると認めざるをえない。まずはそちらに行くという君の提案には同意するよ」

「現場となったのは、この上の、二階の田畑氏の部屋だ。じきに遺体は搬送されるから、その前にそこに行こう」

「うむ、わかったよ」と栗生はうなずいた。「この興味深い展示品の数々に後ろ髪を引かれる思いがするが、まずは現場を見学するとしよう」

まだなにかぐずぐず云いそうな様子でいる栗生を無理やりにひっぱって、検事たちは二階への階段を昇った。

栗生が案内された二階の一室は、頑丈そうな扉が壊されていて、破片と残骸《ざんがい》が床にちらばったままだった。彼らは扉の残骸を乗り越えて室内に入った。立ち止まって栗生は、扉の周りを見回して、隣にいる熊田に、

「この扉が壊されたのは発見時にかい？」と訊《き》いた。

「へい、そういうことのようで。外から呼びかけても室内にいるはずの田畑氏から返事がなかったので、そのとき室外にいた奥さんがシェリンフォードとかいうジャーナリストに助けを求め、彼がこの扉をぶち破り、ここの遺体を発見したそうです」

「この扉を開ける鍵《かぎ》はなかったのか？」

「田畑氏の奥さんに聞いたところでは、ここの部屋の鍵は一つしかなく、常時田畑氏が身につけていたそうです。さきほど遺体の調査をしたときに、その内ポケットからその鍵が見つかりました。血に汚れて、懐にしまわれていたままだったので、犯人がその鍵をこの部屋の出入りに使ったとは考えにくい状況だったようです」

「そんな場所にあったのでは、屍体発見後の工作として鍵をその場所にもどしておくやりかたは難しそうだね」

「ええ、おっしゃる通りです。一応その可能性がないかと遺体の様子を検分しましたが、倒れた後から鍵を差し込むのはまず無理で、倒れた遺体を動かしたあともないとのことでした」

「その、遺体がもっていた鍵がこの部屋のホンモノの鍵であるのは確認した？」

「ええ、それは確認済みです。田畑氏が身につけていた鍵はホンモノで、すりかえられた痕跡《こんせき》はなく、扉にある錠の鍵穴との一致も確認されているので、ニセモノの鍵ではありません」

「ふむ、それでは、そういう可能性は考えなくてよいとすると、後は、この部屋に合鍵が本当にないかどうかだが――」

「それは、夫人の証言を信じれば、合鍵はないそうですが、夫人がこっそりもっているという可能性はまだ否定しきれないし、他に本当に合鍵がないかは現時点では断定できないというところですね」

「なるほど、わかった」栗生はうなずき、あらためて室内をさっと見回した。

そこは応接間らしいつくりの部屋で、装飾品に飾られていた一階の広間と比べてやや質素なつくりだったが、壁には霊界めぐりのさまを描いているかのような大きな絵が掛けられている。室内には青い服を着た鑑識員が三人ほどいて、備品や家具などを調べたり、現場の写真を撮ったりしていた。その部屋の端に転がっている、田畑の屍《し》体《たい》に掛けられたシートを熊田がめくって、栗生に「今のうちにみておいてください」とうながした。

栗生は腰を屈《かが》めて屍体を覗き込んだ。うつぶせになった体の上半身の下側に血がひろがっていて、後頭部には、銃弾の貫通したあととおぼしき傷口があるのがみえた。後ろ向きなので表情はうかがえないが、半ば禿《は》げ上がった頭部と、少ししわのある首筋と、少々腹部がふくらんだ感じのある胴体の様子からみて、かなり恰幅《かっぷく》のよさそうな中年の男性の遺体であるのはみてとれた。

「銃痕《じゅうこん》から使用された拳銃《けんじゅう》の型は大体特定されているが、その兇器《きょうき》となった拳銃はこの室内にはなく、屋敷内と庭を捜索中だが、今のところ見つかったという報告はきていない」淡々とした報告口調で長谷蔵が云った。

「現場に兇器がなかったということは、自殺の線がまずないということだね」

そう栗生がいうと、熊田がうなずいた。

「はい、そのとおりで。それと、さきほど屍体を調べた鑑識員の見立てによれば、拳銃の発射位置は被害者から二、三メートルは離れたところになるだろうとのことでしたので、その発射位置からみても、自殺はまずありえないだろうとのことでした」

「少し離れたところに拳銃の自動発射装置でも設置してあれば、それを使った自殺という可能性も出てくるかもしれないが、現場にそういう装置の痕跡もないようだしね。特殊なトリックでも講じられていないかぎり、自殺の可能性は除外できるとみてよさそうだ。それで死亡推定時刻は？」

栗生の問いにこたえたのは長谷蔵で、

「検視解剖を待たないと正確な推定はできないが、鑑識員の簡易見立てでは、今日の午後八時半から九時くらいの間になるだろうとのことだった。死亡してからまだあまり時間がたっていないために、割合に時間をしぼりこむことができた。死後一日以上たっている屍体だとたいていこうはいかず、死亡推定時刻の幅は一時間以上はひろがるのが普通になるものだがね。今晩の、午後八時四十分頃にバンという発射音のような音が聞こえたという、この家にいたものの証言があるから、その音が偽装工作などでないかぎり、田畑を殺した拳銃の発射音である可能性が高いと思われる。そうだとすると、死亡時刻が午後八時四十分に特定されることになる」

「なるほど。それで、この現場が密室的状況だったというのは、侵入・脱出経路が塞《ふさ》がれていたということかい？」

「へい」と熊田はうなずいた。「この部屋に入る方法は、いま私らが入ってきた表の扉からか、もしくは、ベランダに面した非常階段のある窓側の出入口かの二つですが、どちらも遺体発見時には内側から錠がおろされていました」

「その窓側の出入口とは、こちらかな？」

栗生はつかつかと足音をたてながら窓側の出入口と指さされた方に向かい、そこのフランス窓めいた大窓の戸を外側にむけて押し開いた。

「ここの戸は、今は外向きに開くようだが」

「さきほど調べたときに錠を開けましたが、発見時には内側から錠がかかっていたそうです」

「ふむ」

栗生は、その戸から外のベランダに出てみた。ベランダの柵《さく》越しに階下の庭が見下ろせ、そこから下におりる石作りの階段があり、庭へと通じていた。

「ここの階段をつたって、この部屋に出入りすることもできるわけだね」

「ええ、そのようです。この屋敷にある非常階段と呼ばれているそうです」と熊田がこたえた。「部屋の内側から錠がおろされていなければ、この窓側の戸から出入りすることは可能です」

「ふむ、現場の状況は大体わかった。それで、今日の被害者の動向はどうなっていた？　特に死亡前の動きとしては」

「はい」熊田は懐から手帳をとりだして、それをひろげた。「さきほど田畑夫人に聞いたところでは、今日は、田畑氏のつくろうとしている団体への抗議を申し入れていたジャーナリストと牧師を、午後七時半から面会のために家に通し、田畑氏はこの部屋で面談をしていたそうです。それが八時過ぎに終わり、二人が退室した後、ジャーナリストは田畑夫人と面識があったため、屋内にとどまって、この建物の一階で話をしていた。そのときに銃声が響いたのを聞いてこの部屋にかけつけ、彼らがこの現場の第一発見者となったそうです。牧師は帰路についていたが、この家から少し離れて歩いていたところで、この家から何か爆発音か、拳銃の発射した音のようなものが聞こえてきて、なにか騒ぎが起きたのか、事件でも起きたのかと思って引き返してきたそうです。いま一階に、田畑夫人と、ジャーナリストのシェリンフォード氏とルーテル牧師の三人はとどまってもらっていて、既に簡単な訊問《じんもん》をした後ですが、あらためて栗生さんの立ち会いのもとで、これから訊問ができます」

「わかった」と栗生はうなずいた。「では次に、その方たちの証言を聞かせてもらうことにしようか」

§

栗生たち三人が階下におりたとき、鑑識員の一人が駆け寄ってきて、熊田に耳打ちをした。熊田はその言を聞いて少し顔色を変え、「よし。わかった。それをもってこちらに来てくれ」と小声で指示を与えた。

「どうかしたのかい？」と栗生が訊《き》くと、

「兇器の拳銃が見つかったようです」と熊田がこたえた。

「ほう。それはどこから？」

「現場の部屋のソファのはざまに落ちているのが見つけられたようです。いまこちらにもってくるように指示を出しました」

「そうか。それは一歩進展だね」

「だといいんですが」

階下の居間は、テーブルに警察官が何人か坐《すわ》っていて、急ごしらえの捜査本部のような様相を呈していた。栗生はうながされ、そこのテーブル席に長谷蔵と熊田と並んで腰をおろした。じきに鑑識員がやってきて、さきほどの話に出ていた、兇器とおぼしき拳銃を白い布にくるんで持参し、熊田にわたした。熊田は手袋をはめてその拳銃を手にとり、ためつすがめつ観察していた。

「四十五口径の、比較的最近製造されたもののようですな。割合と出まわっているタイプのもので、出所の特定をするのは少々厄介かもしれません」

「その兇器は大事な証拠となる。後で鑑識にまわすとするが、今は訊問の場に持っていくかね？」と長谷蔵が訊いた。

「へい、そうですね。関係者にこの銃に見覚えのあるものがいないか聞いてみましょう」と熊田がこたえた。

「では、まず田畑夫人のクリスティーンさんから来てもらおう、田畑と結婚して女優は引退しこちらに永住している。日本語はほぼ不自由なく話せる方なので、特に通訳を介する必要はないようだ」

長谷蔵はそう説明し、刑事にクリスティーン夫人を連れてくるように指示した。

田畑の妻のクリスティーンは、容貌《ようぼう》の衰えこそ隠しきれないものの、華やかで美しい女性だった。彼女は涙声で途切れ途切れに質問に答え、事件前後の模様を大体次のように語った。

「……ルーテル牧師と、シェリンフォードさんが訪ねてこられたのはほとんど同時刻で、約束通り、ちょうど七時半頃でした。私はインタビューを申し込まれたわけではないですから、脇に控えていればよいと思っていましたのに、シェリンフォードさんが私ともどもお話したいとのご要望でしたから、夫と一緒に応接間の席に着くことになり、四十分ほどお話やら質問を受けました。ルーテル牧師は割に激しやすいタイプの方のようで、夫に対してしばしば怒鳴るような声を上げておられましたが、シェリンフォードさんは穏やかな口調で、夫に対して諄々《くどくど》と黒人差別の不当性を説いておいででした。面談の時間は三十分という約束でしたが、それを十分以上もオーバーし、そろそろ八時十五分くらいになろうとしていましたから、私の方から持ち出して、面談を終わりにしてもらいました。それで夫は二階の自室に引き上げ、ルーテル牧師はお帰りになりましたが、シェリンフォードさんは、まだ私に個人的なインタビューがしたいとおっしゃって家に残りました。私はやむをえずシェリンフォードさんを一階の居間に通し、そこでハリウッド時代のことなど、いろいろな質問にこたえておりましたら、突然バン！　という爆発のような音が耳に飛び込んできました。一瞬私も、シェリンフォードさんもびくっといたしましたが、それに続いて階上から、何かドサッと倒れるような音がしてきました。驚いて、主人に何かあったのでは、と急いで二階の主人の部屋に参りましたが、いくら扉を叩《たた》いても反応がなく、錠がかかったままになっております。シェリンフォードさんも扉を叩いて主人を呼びましたが、うんともすんとも返事がありません。『この部屋の鍵《かぎ》は？』とシェリンフォードさんがお訊《たず》ねになるので、私は首を振り、その部屋の鍵は一つしかなく、いつも主人が身につけているから、おそらくこの部屋の中だろうと説明しました。けれど念のため下の部屋を調べてくることにして、その場はシェリンフォードさんに任せて下に降りましたが、鍵のありそうなところを調べてみてもやはり見つかりません。また二階に昇ってみるとシェリンフォードさんが扉をガチャガチャと揺らしていて、扉は相変わらず閉まったままです。『体当たりしてでも、扉を開けよう』とシェリンフォードさんはおっしゃるので、扉を壊すのに役立ちそうな道具を探しに、また私は下に降りました。ところがあの扉は木製でそれほど頑丈なものでなかったせいか、下で道具を探している間に、シェリンフォードさんが何度か体当たりして扉をこじ開けてしまわれました。そして、『ウォッ』というような、驚きの叫びを上げておいでなのが、耳に入ってまいりました。一体どうしたのかと思い、あわてて階段を昇ると、シェリンフォードさんが降りていらして、『見ない方がいい』とおっしゃいます。『主人は――?』と私が訊ねますと、シェリンフォードさんは首を振り、『銃か何かで頭を撃ち抜かれているようです。即死でしょう』とおっしゃいました。一瞬目の前が真っ暗になりましたが、とにかく現場を見せてくれ、と要求すると、シェリンフォードさんはあまりにむごたらしいので見ない方がいい、と首を振って私を行かせまいとします。階段の下のところで二、三分ほど、通すの通さないのと云い合いましたが、とうとうシェリンフォードさんが折れ、部屋に行って私は、主人の、あの姿を目の当たりにしたのでございます――」

そこまで云って夫人は、言葉を途切れさせて嗚咽《おえつ》した。

「よくわかりました、クリスティーンさん」優しげな声で栗生が話しかけた。「あと二、三点ほど質問させていただきたいところがあるのですが――」

「はい」

栗生は横の熊田に、さきほど発見された拳銃《けんじゅう》を夫人に見せるように指示した。

「これがさきほど見つかったばかりの、現場に落ちていた兇器《きょうき》の拳銃です」警部補は、指紋検査を終えて白い布にくるまれた拳銃を夫人に見せた。「アメリカ製のものらしいですが、見覚えがおありですか？」

夫人はしばらくまじまじとその銃を眺めたが、やがてためいきをついて首を振り、

「私にはわかりません――」とだけ低い声で云った。

「田畑氏は拳銃を持っていましたか？」

「そんなもの、持っておりません」

「その銃の出所は突き止められそうかい？」栗生が横から口を挟んできた。

「今は何ともいえません。すぐにはわからないかもしれませんな。広く出回っているタイプのものですが、よく吟味して何か特定できる特徴がわかれば、あるいは、出所の特定につなげられるかもしれません――」

「まあ」少し眉《まゆ》を顰《ひそ》めて栗生は云った。「そんな方面から、この事件が解けるとも思えないがね」

長谷蔵は夫人の方を振り向いて次の質問を発した。

「それで銃声が響いた時刻ですが、その前後に何か大きな音――飛行機の爆音やら、

花火の音のようなものはありませんでしたか？」

「長年の付き合いで君も少しは学習したようだね」栗生は少し薄ら笑いを浮かべながら横槍《よこやり》を入れてきた。「犯行時刻の偽装ってやつだろう」

「そうさ」と長谷蔵が応じた。「兇器となったこの拳銃に消音装置はないから、弾が発射されたときに、大きな音がしたのは確実だ。だから、その時刻前後に他に音がしていないのなら、夫人たちが音を聞いた時刻――八時四十分が犯行時刻と限定されるわけさ」

「私が覚えている限りでは、なんの音もなかったと思います。このあたりは、夜になると大変静かなところですから――」

「そうですか。わかりました」

長谷蔵はうなずいて、夫人の退室を許可した。それから栗生の方を振り向いて、簡単に事情を解説した。

「調べたかぎりでは、このあたりは爆音を鳴らせる飛行機も飛んでいないし、花火や爆音も問題の銃声一発以外にはなかったらしい」

「わかったよ。次の証人の証言を聞こうじゃないか」

「これから呼ぶのは、今の夫人の話にでてきていた、シェリンフォードという男だがね、この男は、君が知っているかどうかはわからないが、差別問題に取り組んでいる社会運動家としても有名なジャーナリストだ。アメリカ人だが、ずっと日本に住んで活動をしている。アパルトヘイト問題や黒人差別に関する著書もある」

「あいにくと、そういう方面にぼくの関心のアンテナはのびていないのでね。しかし、犯行時刻の偽装を考えた君のことだから、《密室ノ犯罪ニオイテハ、最初ノ発見者ヲマズ疑エ》という、ザングウィル以来の原則を、忘却したとも思えないがね」

「ああ」と長谷蔵はおおげさな仕種《しぐさ》でうなずいてみせた。「その可能性は考えてみた。しかし、夫人らが駆けつけた時点で、部屋が内側から閉められていたのは確実だった。どうやって拳銃を撃ったのかという問題を度外視して、部屋を密室にする方法だけを考えるなら、最初の発見者であるシェリンフォードが部屋を開けたときに、中に鍵を落としておくのがもっとも簡単なやりかただろう。しかし、それはさっきみたように無理なんだ。血まみれでうつぶせに倒れていた田畑のガウンの胸の内ポケットから、この部屋の唯一の鍵が発見された。そこにシェリンフォードが鍵を入れるためには、屍体《したい》を持ち上げなければならないが、そうすれば自分の体に血がつくし、屍体にも動かした痕跡《こんせき》が残るはずだ。しかし、そんなものは見当たらなかった」

栗生は軽く顎《あご》をしゃくっただけで、何も云わず、警部補が合図して間もなくシェリンフォードが部屋に通されてきた。

高級そうなブランド品で服装を固め、神経質そうに目を尖《とが》らせた、きつね顔の男である。彼の証言するところは、さきほどの夫人の証言と細部にわたるまで一致していた。
「扉を破って屍体を発見なさったとき、部屋に誰もいなかったのは確実なのですか
な？」と長谷蔵が確認すると、
「ええ、それは確かです」とシェリンフォードはきっぱりと答えた。「部屋には誰も
いませんでした。カーテンやら扉の陰やらにも、人の隠れる隙間はなかったはずです」
「それで、あなたは、一時間ほど田畑ご夫妻と面談なさったのに、その後さらに夫人
に話を申し込まれたのは、何か特別な理由でも？」
「別段とりたてていうほどのものではないのですが――」とシェリンフォードは頭を
掻《か》き、「自分は往年のクリスティーン・ロックフォードの熱心なファンだったもので
すから、今回の田畑氏の取材とは別に、往時の女優時代の回想のことなども伺いたく
て――そういう話は、私たち三人で話していたときには、聞けずじまいでしたからね」
　警部補はその言葉にうなずき、シェリンフォードを下がらせた。
「次に呼ぶルーテル牧師だがね。彼の経歴をみてみると、意外なところでＫＫＫと接
点があることがわかった」
「ほう。と云うと？」
「先年起こった黒人教会焼き打ち事件で、多くの黒人の子どもが両親をなくしたが、

彼もその一人というわけさ。——その事件は知っての通り、KKKの仕業である疑いが濃いといわれているから、あの牧師がKKKに対して恨みを抱くいわれがあることになる」

「なるほど、そういう経歴があるなら、この事件の引き金となる動機にもつながりそうだね。まずは会って話をしてみよう」

続いて入ってきたのは、丸顔のがっしりした大男の黒人だった。聖職者の衣を身にまとい、聖書を小脇に抱えていた。流暢《りゅうちょう》な日本語で彼は事情を次のように語った。

「日本に住む黒人を代表して抗議を何度も申し込みましたが、田畑氏にはずっと面会を拒否されてきました。私のような黒人とじかに対面するのが怖かったのかもしれません。それが先週になって、別のジャーナリストからインタビューを受けている際に同席する場でなら構わないという返事をもらって、今日ここに来たというわけです。既にお聞き及びのことと存じますが、一時間ほど田畑氏に、いま彼のやろうとしていることがいかに誤っているかを説いて聞かせたのですが、聞き入れてはもらえませんでした」

「今日の田畑氏との話し合いは、結局物別れに終わったわけですね？」

「はい」牧師は残念そうに首を振った。「心を頑《かたく》なにしておいでのようでした」

「ジャーナリストのシェリンフォードさんとは、以前からお知り合いだったんですか？」

「いえ、今日初めてお目にかかりました。でも、前々から名前はお聞きしていましたし、著書を読んで感動したこともありましたから、その方とご一緒させていただけるのは光栄だと思いました。先方にも、私が来るということで諒解《りょうかい》いただけたということでしたから――」

「それで、今日話を終えられてからは？」

「八時半前で話を終え、勝手口の方から出て帰る途中でしたが、庭から道の方に出た途端に、いきなり銃声のような音が響きわたってきて、びっくりしました。それがどうも田畑氏のいた二階の方から聞こえてきたようなので、あわててまた勝手口からこの屋敷に入り、ここに戻ってきましたら、屍体を発見しておろおろなさっている奥さんと、シェリンフォードさんに出会った、という次第です」

　牧師をさがらせてから、長谷蔵は栗生に次のように語った。

「ルーテルはああ云っているがね、栗生。彼が道に出てから引き返してきたのを目撃した者はいない――もちろんそんな短い間の出来事に証人がいないのは、なんの不思議もないが、彼がそのところで嘘を云っていると仮定することもできるんだ。二階に通じる階段は、夫人たちが昇ったものの他に、現場の部屋のベランダ側に非常階段があるから、帰るふりをしたルーテル牧師がとってかえして、夫人たちに目のつかない裏の非常階段を昇り、田畑氏の部屋に押し入ったということも考えられなくはないんだ。それに、牧師には親をＫＫＫに殺されたという動機もある。しかし、彼が犯人だとしても、密室の謎が解けないんだ。牧師とシェリンフォードが共謀して嘘をついているのなら説明がつけられなくもない。シェリンフォードが階下のクリスティーンが二階に昇ろうとするのを押しとどめている間に、現場からルーテルを逃がすことができた、と。しかし、調べた限りでは、二人の間に接点はないし、犯罪を共謀したとも考えづらい。シェリンフォードが部屋に誰もいなかったと証言している以上、犯行を犯したルーテルは、どうやって部屋から消え失せることができたのか――まったく、不可能としかいいようがないよ」

「しかし、牧師が部屋に入ることは可能だったのだろう？」

この男は一体何を考えているのかとかんぐるような眼差《まなざ》しで、長谷蔵は栗生を眺めた。

「もちろん入ることはできたかもしれない。その時点で、窓側の戸の錠がおろされていなければ、外から部屋に入ることは可能だったろう。しかし、入ることが可能だとしても、そこから脱出する方法の見当がつかない。どうやって部屋を密室にしたまま、あの部屋からぬけ出すことができたのだい？」

「《視れども視えず、聴けども聴こえず》と経典にも書かれているとおりさ。ルーテルは部屋にいたのさ。シェリンフォードが扉をぶち破って入ってきたときにも」

「何だって？」驚いて長谷蔵は目を剝《む》いた。「じゃあシェリンフォードが嘘の証言をしたのかい？」

「いや」事もなげに栗生は否定した。「彼は彼で真実を述べていたのさ」

「じゃあどうやって……」そう云いかけて、長谷蔵はふと思い当たったように、「わかった。君の云わんとすることはこうだろう。黒人解放運動のジャーナリストだから、黒人のルーテル牧師に同情したというわけだ。被抑圧者の黒人に共感し、今度の犯罪も、本当に責められるべきは田畑氏とKKKの側である――そういった正義感にかられて、シェリンフォードは、牧師を庇《かば》う嘘の証言をしたというわけか」

「そうじゃないさ」

「じゃあ、どういうことだい？」

「キャプテン・クックが南方諸島を初めて訪れたとき、そこの先住民は、クックの船を見ることができなかったという話を聞いたことがないかい？　船は現に存在し、視覚的にも存在しているはずなのに、先住民はどうしてもそれを認知できなかった。認識できないものは存在しない――この単純な真理をその寓話《ぐうわ》は教えてくれるじゃないか。それと同じで、あのジャーナリストには、ルーテルが見えなかった、というわけさ」

「姿を見えなくする魔法を使っていたとでも云うのかい？」

「まあ、似たようなものさ」

「まさか、暗闇に紛れて見えなかったとでも云うのかい？」

「ハハ。君もなかなか豊かな想像力を持っているね。それなら、当たらずとも遠からずってやつさ。しかし、あのジャーナリストには、文字通り、黒人の牧師が見えなかったのだ。それは視覚のせいではなくて、彼の認識に黒人が入っていないからさ。さきほどの訊問《じんもん》の際、あのジャーナリストは、『私たち三人で話していたとき』と云っただろう。その場にいたのは夫妻と彼の他に、ルーテル牧師もいたから四人のはずなのに三人とは、おかしいとは思わなかったかい？　そう、彼の眼中には黒人は存在しないのさ。彼は、黒人を人間とは勘定していないのさ。だから、ルーテルがその場にいても、人数は三人となるわけさ」

「しかし、それじゃまるで、シェリンフォードこそ真の黒人差別論者みたいじゃないか」

「まさにその通りさ」

「じゃあ、黒人解放のために戦ってきた正義の闘士との評判は、まったくの嘘なのかい……？」

「必ずしも嘘とまではいえないかもしれない。自分をそう信じ込まそうとしていたかぎり、本人にとっては真実といえるものだったかもしれない。ブラウン神父の洞察にもあったじゃないか。外見のポーズは、しばしばそれとは正反対の事態を告げている。黒人を蔑視《べっし》し、彼らを人間とも思っていないのに、表向きはそれと正反対のポーズをとっている——世の中をみわたすと、そういう事例は結構あるように見受けられるぜ」

ラビットボールの切断　こども版

白井智之

白井智之（しらい・ともゆき）
平成二年千葉県生まれ。東北大学卒。平成二十六年に『人間の顔は食べづらい』（ＫＡＤＯＫＡＷＡ）でデビュー。代表作に『東京結合人間』『おやすみ人面瘡』『そして誰も死ななかった』（いずれもＫＡＤＯＫＡＷＡ）、『お前の彼女は二階で茹で死に』（実業之日本社）、『名探偵のはらわた』（新潮社）など。

0

昨夜の雷雨がウソのように、フランス窓から朗らかな陽が射している。

ダイニングテーブルには五人分の食器と料理が並んでいた。スクランブルエッグが宝石みたいに輝き、クリームスープから白い湯気が立ち上る。アンティーク風の芳香瓶から漂う薫りが高原のように心地よい。

あさみはコップにオレンジジュースを注いで一息に飲み干した。

「ん？」

ほっぺのうらにしこりができているのに気づいて、舌の先で出っぱりを撫《な》でた。口内炎だろうか。窓に映る顔がひょっとこみたいに歪《ゆが》む。

「あさみちゃん、わたしはゾンビが足りないよ」

もなみがバゲットを片手にキッチンから顔を出した。

「また見ます？『玉奈《たまな》市オブザデッド』」

「やだよ。まなちゃんが出てこないんだもん」

もなみがバゲットをテーブルに置いてソファにごろんと倒れる。もなみは四年前にデビューしたホラー小説家だ。代表作は『犬を買う女』。あさみより一回り年上だが、ホラー映画の話をするといつも少女みたいな顔になる。新入りのあさみがオカルト談義に付き合ってくれるのが嬉《うれ》しくて仕方ないらしい。

昨夜、あさみともなみは遅くまで食堂でB級ホラー映画を鑑賞していた。もなみが倉庫部屋を整理していて偶然見つけたDVDで、タイトルは「玉奈市オブザデッド」。キャッチコピーは「ゾンビ映画史に残らない155分」だ。玉奈市を舞台にした史上初のゾンビ映画として三年前に制作され、暇を持て余した町内会やシニアクラブの会員たちの間で大変な話題になったらしい。公開前は市議会選挙期間みたいにポスターが街を埋め尽くしていたのだが、あまりに単調かつ下品な内容のため二週間で上映が打ち切られてしまい、今では「玉奈市を舞台にしたドラマや映画」という公民館のコーナーでしかその名を見ることはなくなっていた。

「まなちゃん」こと会田《あいだ》まなはゾンビを倒すことができる最強の女子高生で、素性を隠して駅前の風俗ビルで働いているという酔っ払いが梯子《はしご》の三軒目で考えたようなキャラクターだった。主人公たちは写メ日記を手掛かりにまなちゃんを探すのだが、最後まで本人に出会えないまま本編は唐突に幕を閉じていた。くだらなすぎて女優をキャスティングできなかったのだろう。

「あさみちゃん、ここへ来てもう三か月でしょ。せっかく若者たちが山荘で暮らしてるのに、ゾンビのゾの字も出ないなんてもったいないよね」

「また倉庫部屋を漁《あさ》ってみますか」

「やめとく。前のオーナーとは趣味が合わないみたいだから」

もなみは欠伸《あくび》をしてソファで寝返りを打った。

あさみが舌でしこりを撫でていると、

「口内炎？　あたしもよくできんだよね」

パジャマ姿のつぼみがキッチンからコーヒーポットを運んできた。つぼみは高校を一年前に卒業したばかりの十九歳。トレードマークは胸元まで伸びたソバージュの黒髪だ。いつも満員電車のサラリーマンみたいに眠たそうな顔をしているが、瞼《まぶた》が下がっているだけで寝不足ではないらしい。映像編集会社で半年働いたあと山荘に移り住んだつぼみは、年が近いこともあってあさみの頼れる相談相手だった。

「そういや、わたしも口内炎できたな。ここで暮らし始めて一月《ひとつき》くらいのとき」

もなみがソファから首をもたげる。

「もなみさんも？　水でも悪いのかね」

「口内炎なら、ビタミンをよく摂《と》って、口の中を清潔にするのが一番ですよ」

タータンチェックのエプロン姿でキッチンから出てきたのはちなみだ。ふくよかな顔立ちが食堂のおばちゃんを思わせるが、年齢はもなみと大して変わらない。看護学校を卒業して玉奈市内の診療所で六年間働いたあと、この山荘に移り住んだ変わり者だ。人里離れた山奥でも安心して暮らせるのは彼女のおかげでもある。

「あたし、こんなに健康的な生活してるの初めてですけどね」

あさみはホテルのCMみたいに豪勢な朝食を見回して言った。三か月前までのコンビニ生活とは雲泥の差だ。

「生活環境が変わると免疫力が落ちますから。あさみちゃんも慣れたら治りますよ」

ちなみは保健の先生みたいなことを言った。

「そういえばさ、昨日の『玉奈市オブザデッド』ってどうだったの」

つぼみがコーヒーフレッシュをカップに垂らしながら言う。

「え、見る?」もなみが目をギラギラさせる。「あ、ダメだ。昨日の夜、あさみちゃんが踏んで割っちゃったんだ」

「すいません。でも面白くないですよ。ヒロインが名前しか出てこなかったり、編集ミスで変な声が入ってたりしますし」

「あたしはどうでもいいけど、春《はる》が見たがってたからさ」

つぼみが長髪を背中へ払って、コーヒーをズズと啜《すす》る。

「そうなの？　早く言ってよ」

「半年くらい前にぼやいてただけだから、もう覚えてないと思うけどね。あいつ、忘れっぽいし」

「マジか。あたし、起こしてくるよ」

もなみが興奮気味に食堂を出て行く。ドアが閉まり、廊下を駆ける足音が続いた。

あさみ、もなみ、つぼみ、ちなみ、そして春の五人は、この人里離れた山荘――ラビットボールで共同生活を送っていた。ラビットボールはウサギの巣穴みたいに、日の当たる場所に出られない者たちが身を潜める隠れ家だ。街から離れた生活は不便だし、世間からの冷たい眼差《まなざ》しに気を揉《も》むことも多いけれど、それでもラビットボールで過ごす毎日は楽しかった。三か月前は、自分がこんなに温かい気持ちになれると考えたこともなかった。

かつての苦しみに比べれば、口内炎なんてかわいいものだ。あさみは窓に目を向け、掌《てのひら》のように伸びたウメの枝を見あげた。

「――ひゃあ！」

ドアの外からもなみの悲鳴が聞こえた。

「虫ですかね」

頭に浮かんだのはそれだった。もなみはホラー作家のくせに虫や小動物が苦手なのだ。


「ゾンビの真似じゃない？」

つぼみが減らず口を叩《たた》く。

「もなみさん？　大丈夫？」

ちなみは不穏な表情で、ドアを開けて廊下に声を響かせた。

ドタン。

人間が倒れる音が聞こえた。

まさか本当にゾンビが？　あさみの心臓が早鐘を打った。

「もなみさん？　どうしたの？」

ちなみがゆっくりと廊下を進む。あさみも後を追いかけた。

「――――」

廊下の角を曲がったところで、あさみは息が止まりそうになった。

もなみが腰を抜かして震えている。両手で顔を覆いながら、喘息《ぜんそく》患者のように咳《せ》き込み、涙ぐみ、肩を激しく上下させている。視線の先はバスルームだ。開いたドアから精液を煮詰めたような異臭が洩《も》れている。この三か月、忘れていた息苦しい感情が猛烈に胸を満たしていた。

「あさみちゃん、来ちゃダメ」

ちなみが振り返らずに言う。

もなみが上半身を反らせ、ゴボゴボと下水管みたいな嘔吐《えず》きを洩らす。

ちなみは一つ深呼吸をして、脱衣所に足を踏み入れた。あさみも背後からバスルームを覗《のぞ》く。ちなみは床に倒れた大きなものに触れた。ふやけた肉の中に濁った眼球が見える。動物の死骸《しがい》か、それとも、まさか。

「……それ、何ですか？」

うぶな風俗嬢みたいな声が喉《のど》を突いて出る。

「春」抑揚のない声。「春が死んでる」

「持病、ですか？」

「違う。身体が切り取られてる」

腹の底が冷たくなった。

誰かが春を殺し、身体を切断したのだ。

あさみは悪夢にうなされている子供みたいな気分だった。これ以上知ってしまったら、世界はばらばらに崩れて二度と元に戻らない。それでも尋ねずにはいられなかった。

「い、いったいどこが？」

ちなみは振り返ると、震える右手で春の股間《こかん》を指差した。

「――おちんちん」

1

あさみの人生が狂い始めたその日、玉奈市の空は不気味なまだら雲に覆われていた。

あさみは半年前からひどい不眠症に悩んでいた。一度は母さんの財布から保険証を盗んで駅前のメンタルクリニックへ行こうとしたのだが、その時は母さんにバレて大目玉を食らった。母さんはワイドショーで「病院が警察に個人情報を洩らしても秘密漏示罪にならない」という知恵を付けてから、病院を警察の出先機関みたいに考えている節があった。

その日もあさみは寝不足だった。現代社会の授業と夢の世界をメトロノームみたいに往復していると、いつも尻《しり》と胸のデカい女子ばかり見ている学年主任のハゲ茶瓶が不意に教室へ現れた。

「――浅田《あさだ》あさみさんはいますか?」

ざわつく教室。いったい何事だろうか。じいちゃんもばあちゃんも肺癌で死んでいたので、呼び出される心当たりはなかった。

ハゲ茶瓶の首にできたぶつぶつを数えながら後に付いていくと、会議室へ通され、校長を待つように言われた。ひょっとして親が死んだのだろうか。万馬券を拾ったような気分で待っていると、校長が汗を拭《ふ》きながら姿を見せた。

「お父さんがいたずらをして捕まりました」

あの野郎、またやったのか。

父さんはあさみが物心ついた頃から、満員電車でズボンを脱いだり女子高生にヨダレを垂らしたりOLのうなじに吸い付いたりして、塀の内と外を行ったり来たりしていた。いたずらと聞いても驚きはしなかったが、これからやってくるであろう厄介事を思うと、修学旅行の朝みたいな徒労感が肩へのしかかってきた。

「あいつ、何したんですか?」

校長は謝罪会見みたいにわざとらしく歯嚙《はが》みした。

「玉奈警察署からの連絡では、公園の便所で男の子のアレをちょん切ったそうです」

新しいやつだった。

それから母さんと警察官が学校へやってきて、パトカーで玉奈警察署へ向かった。母さんはショートケーキみたいな厚化粧をして、通行人とすれ違うたびに俯《うつむ》いて顔を隠していた。この女は街中の男に好かれたくて仕方がないのだ。父さんとの相性は最悪だったが、外面《そとづら》を気にするあまり離婚もできないというジレンマに陥っていた。

玉奈警察署へ着くと、あさみはさっそく独房みたいな部屋に連れていかれた。

「お父さんにいたずらされたことはない？」

女警官が政治家みたいなわざとらしい笑みを浮かべる。口からオヤジの精液みたいな臭いがした。

「毎日ですよ。あれが娘のケツを触らないと思います？　赤ん坊の頃から母さんのおっぱいより父さんのアレをしゃぶらされることが多かったですね」とぶちまけるわけにもいかず、あさみは「優しいお父さんでした」と優等生らしい返事をした。女が憐《あわ》れむような表情で調書を書きこむ。

不意に背後の扉が開いて、見知らぬ男が現れた。年齢不詳の中性的な顔立ちで、シワのないスーツに水玉模様のネクタイが映えている。頼もしいような胡散臭《うさんくさ》いような底の見えない男だった。

「えっと、どうしました？」

女の顔に緊張が走る。

「この事件を調べている者です。少し時間をいただけますか」

男の声は舞台俳優みたいに滑らかだった。

「すみません、どなたですか？」

「おっと、ご存知ありませんか」

男は携帯電話を取り出し、慣れた様子で番号をダイヤルした。

「お忙しいところすみません。玉奈警察署で被疑者家族から話を聞きたいのですが、力を貸していただけますか」

男は礼を言って、女に携帯電話を差し出した。女はおずおずと電話を受け取り、視線を避けるように壁へ目を向けた。

「もしもし。ん？　聴こえませんけど――」

男がお手玉みたいな布袋を取り出し、女の後頭部を殴った。素早く女の身体を受け止め、部屋の隅に横たえる。女は白目を剝《む》いて泡を吹いていた。

なにが起きたのか分からない。あさみは筋肉がストライキを起こしたみたいに身体が動かなくなっていた。

「騒々しくてすみません。浅田あさみさん、確認したいことがあるんです。こちらの女性をご存知ではありませんか」

男は椅子に腰かけ、ポケットから写真を取り出した。ウシガエルみたいにたるんだ顔の女が眩《まぶ》しそうに目を細めている。遺影みたいに背景が真っ青だ。あさみは女の顔に見覚えがあった。

「知ってます。父さんが股間を弄《いじ》りながらパソコンでこの写真を見てました」

「やはりそうですか」男は満足げに笑みを広げる。「実は彼女、刑務所の性犯罪再犯防止指導プログラムのカウンセラーなんです。お父さんは彼女に会うために性犯罪を繰り返していたようです。彼女を担当から外すように伝えておきましょう」

男は腰を上げると、回れ右をして部屋を出て行った。女警官は酔っ払いみたいにヘドを吐いている。あらぬ疑いをかけられないように、あさみもそそくさと部屋を出た。

ロビーへ戻ると、母さんがベンチで赤ん坊みたいに泣きじゃくっていた。マスカラが溶けて涙が黒ずんでいる。私生活を掘り返されて、自尊心をズタズタにされたのだろう。今日は面会ができないため、父さんを罵倒することもできない。

「帰るよ」

警察署を出ると夕暮れだった。玉奈駅の改札から排出されたオヤジたちが舐《な》めるようにあさみを見ている。ハゲ茶瓶と同じぶつぶつ顔のサラリーマンが、あさみの太腿《ふともも》を見て鼻の下を伸ばした。警察署から出てくるような訳ありの母子は、無神経に眺め回してもかまわないというわけだ。あさみは世界に見捨てられたような孤独を感じた。

川沿いの道を抜けてアパートに着く頃には、母さんの興奮はだいぶ収まっていた。母さんはドアを閉めると長い息を吐いて、シャブ中みたいにふらふらとキッチンへ向かった。

「知ってる？　世界には二種類の人間がいんの」

どこかで聞いたような安い台詞《せりふ》をつぶやいて、母さんは戸棚を開いた。

「自分が加害者だと思っているやつと、被害者だと思っているやつ。自分が正義だと思って石を投げてくるクズ、いるでしょ。あいつらを敵に回したら終わりだよ」

母さんは選《よ》り好みするように洋包丁や皮剝き器を手に取ってから、使い古した銅製のおろし金を取り出した。

「あたしたちはクソ犯罪者の家族。無垢《むく》な小学生を種無しにした畜生の片割れ。あたしたちが生き延びるには被害者になるしかないよ。被害者になって同情を集めんの」

母さんは天井を仰ぐと、髪を後ろに束ね、頰擦りするみたいに顔をおろし金に押しつけた。大根をおろすのではないらしい。

「やめなよ」あさみはびっくりするほど落ち着いていた。「肌が荒れるよ」

「バカだね。これしかないんだよ」

母さんは目を閉じて深呼吸をすると、勢い良く頭を手前に引いた。眉毛が抜けてぶちぶちと嫌な音を立てる。数秒遅れて肌から血が滲《し》み出し、顔の半分がどろどろになった。

「ちょっと。死ぬまで男が寄り付かなくなってもいいの？」

「しかたないでしょ。文句はあんたのオヤジに言って」

母さんは自嘲《じちょう》めいた笑みを浮かべて、二度、三度と顔を擂《す》り下ろした。唇が裂け、果肉を割ったみたいに大量の血が噴き出す。流れた血でシャツが赤く染まった。

「あたし、コンビニ行ってくる」

あさみが逃げようとすると、

「なに言ってんの。次はあんたよ」

母さんは右手でおろし金を顔に押しつけたまま、左手をこちらへ伸ばした。

「やだよ」

「やんなさい。あんたのために言ってんの」

母さんがあさみの肩を摑《つか》む。

「やめて！」

あさみが腕を振り払うと、母さんは足を滑らせて尻餅《しりもち》をついた。おろし金が床を滑る。母さんの顔がおかしい。瞼《まぶた》が大きく左右に裂け、眼球が前に浮き出ていた。

「やだ、なにこれ」

母さんが鏡を覗《のぞ》いて、文字通り目を丸くする。

「ちょっと、あさみ。痛いんだけど。これ戻るの？」

「知らない。あたしは関係ないよ」

半分は自分に向けた言葉だった。こんなやつと一緒にいたらおかしくなってしまう。あさみは母さんに背中を向け、スニーカーを履いて玄関のドアを開けた。

「待ってよお」

弱々しい悲鳴が聞こえる。

あさみは振り返らずにドアを閉めた。

2

日が沈むと、アスファルトを殴るような重たい雨が降りはじめた。歩道をさまよっていたゴミムシが植え込みへ駆け込む。

あさみは商店街を抜けて、玉奈駅近くの雑居ビルを訪れていた。箱ヘルとオナクラとSMサロンが入っていて、地元住民からはロイヤルすけベビルと呼ばれている。アイドル活動をしていた先輩がオタクの子を孕《はら》んで高校を中退してから、住み込みで働いていると聞いたことがあった。

車道を挟んだ向かい側に、レインコート姿の集団が見える。三人組の男たちが真剣な表情でビルの出口にカメラを向けていた。芸能人のスキャンダルでも狙っているのだろうか。

「きみ、家出?」

車道の向こうを眺めていると背後から声をかけられた。丸刈りでニキビまみれのアボカドみたいな男が、ツヤツヤした外車から顔を出してニヤけている。高校野球の補欠がそのまま大人になったような男だった。

「ここは未成年じゃ無理だよ。良いとこを教えたげる」

丸刈りがドアを開けてあさみの肩を摑んだ。ステレオからゲームセンターみたいなダサい洋楽が流れている。助手席に注射器が見えた。

「やめてください」

あさみが後ずさると、右脚が水溜《みずた》まりに落ちた。空足を踏んで尻餅をつく。傘が車道に転がり、生ぬるい雨が全身を叩《たた》きつけた。

「うひゃ」丸刈りが女みたいな悲鳴をあげる。股間がびしょびしょに濡《ぬ》れていた。おもらしみたいだ。

「おい、弁償しろよ」

丸刈りが眉《まゆ》を寄せて凄《すご》む。軽口でしか聞いたことのない台詞だ。

「お金ないです」

「バカ。稼ぐんだよ」

丸刈りはあさみの鼻頭を殴った。衝撃で息ができない。丸刈りはあさみの髪を摑んで車道へ向かった。膝《ひざ》がアスファルトに擦《こす》れて焼けるように痛い。丸刈りは力任せにあさみを後部座席へ押し込んだ。

「やめてくだはら」

「騒ぐな。そうやって埋められた女を何人も知ってる」

丸刈りが人差し指で頰をなぞったそのとき、

「何してんの」

子供みたいな声がした。丸刈りが舌打ちして振り返る。「あ？」

駐車場の看板を背に、見覚えのない男女が立っていた。男は三十代だが小学生みたいにのっぺりした顔で、オレンジ色のキャリーバッグに身を凭《もた》せて笑っている。女はあさみと同じくらいの年齢だが、いかにも水商売風のテラテラした服に身を包んで、気だるそうにこちらを睨《にら》んでいた。

「なんでうちの子、拉致《らち》ってんの？」少女が冷たく言う。

「え、店の子？」丸刈りがみるみる蒼《あお》くなる。

「どこのシマか分かってるよね」男は場違いな笑みを広げた。「アガペー」

丸刈りは顔色を失ったまま、ハイヤーの運転手みたいに恭しくドアを開けた。あさみは痛みを堪《こら》えて、よろよろと歩道へ転がり出る。

丸刈りは運転席に乗り込み、逃げるように車を発進させた。

「あ、ありがとうございます」

あさみが頭を下げると、点字ブロックに特盛りの鼻血が落ちた。

「きみ、ラビットボールにおいでよ」

童顔の男がティッシュを差し出して言う。なんだそれは。

顔を上げようとしたとき、甲高いブレーキ音に続いて、ドン、と衝突音が響いた。

「あちゃあ」

童顔の男が間の抜けた声を出す。

振り返ると、外車が街灯に突っ込んでぺしゃんこになっていた。

3

振動が身体の芯《しん》を揺らしている。

目を開けるとベッドの上だった。サイドテーブルに水差しとコップが置かれ、部屋の角では観葉植物が葉を広げている。家具カタログのイメージ写真みたいな部屋だ。あさみはシマウマみたいなパジャマを着ていた。

「――――」

ベッドを下りると、カーテンの隙間からウメの枝が見えた。なだらかな山並みに広葉樹林が広がっている。電飾でギラついたロイヤルすけべビルは影も見当たらない。水商売の職員寮がこんな山奥にあるものだろうか。

コツ、コツ、コツ、コツ。

あさみは振動音に誘われるように部屋を出た。廊下にログハウス風のドアが並んでいる。音は床の下から響いていた。右手の階段が一階へ延びている。足音を殺して、ゆっくりと階段を下りた。

一階には三つのドアが並んでいた。手前から「TOILET」「BATHROOM」「HARU」とプレートがぶら下がっている。音は「HARU」から洩《も》れていた。

あさみがドアをノックすると、

「なあに」陽気な声が返ってきた。ノブを捻《ひね》り、ドアを手前に引く。

饐《す》えた臭いが鼻腔《びこう》をえぐった。部屋の広さは十畳ほど。ダブルベッドの右側で、丸椅子に座った男がアップルパイを頬張っている。そいつのイチモツをアイマスクをした女がしゃぶっていた。女が頭を揺らすたびに、男の後頭部が壁にぶつかってコツンと音を立てる。

「あ、きみか。ちょっと待ってね」

ロイヤルすけべビルで出会った童顔の男だった。アップルパイを齧《かじ》りながら左手で茶髪の頭を揺する。音のテンポが速くなった。

「あんっ」

音がぴたりと止む。童顔は射精したらしく、目を閉じて荒い息を吐いた。女が先っぽに吸い付く。生まれたての子ウシみたいだ。

「お店の研修ですか?」

「へ? 違うよ。昨日の話は全部ウソだから。つぼみちゃん、ありがと。バイバイ」

女は先っぽから唇を離すと、満足げに喉《のど》を上下させた。童顔が縮んだそれをズボンにしまって、女の顔からアイマスクを外す。昨日の少女だった。彼女は軽く頭を下げ、そそくさと部屋を後にした。

「お待たせ。ぼくは宍戸《ししど》春。ラビットっていう宗教法人の代表をしてます」

童顔が嬉《うれ》しそうに言って、あさみに窓際のソファを勧めた。

「宗教？」オウム返しに尋ねる。「キリストとか仏陀《ぶつだ》とかの宗教ですか？」

「うん。でも世界を救おう！　みたいなアツいやつじゃなくて。小規模でのんびりやってくつもり。ぼくが教祖の春。さっきのは信者のつぼみちゃん」

男は照れたように頭を掻《か》いた。信者にイチモツを舐《な》めさせる自称宗教家。贔屓目《ひいきめ》に見てもクソ野郎だが、本人は悪びれもせず飄々《ひょうひょう》としている。

「ここは宗教施設ってことですか？」

「うん。もとは一般向けの山荘だったんだけどね」

「どうしてあたしを助けてくれたんですか？」

「え、ダメ？」春が目を丸くする。「だって教祖なんだし、困ってる人は助けなきゃダメじゃん。救済だよ。アガペー」

「はあ」頭を下げる気にはなれない。

「で、これからどうする？　ぼくとしてはここに住ませてあげたいんだけど、一緒に暮らすからには入信してくれないとね」

　春は顔に笑みを広げた。すけべ心が丸見えだ。

「信者になると、教祖のちんちんをしゃぶるのがルールなんですよね」

「え？　うーん、そうだね」春は照れを隠すように視線を逸《そ》らす。「でもそこだけ切り取られると困るな。実はぼく、ラヴマシーンなんだ」

「はあ」

「二年前、ぼくのもとに神様が現れたの。神様はこうお告げになった。この世の悩めるラビットたちを救い、ラヴを授けなさいと。そして神様はぼくのたまたまにラヴを与えられた。これがラヴ・レボリューション」

「はあ」

「だからぼくは、みんなにラヴを分け与えているわけ。でもぼくは神様じゃないから、一度に完全なラヴを授けることができない。それで信者のみんなと暮らしながら、週に一回ずつラヴを与えているんだ。もちろん口だけで本番はしないよ」

　童貞の中学生が深夜に考えたような教義だが、こんなのを信じるバカがいるのだから人間は奥深い。

「どうする？　うちに入ってくれたらさっきの部屋に住めるし、ご飯もお腹いっぱい食べれる。箱ヘルの店長と仲良しだから、家族にバレないでお金も稼げるよ」

春が息を荒くして椅子から身を乗り出す。

あさみは考えを巡らせた。ここから逃げたところでロイヤルすけベビルで働くか、どこかのエロオヤジの家に転がり込むくらいしか生きる当てはない。教祖も信者も頭のネジがいかれまくっているが、小学生のあそこをちょん切ったり、自分の顔で大根おろしを作ったりはしないだろう。男のイチモツをしゃぶるのは慣れているし、週に一回だけで衣食住が手に入るなら儲《もう》けものだ。貯金が増えたら頃合いを見て脱退すればいい。

あさみは表情筋に神経を集中させて、無理やりしおらしい顔をつくった。

「あたしを仲間に入れてください」

4

シャワーヘッドからチョロチョロと水が流れている。

バスルームの真ん中に白くふやけた死体が倒れていた。頭を何度も殴られたらしく、顔がおじやみたいにトロトロになっている。頭の割れ目から覗《のぞ》いている塩抜きしたタラコみたいな色は脳ミソだろう。身体のあちこちに瘤《こぶ》や青タンができ、手足はイバラのように捻《ね》じ曲がっている。だが何よりも目を引くのは、根本からざっくり切り取られたイチモツだった。抉《えぐ》れた皮膚の向こうに赤黒い内臓が見える。相棒をなくしたキンタマ袋が寂しそうにぶら下がっていた。

「教祖、死んじまったよ」

つぼみが気の抜けた声を出す。四人の信者たちが、脱衣所に肩を並べてバスルームを覗き込んでいた。

「これ、すけベゾンビのしわざじゃない？」

もなみがもっともらしい顔で言う。恐怖から逃れるために現実から目を逸らしているのか、単にふざけているのか分からない。すけベゾンビは「玉奈市オブザデッド」に登場するゾンビの亜種で、男に絡みついてあそこを食い千切るのがノーマルなゾンビとの違いだった。

「ホラー作家だからって何でもオバケで片づけないで」

つぼみが春の股間を覗き込んでぼやく。肝の据わった十九歳だ。

「いや、ゾンビはオバケじゃないよ。もともとはコンゴの神様で――」

「春は人間に殺されたんだよ」

つぼみが不機嫌そうに言った。それはそうだ。自殺でイチモツをちょん切ったという話は聞いたことがない。

バスルームには入浴剤と精液をブレンドしたような臭いが漂っていた。春が持ち歩いていた十徳ナイフが浴槽の底に落ちている。肉と髪がこびりついた半球型のシャワーヘッドは、母さんの顔を削ったあとのおろし金によく似ていた。流れっ放しの水が血を洗い流したせいか、死体はオブジェのように無機質だ。

一方で脱衣所は雑然としていた。バスケットにはパーカーとスウェットが脱ぎ捨てられている。キャビネットにはまずいラーメン屋の大将が巻いていそうな黒いタオルが押し込んであり、観葉植物の葉にも黒子《ほくろ》みたいなぶつぶつが並んでいた。

「シャワーを浴びていたところを襲われたみたいだね。犯人はシャワーヘッドで春を殴り殺して、十徳ナイフでちんちんを切り落とした」

「ちんこはどこ?」もなみが死体とタイルの隙間を覗き込む。「ちんこ」

「犯人が持ってったんじゃない」

「犯人? 犯人ってなに? 殺人鬼が侵入してきたってこと?」

「あいつならちんこを切られるくらい恨まれててもおかしくねえだろ。ハル部屋に何か手掛かりがあるんじゃねえか」

つぼみがぼやきながら脱衣所を出て行く。もなみが後を追い、黙り込んでいたちなみもそれに続いた。

あさみも三人を追いかけようとして、ふと足を止めた。背後で何かが動いた気がしたのだ。立ち尽くすあさみの目の前でドアが閉まった。

おそるおそる振り返り、バスルームを覗く。

冷たい双眸《そうぼう》がこちらを見ていた。

「ひゃあああっ」

あさみは尻餅《しりもち》をついた。春の股間から甲虫が顔を出している。ツヤツヤと黒光りする胴体に赤茶けた脚。ゴミムシだ。

「むりむりむりむり」

悲鳴を上げるあさみの足首に、ゴミムシがすばしっこくまとわりつく。あさみは腰を抜かしたまま、這《は》うようにドアを開けて脱衣所を飛び出した。身体を捻《ひね》ってゴミムシから逃れる。ゴミムシはひらりと床に落ち、瞬く間に廊下を駆けぬけていった。

最悪な出来事はいつもゴミムシと一緒にやってくる。うんざりした気分で立ち上がり、となりのハル部屋に入った。

もともとは山荘の支配人夫婦が暮らしていた十畳ほどの部屋で、右手にデスクと背の低いキャビネット、左手にダブルベッドが置かれている。客室よりも日当たりが悪く、教祖部屋らしい神聖さはない。ドアの横には春がいつも持ち歩いているオレンジ色のキャリーバッグが倒れていた。

三人は何かを見つけたらしく、病人を看取《みと》るみたいにベッドを囲んで立っていた。

「何かあったんですか？」

「シーツがなくなってる」

つぼみが腕組みして言う。見ればベッドのシーツが外され、黄ばんだマットレスが剝《む》き出しになっていた。一昨日《おととい》の朝、春のあそこを舐めたときはベッドに異変はなかったはずだ。

「ポルターガイストかな？」

もなみは相変わらず楽しそうだ。

「犯人がちんこを運ぶとき、血が垂れないようにシーツで包んだのかも」

「なぜそこまでして持っていったんでしょう」

「知らねえよ。そういえば、椅子の位置もいつもと変わってんな」

つぼみがベッドの左側の丸椅子に目を向ける。コンガみたいな円筒形で、普段はベッドの右側に置かれていたはずだ。春は信者にラヴを与えるとき、いつも偉そうにこの椅子にふんぞり返っていた。

「え？　いつも通りだけど」

「同じですよね」

もなみとちなみが反論する。あさみとつぼみは顔を見合わせた。

「信者によって椅子の位置を変えてたってことか」

つぼみが複雑な表情で椅子を見つめる。

あさみにはぼんやりと春の狙いが分かった。ベッドの右側には採光窓があって、晴れた日は明るい陽が射している。一方、ベッドの左側はいつも薄暗い。春は若い二人にしゃぶらせるときは明るい場所を、年上の二人にしゃぶらせるときは暗い場所を選んでいたのだ。

「頭のおかしい教祖だったな。死んでみるとよく分かる」

つぼみも同じことを考えたらしく、舌を噛《か》んだような苦い顔をした。

「丸椅子が左側にあるってことは、春が最後に会った相手は年が上だったってこと？」

「どうだろうな。昨日はちなみがラヴをもらう日だから、そのまま椅子を動かさなかっただけって可能性もある」

つぼみはぶつぶつ言いながら春の机を漁《あさ》り始めた。抽斗《ひきだし》にはデリヘルの会員カードやメイド喫茶のクーポン券、アニメのポストカード、アイドルのチェキ、舶来品の着せ替えドール、美少女アニメのＤＶＤなどが詰まっている。アダルトショップの福袋みたいだ。

「それ、春さんですか？」

ちなみが指したチェキには、春とセーラー服の少女が写っていた。中学生みたいに前髪をくねらせた若かりし日の春が、少女と腕を組んで笑っている。少女はショートボブの頭に安そうなリボンをつけて、水死体のような濁った目でこちらを見ていた。

「この子、玉奈愛《たまなあい》でしょ」

あさみがつぶやくと、つぼみはゴキブリを見る目でチェキを睨《にら》んだ。「誰?」

「玉奈市の元ローカルアイドルです。たまなし祭りで歌ってるのを何度か見ました。二年前に突然、行方不明になったんです」

「知ってる! アイドル神隠し事件でしょ」もなみが鼻息を荒らげる。「十六歳のアイドルが帰宅中に失踪《しっそう》。その一か月後に一つ上のお姉ちゃんに電話がかかってきたんだよね。『こわいひとに捕まった。お姉ちゃん、さようなら』って。それから現在まで、彼女の行方は杳《よう》として知れない」

「それ、あんたの小説じゃないの?」

「マジですよ。二年前はかなりニュースになってました」

あさみが肩を持つと、もなみは水飲み鳥みたいに首を振った。

「うちらの教祖もそいつのファンだったってことか」

「その娘《こ》、ヤリマンだったらしいですけどね」

同級生に聞いた噂話が口をついて出る。

「知ってる。産婦人科から出てくるのをマネージャーに見つかって大目玉を食らったとか」

「それを知った春が玉奈愛を誘拐して、返り討ちにされたんじゃない?」

「ありえるな。そのアイドルが性的な暴行を受けていたとしたら、ちんこを切り落としたくなるのも分かる」

つぼみは歯痛を堪《こら》えるような顔で言った。

「でも狂言誘拐って噂もありましたよね。玉奈愛の家族が借金を抱えてたとかで」

「確かに。真相は藪《やぶ》の中だな」

もなみがもっともらしい顔をする。

「そもそも犯人は、どうやってラビットボールに侵入したんでしょうか」

「窓を割ったりしたら音で気づくはずだから、誰かがドアの錠を閉め忘れたのか、あるいは春が犯人を招き入れたのか。玄関の様子を見てみるか」

つぼみを先頭に、四人でぞろぞろと部屋を出る。廊下を曲がった先の玄関は、汗と芳香剤を混ぜたような臭いが漂っていた。三和土《たたき》に五人分の靴が並んでおり、シリンダー錠もきちんと閉まっている。普段と変わった様子はない。

つぼみはスニーカーを履くと、つまみを捻《ひね》ってドアを開けた。冷たい風が縮れ毛を揺らす。

「春の足跡しかないね」

つぼみが地面を見下ろして言う。雨でぬかるんだ土に、山荘の裏手から玄関へ向かう足跡が一つ残っていた。昨夜は四人ともシフトが空いていたから、春以外はラビットボールを出ていない。足跡は昨夜、春が帰宅したときのものだろう。裏手の空き地には中古のジープが停まっている。

「犯人がよそから来たんなら、そいつの足跡がなきゃおかしい」

「やっぱり幽霊のしわざってこと?」

「この中の誰かが春を殺したんだよ」

つぼみがモップみたいな髪を掻《か》き分けて言った。もなみが大げさに目を剝き、ちなみが不安げに肩を抱きしめる。あさみは何も言えず三人の顔を見回していた。

厳密に考えれば、昨夜の雨がやむまえに犯人がラビットボールへ侵入し、まだ山荘のどこかに潜んでいる可能性もある。とはいえ人を殺しておきながら、朝まで呑気《のんき》に羽根を休めているとは考えづらい。

「気になるのは、犯人が春のちんこをちょん切った理由だ。春が好きで仕方なかったのか、あるいは玉奈愛の復讐《ふくしゅう》のつもりだったのか。ひょっとすると犯人は春にレイプされたのかもしれない」

「春にレイプされた――?」

あさみはバスルームに精液の臭いがしたのを思い出した。春はシャワーを浴びていたのではなく、信者を犯していたところを返り討ちにあったのかもしれない。たとえ毎週あそこを舐《な》めている相手でも、レイプされたら殺意が煮え立つこともあるだろう。

「いや、やっぱ幽霊だよ!」

もなみがドアの外側を指してわめいた。

「うるせえな。お前はクソ映画でも見てろよ」

「本当だって。ほら！」

見ればレバー型のドアノブと化粧板の間に、黒い髪のようなものが絡まっていた。

「山荘霊だ。Jホラーだね」

「ただの糸だよ」

つぼみがそれを引っ張る。手に取って見ればただの糸くずだった。長さは五センチもないから、針と糸で錠をかけるような工作には使えない。

「もうさ、面倒くさいから白状してよ。誰が殺したの？」

つぼみはドアを閉めて一同を見回した。鼓動が速まるのを感じる。つぼみの問いかけに応《こた》える声はない。

「さすがに無理だよ。四人しかいないのに隠し通せるわけないじゃん。このままじゃ警察呼ぶことになっちまうよ」

「え」あさみは声を詰まらせた。「困ります。親に居場所がバレたら何をされるか」

「あたしじゃなくて犯人のせいだから」

「待って。わたしさ、自分が犯人じゃないって証明できるよ。ついでにあさみちゃんも」

もなみが真剣な顔で言った。つぼみがインチキ宗教の勧誘を受けたような顔をする。

「なに。交霊術？」

「違う違う。昨日、あさみちゃんと『玉奈市オブザデッド』を見てたんだけど、途中で変な声が聞こえたの。女の人の甲高い悲鳴。偶然吹き込まれた幽霊の声だったら最高だけど、まあ編集ミスだと思ってたわけ。あれ、春にレイプされた犯人の声だったんじゃないかな」

もなみがあさみの肩を突《つ》いて同意を求める。あさみも「変な声」のことは覚えていた。

映画の中盤、住人たちが盆踊りを始めるシーンで、物語と無関係な悲鳴が聞こえたのだ。

「マジの悲鳴だったってこと？」

「そうそうそう。だからあのとき一緒に映画を見てたわたしとあさみちゃんは犯人じゃない」

もなみが口早にまくしたてる。つぼみはあきれ笑いを浮かべた。

「そのＤＶＤ、割っちまったんだろ？　本当に悲鳴が聞こえたのか確認できねえじゃん。そんなのアリバイになると思うか？」

「違法サイトに動画があるかもしれませんよ」

ちなみが指を鳴らして言う。ファインプレーだ。

四人で食堂へ向かうと、あさみは共用のノートパソコンを立ち上げた。動画サイトにアクセスし、「玉奈市オブザデッド」で検索をかける。表示されたサムネ画像の一つをクリックすると、見覚えのある粗雑な映像が流れ始めた。ページの下側にはユーザーのコメントが表示されている。

「〈低予算ながら『28日後…』風の走るゾンビに挑んだ佳作〉だってさ。のろのろ走りのくせに何言ってんだよ。こいつ本当に観たのかな」

もなみが感想に難癖を付けていると、すぐに冒頭のシーンが始まった。主人公が畦《あぜ》道《みち》を歩いていて、ゾンビになった同級生に股間《こかん》を嚙《か》まれそうになる場面だ。イメージビデオみたいな陽気なテーマ曲が流れる。

「この珍曲をまた聴くハメになるとは」

もなみが鼻を鳴らして笑う。パソコンのスピーカーで聴く「すけべゾンビのテーマ」は、DVDよりも音程が高く聴こえた。

あさみは画面下のバーをスライドして、中盤のシーンまで動画をスキップした。霊能者に騙《だま》された玉奈市の住人たちが、ゾンビを鎮めるために盆踊りを始めるシーンだ。霊能者の狙いは、儀式により地獄の大マ神を呼び出すことだった。

「ここだ」

もなみが画面を覗《のぞ》き込む。二人が悲鳴を耳にした、主人公が太鼓を叩《たた》くカットだ。巻き戻して二度再生してみたが、それらしい音は聞こえなかった。

「時間は分かる？」つぼみの声にも緊張が滾《たぎ》っていた。

「再生開始から六十九分です。昨日はちょうど九時に映画を見始めたので、悲鳴は十時九分に聞こえたことになります」

「あんたたちが聞いた声の正体は、春に襲われた犯人の悲鳴だった。そいつが春を殴り殺し、怒りに任せてちんちんを切り落とした。辻褄《つじつま》は合うね」

「つぼみちゃんとちなみさんは、昨夜の十時九分、どこで何をしてました？」

もなみがノートパソコンから顔を上げる。

「わたしは部屋でチャットの仕事をしてました。八時十五分から十時十五分まで。ログを見てもらえば分かります」

ちなみの声には安堵《あんど》よりも動揺が濃く滲《にじ》んでいる。ライブのエロチャットをしながら人を殺すのは不可能だ。すぐにバレるウソを吐くとも思えない。三人の視線がつぼみに集まった。

「あたしは部屋で本を読んでただけだけど」

十時九分のアリバイはないということだ。四引く三は一。悲鳴を上げた女はつぼみだったことになる。

「マジで？　いや、違うよ。あたしじゃねえよ」

つぼみは引き攣《つ》った笑みを浮かべた。先ほどまでとは別人のように歯切れが悪い。何かを隠しているのは明らかだ。

「すごい、探偵が犯人のパターンだ。ミステリ映画みたい！」

もなみが嬉《うれ》しそうに叫ぶ。

そのとき、玄関のベルが鳴った。

5

ドアスコープを覗くと、ソープの黒服みたいな男が立っていた。汗一つ浮かべずに涼しげな笑みを湛《たた》えている。自動車は見当たらないが、この山奥まで徒歩でやって来たのだろうか。

あさみに続いてドアスコープを覗いたちなみも、不思議そうに首を傾げた。登山者とも入信者とも思えない。春の友人だろうか。

「開けますね」

ちなみは三人の顔を見回してから、ロックを外してドアを開けた。

「突然すみません。つかぬことを伺いますが、この山荘で男性が殺されたのではありませんか？」

男の滑らかな声を聞いた瞬間、あさみの脳裏に三か月前の記憶がよみがえった。父さんが小学生のあそこを切って捕まり、教室から玉奈警察署へ呼び出された夏の日。

あのとき取調室で父さんの動機を言い当てた正体不明の男と、目の前の男が瓜二《うりふた》つだったのだ。

「あなた、まさか――」

「浅田あさみさんですね。二度もお会いできるとは光栄です」

男は表情を変えずに頷《うなず》いた。四人は案山子《かかし》みたいに硬直している。

「その様子だとやはり事件があったようですね。ひょっとしてその男性は、陰茎が切断されていたのではありませんか？」

「すみません、どなたですか？」

ちなみの声は強張《こわば》っていた。

「わたしは玉無し探偵という者です」

「た、玉無し探偵？」

もなみが蜂にケツを刺されたみたいに跳び上がった。男は口元に笑みを湛え、無言で頭を下げる。

「なにそれ」

「伝説の名探偵だよ。阿部定《あべさだ》事件で日本中がパニックになっていたとき、東京警視本署に現れて、わずか半日で潜伏先を突き止めた謎の男。局部切断事件が起きるとどこからともなく現れる正体不明の名探偵で、警察内部でも伝説になってるんだよ。まさか実在したなんて！」

茫然《ぼうぜん》と立ち尽くす三人を尻目《しりめ》に、もなみは玉無し探偵を屋内へ連れ込んだ。死体発見の経緯を説明しながら、食堂、バスルーム、ハル部屋を順に巡っていく。あさみたちは玉無し探偵が次々くりだす質問に答えながら、子鴨みたいにぞろぞろと後に続いた。

「おや、何かの跡がありますね」

ハル部屋に入ろうとしたところで、玉無し探偵が足を止めて言った。見れば廊下の絨毯《じゅうたん》に、重い物を置いたような半円形の跡が残っている。ドアを開けた状態で、廊下と部屋を跨《また》ぐように何かが置かれていたようだ。

「皆さん、この跡に見覚えは？」

あさみたちは揃《そろ》ってかぶりを振る。玉無し探偵は満足げに頷いた。

「事件の真相が分かりました」

6

「犯人は誰で、なぜ陰茎を切断したのか。レイプや不倫への報復として陰茎が切断される事件はありますが、あくまでさまざまな動機の一つに過ぎません。真相を見抜くには、まず昨夜の出来事を正しく知っておく必要があります」

玉無し探偵の流暢《りゅうちょう》な演説に、一同は静かに聞き入っていた。

「とはいえバスルームに精液の臭いが漂っていたことから、春さんが殺される直前に性的な行為をしていたことは間違いありません。この行為の相手をXとしましょう。

わたしはもなみさんの話を聞いて、皆さんが二つの誤解をしていることに気づきました。一つは犯人の手による意図的な誤解。もう一つは偶発的に生じた誤解です。まず一つ目の誤解ですが、これに気づいたきっかけは、あさみさんが遭遇したゴミムシでした」

「ゴミムシ？」あさみは調子はずれな声をあげた。「あれが事件と関係してるんですか？」

「問題はゴミムシではなく、音です。あさみさんが脱衣所で悲鳴をあげたのに、ハル部屋にいたお三方はまったく気づかなかった。もともと一般客向けの山荘だったこともあって、シャワールームの音が客室へ響かないよう、脱衣所には厚いドアが用いられているんでしょう。春さんがバスルームで性行為をしたのであれば、声が外に洩《も》れることはありません。もなみさんたちが映画鑑賞中に聞いた悲鳴は、バスルームで発せられたものではないということです」

「脱衣所のドアが開いてたってことはない？」

「それならもっと色々な音が洩れているはずですよ。春さんがXと性行為をした場所は、バスルームではなくハル部屋のベッドでした。ベッドからシーツが持ち去られたのは、性行為による体液などの痕跡《こんせき》を隠すためです。陰茎を包んで持ち運ぶのが目的なら、脱衣所のバスタオルのほうが便利ですからね。ハル部屋で日常的にオーラルセックスが行われていなければ、皆さんも汗や精液の臭いで異変に気づいたかもしれません。

春さんが亡くなったあと、Xは死体をハル部屋からバスルームへ運びました。ハル部屋の前の絨毯に残っていた半円形は、ドアを押さえるために丸椅子を置いた跡です。Xは丸椅子をストッパー代わりにしたんです」

「待って。なんのために死体を運んだの？」つぼみが口を尖《とが》らせる。

「それは重要な疑問ですが、いったん脇へ置きましょう。動機のまえに、まず事実を正しく理解することです。ドアのすぐとなりにキャリーバッグがありますね。Xはなぜこのバッグではなく、丸椅子をストッパーに選んだのでしょうか」

玉無し探偵が背後を指して言う。春がいつも持ち歩いていたオレンジ色のキャリーバッグだ。

「たまたま近くにあったんじゃないの」

「その通りです。春さんが床掃除のために運んだのかもしれませんし、ベッドで性行為をしたときに手足がぶつかって動いたのかもしれません。丸椅子は横に倒せば車輪のようにコロコロ転がりますからね。Xは死体をバスルームへ運んだあと、ハル部屋での出来事を隠すために丸椅子をいつもの位置へ戻したんです。

ところで春さんは、信者にラヴを授ける際、わざと椅子の位置を変えていたそうですね。若いお二人には日当たりの良いベッドの右側で、年上のお二人には薄暗いベッドの左側で、陰茎を咥《くわ》えさせていたわけです。信者の皆さんは、春さんが椅子の位置を変えていることを知らなかった。もしXが若いお二人のどちらかなら、死体を浴室へ運んだあと、丸椅子をベッドの右側へ戻したはずです。でも死体発見時、丸椅子はベッドの左側に置かれていた。Xは年上のお二人——もなみさんとちなみさんのどちらかということになります」

玉無し探偵は二人の顔を見比べた。もなみは茫然と目を丸くし、ちなみはくたびれたように肩を落としている。

「それはおかしいですよ」あさみは声を上げた。「あたしたちもいちおうアリバイを確認したんです。昨日の十時九分、もなみさんは食堂で『玉奈市オブザデッド』を観ていましたし、ちなみさんは部屋でエロチャットをしていました」

「そこにもう一つの誤解があります。犯人が意図したのではなく、偶然により生じた誤解ですね。あさみさんの言う通り、二人は十時九分にハル部屋にはいませんでした。あさみさんともなみさんが悲鳴を聞いたのは、別の時刻だったことになります」

「ちゃんと『玉奈市オブザデッド』の動画で確認したんですけど」

「DVDの『玉奈市オブザデッド』と動画サイトの『玉奈市オブザデッド』では、盆踊りの場面の時間がずれていたことになりますね。お二人が見た『玉奈市オブザデッド』には、ラストまで登場しない人物がいたんじゃありませんか？」

「え？」あさみともなみは顔を見合わせた。「まなちゃん？」

「思った通りです。オリジナルの『玉奈市オブザデッド』で会田まな役を演じたのは、ローカルアイドルの玉奈愛さんでした。アイダマナという役名はタマナアイのもじりです。お二人が見たDVDは玉奈愛さんの出演シーンが削除されていたんです。ラストシーンが尻切《しりき》れトンボに思えたのは、ヒロインが活躍するシーンがすべてカットされていたからです」

「それは無理ですよ」もなみが異を唱える。「わたしたちは九時ちょうどに映画を見始めて、終わったのが十一時半過ぎでした。『玉奈市オブザデッド』と言えば『ゾンビ映画史に残らない155分』ですから、上映時間は二時間三十五分です。ヒロインの登場シーンがカットされていたのなら、もっと早い時間に映画を見終わったはずです」

「DVDに細工をした人物も、そこには気を遣ったはずです。困ったことに三年前の公開時、『ゾンビ映画史に残らない155分』を謳《うた》うポスターが玉奈市のあちこちに貼られていましたからね。DVDを弄《いじ》った人物をYとすれば、Yはヒロインの登場シーンをカットしたあと、残った部分の再生速度を落として、合計時間が155分になるように調整したんです」

「そんなにうまくいきますかね」

もなみが眉《まゆ》を寄せる。あさみも同じ意見だった。

「会田まなはゾンビ退治の切り札ですから、登場シーンは多くないはずです。仮に玉奈愛さんの出演時間が十五分だったとすると、カット後の映像は百四十分ですから、〇・九倍の速度で再生すれば帳尻《ちょうじり》が合います。お二人がのんびりした映画だと感じたのは、役者の台詞《せりふ》や話のテンポが遅くなっていたからです」

あさみはふと、三か月前にロイヤルすけべビルでチンピラに絡まれたとき、車道の向こうにカメラを持った集団がいたのを思い出した。「玉奈市オブザデッド」の会田まなは玉奈駅前の風俗ビルで働いているという設定だ。あれは映画のロケ地巡りをしていた玉奈愛のファンだったのだろう。

パソコンのスピーカーで聴いたテーマ曲のキーが高く感じたのは、DVDの映像よりも動画の再生速度が速かったからだ。ユーザーのコメントに書かれていた「走るゾンビ」が登場しなかったのも、ゾンビと会田まなが闘う肝入りのシーンがカットされ、ほかのゾンビ登場シーンもすべてスローで再生されていたからだろう。

「それであんなに退屈だったんですね」もなみが毒気の抜けた顔で頷《うなず》く。「犯人はやっぱり、アリバイ工作のためにDVDに細工をしたんですか？」

「いえ、XとYは別人です。Yの目的がアリバイ作りだったのなら、もっと削りやすい場面を計算してカットしたはずです。Yには玉奈愛さんの映像を見られたくない事情があったんです」

「うちらの中に、玉奈愛の関係者がいるってこと？」

「そうです。このYを特定するのは難しくありません。玉奈愛さんの映像を仲間に見せたくないのなら、DVDを捨ててしまうのが手っ取り早い。YがわざわざDVDの一部をカットしたのは、このDVDを見ようとしている人物がいることをYが知っていたからです」

「わたしのこと？」もなみが小学生みたいに手を挙げる。

「いえ、もなみさんがDVDを見つけたのは昨日です。その日の内にDVDを持ち出して加工できたとは思えません。半年ほど前に春さんが『玉奈市オブザデッド』を見たいと洩らしていたそうですね。Yはそれを聞いて、DVDを捨てたら春さんにバレると思ったんです。とはいえこの台詞を聞いていたのはつぼみさんだけ。Yの正体はつぼみさん、あなたですね」

玉無し探偵が双眸《そうぼう》をつぼみに向ける。つぼみは小さく肩を竦《すく》めた。

「こんなインチキ臭い探偵にバラされるとは思わなかった」

ちなみが踏まれたカエルみたいな呻《うな》り声をあげる。もなみは瞬《まばた》きして玉無し探偵に羨望《せんぼう》の目を向けた。

「でも何のために？　玉奈愛が嫌いだったの？」

「違うよ。探偵さんはそれも分かってるんでしょ？」

つぼみが水を向けると、玉無し探偵は機械のように頷いた。

「玉奈市のローカルアイドルだった玉奈愛さんのことは、あさみさんやもなみさんも知っていました。それでも映像を見られたくなかったのは、彼女の容姿に気づかれたくない点があったからです。玉奈愛さんの顔立ちは、つぼみさんとよく似ていたのではないでしょうか」

三人の視線がつぼみに集まる。つぼみはクソを舐《な》めたような苦い顔をした。

「玉奈愛さんには、失踪《しっそう》後に電話をかけたという姉がいました。十六歳で失踪した彼女は生きていたら十八歳、一つ上の姉は十九歳になる計算です。つぼみさん、あなたの正体は――」

「玉奈結衣《ゆい》だよ」つぼみが投げやりに言った。

「えっと、どういうこと？」

「うちの教祖、愛のストーカーだったんだよね」

つぼみは机の抽斗《ひきだし》を開け、春と玉奈愛が写ったチェキを取り出した。ショートボブの愛は魂が抜けたような顔をしている。

「イベントの出待ちで襲われかけたって、愛に泣きながら相談されたこともある。二年前に愛が行方不明になったとき、あたしはすぐにあいつのしわざだと思った。でもいくら警察に訴えても、あいつに捜査の手が伸びることはなかった。警察は家族の狂言誘拐を疑ってて、あたしの話なんかに聞く耳を持ってくれなかった。それなら自分で尻尾《しっぽ》を掴《つか》むしかないと思って、あたしは春の動きを追い続けた。でも驚いたよ。あのバカがよりによって教祖を名乗り始めたんだから」

つぼみはチェキを握りつぶした。春と愛が潰《つぶ》れてぺしゃんこになる。

「誘拐の証拠を見つけるために、ラビットに入信したってこと？」

「そ。まさかくっさいちんこをしゃぶらされるとは思わなかったけどね。妹と顔の印象を変えるために髪を伸ばしてソバージュにしたんだけど、あのバカは端《はな》からあたしのことを疑ってなかった。

でも運の悪いことに、この山荘の倉庫には『玉奈市オブザデッド』のDVDがあった。こんときの愛、長髪のカツラをかぶってて、今のあたしにちょっと似てんだよ。いくら春がバカでも、この映画を見たらあたしと愛の関係に気づきかねない。だからDVDを編集して、愛が出てるシーンをカットしたの。映像編集会社でバイトしてた経験が役に立ったよ」

「確認ですが」玉無し探偵が背筋を伸ばす。「愛さんが登場するのは、本編の終盤ですね？」

「うん。うちの妹はゾンビ退治の最終兵器だから、ラストにしか出てこない」

「するとあさみさんたちが悲鳴を聞いたのは、十時九分よりもあとだったことになりますね。カットされた場面が十五分、再生速度が〇・九倍だったとすれば、実際に悲鳴が上がったのは十時十七分ということになります。もっと長くカットされていた可能性もありますが、十時十七分以降の時間にアリバイのある方は犯人ではありません。

食堂であさみさんと『玉奈市オブザデッド』を観ていたもなみさんはXではありません。映画の上映時間は変わりませんからアリバイは成立します。一方、ちなみさんは十時十五分までアダルトチャットをしていましたが、それ以降のアリバイがありません。チャットをやめてからハル部屋へ向かい、春さんに襲われたと考えれば辻褄《つじつま》が合います」

玉無し探偵は言葉を切って、ちなみの顔を正面から見つめた。

「春さんの陰茎を切断したXの正体は、ちなみさん、あなたですね」

7

ちなみは口に手を当てて苦しそうに息を吐いた。

「その通りです。わたしがやりました」

ハル部屋が静まり返る。

「でも、どうして？」

「それも――探偵さんから説明してもらえるんですか？」

「かしこまりました」玉無し探偵は咳払《せきばら》いをした。「ちなみさんはなぜ、春さんの陰茎を切断したのか。またなぜ春さんの死体を、ベッドルームから浴室へ運んだのか。この疑問を解く手掛かりは二つあります。

一つ目は、ラビットボールの玄関のドアノブに絡まっていた黒い糸くずです。あれは脱衣所の黒いバスタオルが解《ほつ》れたものでしょう。犯人は春さんの死体をバスルームへ運んだあと、玄関のドアノブをタオルで拭《ふ》いたんです。なぜか？　ちなみさんはラビットボールの住人ですから、ドアノブの指紋を拭き取る必要はありません。ドアノブにはちなみさんに都合の悪い何かが付着していたんです。

二つ目の手掛かりは、ベッドからなくなったシーツです。ちなみさんがシーツを持ち去ったのは、シーツの汚れを隠し、犯行現場をバスルームに偽装するためでした。とはいえ春さんがベッドの上で大量に出血していて、シーツの下のマットレスにまで血が染みていたら、シーツを持ち去る意味がありません。シーツに付着した血痕《けっこん》は、あくまで擦れ程度だったということです。

このことから分かるのは、ハル部屋に戻った時点で、春さんの傷口の血はすでに凝固しかけていたということです。ちなみさんがドアノブを拭いたのは、春さんがドアを開けた際に付いた血痕を隠すためです。春さんは帰宅した時点で、すでに重傷を負っていたんです」

「春を殺したのはちなみさんじゃないってこと？」

もなみが安堵《あんど》と困惑の混ざった忙しい顔をする。

「はい。致命的な傷を負って帰宅した春さんが、ハル部屋を訪れたちなみさんをレイプした果てに、力尽きて亡くなった。これが昨夜の出来事の真相です。

春さんが重傷を負った事情は分かりません。つぼみさんが協力者の手を借りて復《ふく》讐《しゅう》を果たしたのかとも思いましたが、それならこうしてわたしの推理に付き合う必要もないはずです。春さんは金目当ての暴漢に襲われたのかもしれませんし、日ごろの悪行が祟《たた》って誰かの恨みを買ったのかもしれません」

あさみは三か月前、外車で街灯に突っ込んだ男が、ヤクザとの縁を臭わせていたのを思い出した。

「本題に戻ります。ちなみさんはなぜ、春さんの陰茎を切り落としたのか。それは春さんがレイプ被害者に殺されたように見せかけるためです。春さんへの暴行とちなみさんのレイプという二つの事件に、実在しない因果関係を作り出すために、ちなみさんは春さんの陰茎を切断したんです」

「何のために？」つぼみが小首を捻《ひね》る。

「アリバイ工作です。ちなみさんは昨夜ラビットボールを出ていません。おまけに八時十五分から十時十五分までアダルトチャットをしていました。一方、ちなみさんが春さんに襲われ、悲鳴を上げたのは十時十七分以降です。春さんへの暴行事件のあとにちなみさんのレイプ事件が起きた以上、ちなみさんのアリバイは成立しています。しかし春さんの陰茎を切り落とし、春さんがレイプのあとに殺されたように見せかければ、ちなみさんのアリバイは成立しなくなるんです」

「は？」つぼみが声を尖《とが》らせた。「なんで？　春を殺した罪を被《かぶ》ろうとしたってこと？」

「そうです。死体を運び出したのは、バスルームなら血痕が少なくても不自然に思われる心配がないからです。シャワーヘッドで頭を殴って血肉を付けたのは、現場をバスルームに見せかけるための工作です」

「バスルームがイカ臭かったのも？」

「それは春さんの顔を潰しているときに、膣《ちつ》から精液が垂れたんでしょう。服を着ていたら汚れてしまいますからね。脱衣所のバスケットにパーカーとスウェットを突っ込んでおいたのも、バスルームで春さんが殺されたように見せかける小細工です」

「なんで罪を被んなきゃいけないの？　とばっちりじゃん」

「それはちなみさんが、ラビットボールの正体を知ってしまったからです。どこかで罪悪感に耐えかねた振りをして、自分が犯人だと名乗り出るつもりだったのでしょう。そうですね、ちなみさん」

玉無し探偵が水を向けると、ちなみは青褪《あおざ》めた顔を縦に振った。

「ごめんなさい。わたしのやったことは、自分を守るための身勝手な行為です」

「いや、逆でしょ。自分でびしょびしょの濡《ぬ》れ衣《ぎぬ》を着ようとしたんだから」

「違うんです」ちなみはふたたび首を振った。「昨夜、チャットを終わりにしてトイレへ行こうとしたとき、春がハル部屋へ戻る足音が聞こえました。酔っ払いみたいな千鳥足で、苦しそうな息遣いも聞こえました。心配になってハル部屋を覗《のぞ》きに行ってみると、ボロボロの春がベッドに倒れていたんです。顔を執拗《しつよう》に殴られたせいで、首から上がパンパンに膨れていました」

母さんの崩れた顔が脳裏にちらつく。

「救急車を呼ぼうとすると、春は言いました。自分はもう死ぬ。自分がやってきたことはすべて無駄だった。こんなことになるなら宗教なんてやるんじゃなかった――」

「ああ見えて本気でラヴを広めようとしてたからね」

「違う。そんなんじゃないです」ちなみは首を絞められたみたいに両目を見開いた。

「つぼみちゃんが感づいていた通り、春は二年前に玉奈愛さんを誘拐した犯人でした。残念ですが彼女はもう亡くなっています。春に犯されるだけの毎日に絶望して首を吊《つ》ったそうです」

「へえ」つぼみが気の抜けた顔をする。「最悪の真相だ」

「でも玉奈愛さんは、春に土産を残していきました。愛さんが死んで半月が過ぎた頃、春の陰茎にしこりができたんです。春はインターネットで症例を調べ、愛さんが梅毒《ばいどく》に感染していたことに気づきました」

「梅毒？　アイドルなのに？」

もなみが奇天烈《きてれつ》な声を上げ、

「あいつ、ヤリマンだったからね」

つぼみが鼻を鳴らして苦笑する。

「梅毒は早期にペニシリンを投与すれば完治する病気です。愛さんが婦人科に通っていたのは梅毒の治療のためでしょう。

春も当然、病院で治療を受けようとしたはずです。病院へ行かずに感染を放置すれば、脳に異常が出て死ぬこともあります。でも春はふと気づいたんです。警察は愛さんの通院歴を把握している。もしも梅毒感染者だとバレたら、警察は自分を誘拐犯と疑うかもしれない。そう考えると、春は病院へ行くことができなかったんです」

時間が停まったように沈黙がハル部屋を満たした。

肌が粟立《あわだ》ち、口の中に苦い味が広がる。

「あのバカ、治療してなかったの？」

つぼみの声には起伏がなかった。

「はい。とはいえ犬死にするつもりだったわけでもありません。春はどうにかして、警察に疑われずに治療を受ける方法を考えました。梅毒への感染がバレるとまずいのはなぜか？　現在の日本では梅毒が身近ではないからです。冬のインフルエンザくらい梅毒が蔓延《まんえん》していたら、受診したところで警察に目を付けられる心配はない。そう考えた春は、玉奈市に梅毒を広めるためにラビットという宗教をつくったんです」

ぐにゃりと世界が歪《ゆが》んだ。

喉《のど》が詰まったみたいに息が苦しい。舌を頬のうらに当てると、丸いしこりが舌の腹に触れた。

「春のやったことはシンプルでした。玉奈市の街中で外見の良い女性に声をかけ、山奥の施設へ遊びにこさせる。口八丁でデタラメな宗教を信じさせ、共同生活を送りながら梅毒を移す。そして風俗店で働かせ、客たちを梅毒に感染させる。わたしたちは、玉奈市に梅毒を広める道具だったんです」

「マラリアを媒介する蚊みたいなもんか」

つぼみがわざとらしく投げやりな声を出した。

あさみの脳裏にいくつかの顔が浮かんだ。学年主任のハゲ茶瓶。玉奈警察署前で出くわしたサラリーマン。外車で街灯に突っ込んだチンピラ。あいつらには共通点があった。性欲全開のすけべで、肌に似たようなぶつぶつができていたのだ。

「ラヴを与えるとき信者に目隠しをさせたのは、ちんちんにできたしこりを隠すため。わたしたちと本番をしなかったのは、梅毒に罹《かか》っていることが店の客にバレると困るからです。梅毒の第一期では病原体が侵入したところにしこりができるので、本番で感染すればあそこに、オーラルで感染すれば口の中にしこりができます。舌を入れたがる客でも、口の中のしこりで梅毒に気づくことはないでしょう。

春は昨夜、すべての真相をぶちまけてわたしを襲いました。美人じゃないわたしを入信させたのは、信者たちの健康を管理させて、うっかり病院で梅毒が見つかるのを防ぐためだそうです。これまでの苦労が無駄骨になって、ヤケクソな気分だったんでしょう。春はわたしを犯して、気持ちよさそうに死にました」

「どうしてわたしたちを呼んでくれなかったの」もなみが呆然《ぼうぜん》と尋ねる。

「自分の身を守りたかったからです。玉奈市にはすでに梅毒が広まっています。ラビットのしたことが明らかになるのは時間の問題でしょう。でも教祖の春はもうこの世にいない。住人たちの怒りはわたしたちに向かうはずです。身を守る方法はただ一つ、被害者になって同情を集めることです。わたしはいかれた新興宗教の信者ではなく、教祖にレイプされた被害者になりたかった。怒りに突き動かされ、教祖を殺した悲劇の女になりたかった。そのためにはアダルトチャットをしていたというアリバイが邪魔でした。だからわたしは春をバスルームへ運んで、ちんちんを切り落としたんです」

ちなみは一気呵成《いっきかせい》に言うと、三人の信者に深く頭を下げた。

耳の奥に、眼球の浮き出た母さんの弱々しい悲鳴がよみがえる。あの女も世間から身を守るために、自らの顔を摺《す》り下ろしたのだ。二人の思考回路はよく似ていた。

「これは蛇足かもしれませんが」玉無し探偵が抑揚のない声で言う。「春さんはラビットという宗教名についても何か言い残していましたか?」

「いえ、とくには」ちなみの口調が硬くなる。

「梅毒の病原体である梅毒トレポネーマは、試験管で人工的に培養することができません。ただし理由は不明ですが、ウサギの睾丸でだけ培養できることが知られています。ラビットボールというのは春さんのシャレでしょう。文字通り、梅毒の培養を目的とした施設だったわけですから」

最悪なセンスだ。

「わたしたち、死ぬ?」

もなみが泣き出しそうな顔で言う。

「大丈夫。ペニシリンを投与すればまだ完治できる時期だと思います」

ちなみはなぜか嬉《うれ》しそうに言った。死ねたほうがよっぽど楽だったのに、と皮肉を言ってやりたくなる。

「待てよ。なんであんなクソ野郎を簡単に死なせてんだ」

つぼみは唇を歪めて言うと、ハル部屋を出てバスルームへ向かった。三人で慌てて後を追いかける。

つぼみは春の死体を見下ろすと、思い切り顔を蹴《け》り飛ばした。春の後頭部が浴槽にぶつかり能天気な音を立てる。

「たしかに。わたしもこのままじゃ腹の虫が収まらない」

もなみは真顔で言うと、浴槽のナイフを拾って、春の股間《こかん》にぶら下がった睾丸を刺した。ぶちゅ、と絵具のチューブを潰《つぶ》したような音がして、ウズラの玉子の腐ったようなのがぷりんと飛び出す。

「そういえば、シーツはどこに隠したんです？」

もなみが睾丸を転がしながら尋ねた。

「血まみれの服と一緒にビニール袋に入れて、倉庫部屋の段ボールに入れました」

「春のちんこは？」

「ハル部屋に隠そうと思ったんですけど、血が出て運べなくて。でも二度と見たくない気分だったので、そこに入れておきました」

ちなみは気まずそうに死体の股間を指した。

「ウソ」

もなみが下腹部を殴ると、ぴゅっと音を立てて傷口から陰茎が飛び出した。

「きったね」

つぼみが小学生みたいに陰茎を蹴飛ばす。陰茎は壁にバウンドしてあさみの足元に落ちた。

「――」

あさみは腐りかけた陰茎をつまみあげた。この気味の悪い肉のかたまりに、人生を何度も何度もめちゃくちゃにされたのだ。煮ても焼いても飽き足らない。

あさみは陰茎を浴槽へ投げ込んで、思い切り蛇口をひねった。ズビュビュと壊れた便器みたいな音を立てて、陰茎が排水口へ吸い込まれる。つぼみがヒューと口笛を吹いた。

気づいたときには、玉無し探偵の姿はどこにもなかった。

消費税狂騒曲

乾くるみ

乾くるみ（いぬい・くるみ）
昭和三十八年静岡県生まれ。静岡大学卒。平成十年に『Jの神話』で第4回メフィスト賞を受賞しデビュー。平成十六年に発表した『イニシエーション・ラブ』（原書房）は平成二十七年に前田《まえだ》敦《あつ》子《こ》主演で映画化され話題に。

一九八九年（平成元年）四月一日、土曜日。

五木重太《いつきじゅうた》は寝坊した。いや寝坊というか、昨日までと同じ時刻には起きたのだが、今朝はそれでは遅いのだ。いつもより三十分早く起きなければならなかったのに、目覚まし時計のセットを直すのを忘れていた。

ボタンを押してベルの音を止めた瞬間にそのことに気づいて、彼は慌てて布団から飛び起きた。トイレと洗面と歯磨きを可能な限りの短時間で済ませ、スーツに着替え階段を駆け下りて、食堂のおばちゃんに一言謝罪してから寮を飛び出した。マラソン並みの駆け足で駅に向かうと、乗りたかった電車にギリギリで間に合った。これに乗れればもう大丈夫。

静岡南《しずおかみなみ》署の生活安全課から藤枝《ふじえだ》署の刑事課に異動になり、テレビドラマのようにスーツ姿で走ることもあるかもしれないとは思っていたが、まさかこんな理由で初日から走ることになろうとは。

東海道線で約二十分。最初の五分で汗は退《ひ》き、十分で呼吸も平常に戻った。藤枝駅で下車した時点で、署までの移動時間を除いても始業まで十五分ほどの余裕があり、五木は寮で摂《と》り損なった朝食を摂ることに決めた。駅から署までの道沿いに小洒落《こじゃれ》たバーガーショップを見つけて入ってみると、注文カウンターがひとつきりの小さな店だった。レジには《当店はテイクアウトのみです。ご了承ください》と掲示されている。


「いらっしゃいませ。メニューをご覧になってお選びください」

応対に出たのは五木より五歳ほど年下と思われる女性で、お腹がぽっこり出ていた。

「妊婦さんですか？」

「あっはい。家族でやっている小さな店ですんで」

「チェーン展開はしてないの？」

「はい。この店だけでやってます」

「旦那《だんな》さんが店長さん？」

「あっはい」

女性は幸せそうな笑みを浮かべている。五木はメニューに目を落とした。上欄に《表示価格に３％の消費税がプラスになります》という注意書きが書かれたシールが貼られていた。

「あ、そうか。今日から消費税が加算されるんだったね」

「はい。本当ならメニューの個々の商品のお値段を書き換えなければならないのですが、ウチでは全部旧来の値段で合計して、最後に三％をプラスする方法でお会計をさせていただきます」

「年号が変わったかと思いきや、今度はすぐに消費税の導入で、小売業のみなさんも大変ですねえ」

背後で自動ドアが開いて次の客が入ってきたので、世間話をやめて注文に専念する。ハンバーガー、チーズバーガー、ポテトのMを注文して、五六〇円に消費税がプラスされて五七六円。釣銭を受け取る際に、思わず溜息《ためいき》が出た。消費税ぶんの十六円を余分に払うのはまあ仕方がないとしても、今まで五百円玉、百円玉、五十円玉、十円玉の四種類しか入ることがなかった小銭入れに、今回一円玉が四枚も加わったのが、秩序を乱されたように感じられたのである。

これからは一円玉や五円玉がこの中に常駐することになる。慣れてゆかなければ。


一九八九年（平成元年）十一月六日、月曜日。

大学二年生の三浦卓也《みうらたくや》は友達からの麻雀《マージャン》の誘いを断ってキャンパスを後にした。講談社ノベルスの新刊が出ているはずだった。彼は二年前、受験生であるにもかかわらず綾辻行人《あやつじゆきと》の『十角館《じゅっかくかん》の殺人』を発売日に買って読んだのが自慢だという、熱烈なタイプのミステリファンで、今でも週に一、二度は書店を訪れているのだが、それとは別に毎月五日には必ず書店に行き、ノベルスの棚を覗《のぞ》くのが、ここ数年の習わしになっていた。

　今月は五日が日曜日だったため、一日遅れて本日六日に書店に行くことになった。八月には我孫子《あびこ》武丸《たけまる》の『0の殺人』と歌野《うたの》晶午《しょうご》の『動く家の殺人』を買った。九月にはルディー和子《かずこ》という新人作家の『ピンクのおもちゃネコ殺人事件』というのを試しに買ってみた。作家名しりとりをする際には使えそうな名前だと思った。先月は法《のり》月綸太郎《づきりんたろう》の『誰彼《たそがれ》』を買った。さて今月は何が出ている。

　先週発見したばかりの、西門のそばのけっこう大きな書店に行ってみると、ノベルスコーナーの平台には四冊の新刊が並べられていた。竹島将《たけしましょう》はごめんなさいだが、他の三冊はとりあえず手に取ってみる。

岩崎正吾《いわさきせいご》『ハムレットの殺人一首』。
黒崎《くろさき》　緑《みどり》『聖なる死の塔』。
石井《いしい》敏弘《としひろ》『Dの鏡』。

岩崎正吾は東京創元社の鮎川哲也《あゆかわてつや》と十三の謎シリーズから出た『風よ、緑よ、故郷《ふるさと》よ』が良かった記憶がある。それ以前にも地方出版でミステリを出していたという話だったが、入手方法がよくわからない。そんな感じで気になっていた作家だったので、この新刊は即買い決定だ。

黒崎緑はつい最近、サントリーミステリー大賞読者賞を受賞した『ワイングラスは殺意に満ちて』でデビューした新人作家で、そちらも気にはなりつつ資金不足でスルーしていたが、講談社ノベルスから二作目が出るとは思わなかった。お試しで買うなら値段も安いこっちだな。

石井敏弘は二年前の江戸川乱歩賞を最年少で受賞した作家で、受賞作『風のターン・ロード』は犯人を容疑圏外に置くためのアイデアが印象に残っている。この新刊は本格ミステリではなさそうだが、森雅裕《もりまさひろ》の五月香《めいか》ロケーションシリーズや高橋克彦《たかはしかつひこ》の『総門谷《そうもんだに》』など「本格ミステリ作家が講談社ノベルスで出した活劇系の小説は面白い」の法則が当て嵌《は》まりそうなので、これも買いだな。

三冊ともほぼ同じくらいの厚さで、定価も七〇〇円（本体六八〇円）と同じである。三冊で二一〇〇円か。

他社のノベルス新刊でこれはという本は特に見当たらず、四六判や文庫判のコーナーでも同様だった。まあ今日は講談社ノベルスの新刊三冊だけで充分か。

レジカウンターに本を出すと、店員が裏表紙を一冊ずつ確認しながらレジのキーを押している。最後にポンとキーを押して、表示された合計金額は――二一〇一円だった。

思わず「えっ」と声が出た。店員は平然とした顔をしている。

「七〇〇円が三冊で、二一〇〇円じゃなくて二一〇一円になってますけど……」

「あっはい。えーっとですね、こちら本体価格が六八〇円ですので、三%の消費税をプラスすると、定価は七〇〇円と表記されていますけど、実際には七〇〇・四円ですね、三冊とも同じ値段ですので七〇〇・四円が三倍で、二一〇一・二円になり、〇・二円が切り捨てで二一〇一円になります」

「でも定価が七〇〇円で、それが三冊で、普通だったら——」

「二一〇〇円として計算されている書店もございますし、そちらのほうがより一般的かもしれません。でも当店では本体価格で計算させていただいています。でしたらこうしましょうか」

そう言って手元の本を二冊と一冊に分けたあと、

「たとえばこの二冊だけなら一四〇〇・八円で〇・八円は切り捨てになって一四〇〇円で会計されます。その後で改めてこちらを別に会計すれば七〇〇円で、合計二一〇〇円で余計な一円は発生しません。そういった形で別々にご会計させていただいてもよろしいですか？」

よく見れば三浦の相手をしている店員は、目がぱっちりした美人で黒髪のストレートロング、小柄でエプロンが似合っていて愛嬌《あいきょう》もあって、彼の好みのど真ん中のタイプだった。これ以上彼女を困らせるのは本意ではない。

「いえいえ、別に一円を払いたくないわけじゃなくて、何かしっくりと来ない感じがしたのでつい言ってしまっただけで、実際には財布から一円玉が一枚減るわけだから一グラム軽くなるし、体積も減っていいこと尽《ず》くめです。二二〇一円で大丈夫です。はい。払います払います」

これで小銭入れに一円玉が一枚も無かったら恥をかくところだったが、ざっと見ただけで一円玉は五枚以上入っていた。というわけで三浦卓也は定価七〇〇円の本三冊を二二〇一円で購入した。

さて店を出ようとしたところで、四六判の新刊コーナーに先ほどは見逃していた一冊の本を発見した。

山口雅也《やまぐちまさや》『生ける屍《しかばね》の死』。

鮎川哲也と十三の謎シリーズの新刊である。奥付を確認すると一九八九年十月二十日。しまった二週間以上も前に出ていたのに見逃していたらしい。鮎川哲也と十三の謎シリーズは全冊揃えているので、もちろんこれも買いである。定価は一八五〇円とかなり高いが仕方がない。

改めて先ほどの黒髪ストレートの店員のいるレジに行って本を差し出すと、いったん会計を済ませた客がまた戻ってきたのにもかかわらず、嫌な顔ひとつせずに応対してくれた。値段を打ち込んで、最後にポンとキーを押すと、表示された金額は——一八四九円だった。

思わず「えっ」と声が出た。店員は平然とした顔をしている。

「えーっと、今度は一円安くなっていますよね？」

「あっはい。えーっとですね、こちらは本体価格が一七九六円ですので、三％の消費税が、えーっと……五三・八八円ですね。それを加算すると一八四九・八八円になります。先ほどの三冊は本体価格に消費税を加えたとき、定価プラス端数になるように設定されていましたが、こちらの会社は本体価格に消費税を加えたときの金額が、定価マイナス端数になるように設定されている点が異なっています。当店では小数点以下を切り捨てていますので、こちらも含めて、そういう価格設定の本のみを単品で買われた場合には、お支払額が定価マイナス一円になります。……これで先ほどのお返しができましたね」

三浦が一八五〇円ちょうどをカルトンに置くと、彼女はにっこりと微笑んでから、一円のお釣りをレシートとともに手渡してくれた。

会計方法は変だけど、彼女が店員として存在している限り、この書店には今後もお世話になるだろう。

二〇〇七年（平成十九年）六月十三日、水曜日。

夜八時過ぎ。五木重太は近所のスーパーで買物をしていた。

刑事になって十八年。藤枝署を皮切りに、三島《みしま》署、富士《ふじ》署と渡り歩いて、今は県警本部刑事部捜査一課の所属にまで登りつめていた。仕事は順調だったが家庭は円満とはいかず、妻は先月二人の娘を連れて、富士市内にある官舎を出て行ってしまった。

今は3DKの部屋に彼一人で住んでいる。この歳でみっともない話なのは承知の上で、独身寮に入れないか、総務部に打診中だった。二十代で寮に住んでいたときには不満だらけだったが、いま思うと、帰ると風呂《ふろ》が沸いていて、晩飯も朝飯も作ってもらえて、自分でやらなければならないのは洗濯と部屋の掃除だけ。掃除も3DKとは違って六畳一間なら一瞬で済む。

入寮の希望が叶《かな》わず、もしこのまま官舎に住み続けることになったとしても、ひととおりの家事はいちおうできないことはない。料理もやろうと思えばできる。ただ面倒なだけだ。

ご飯はレンジでチンするやつでいい。世間的には「サトウのごはん」が代名詞のようになっているが、五木が気に入ったのはマルちゃんの「あったかごはん」という商品で、粒立ちに大きな差があるように思う。おかずは肉と野菜を適当に買って刻んで中華鍋《なべ》で炒《いた》めれば、まあそんなに間違ったものにはならない。味噌汁《みそしる》もお湯を注ぐだけの既製品が売られている。わかめ入りの生味噌タイプのもので、ビニールの小袋に入った、より廉価なものがあることをつい二、三日前に知ったが、あれで充分だ。

買物はまあまあ楽しい。官舎の近所にはスーパーが三軒あり、それぞれに特徴がある。近い順にＡ、Ｂ、Ｃとした場合、Ａは庶民派のチェーン店で値段は安いが、生鮮食料品が今ひとつ信用できない。生肉の赤色が嘘くさい。たぶん薬品を使って発色させている。キャベツもすぐに傷む。Ｂは全体的に値段が高めだが、生鮮食料品に嘘くささがなく、他の店では売っていないような海外産のピクルスなど珍しいものが棚に並んでいる。Ｃは生鮮食料品の種類は少ないが値段が全体に安く、品質もそれなりで、冷凍食品と酒類とお惣菜《そうざい》・お弁当コーナーあたりが他店より充実している。

三軒の違いについてさらに言えば、乳脂肪分が三・四％以上のちゃんとした牛乳で最安値のものが、三店それぞれで違っていて、家の冷蔵庫に入っている牛乳のブランドがなぜ見るたびに変わっていたのか、五木は自分で買物をするようになってようやく理解したのだった。

今日はやや高級志向のＢ店に来ている。夜になると三店ともお惣菜コーナーのお弁当類に割引シールが貼られるのだが、Ａは午後六時過ぎには半額シールが貼られ始めるのに対して、ＢとＣが夜七時過ぎ、そしてＡとＣは夜八時前には商品があらかた売り切れてしまうのが常なので、夜八時過ぎに買物をするときにはB店を選ぶようにしていた。

なのに今日はB店でもお弁当が売り切れていた。半額シールの貼られたお惣菜は何種類か残っていたので、コロッケを買うことにする。「あったかごはん」のストックが家にあるので別にお惣菜だけでも良いのだが、お弁当の場合にはご飯も含めて半額になるので、そちらのほうがお得だという考えが五木にはあった。

コロッケのほかに、納豆パック、にんじん、卵、牛乳、鶏肉など、この先数日分の食材をカゴに入れてレジに向かう。妻は買物専用の袋を使っていたようだが、五木はレジ袋を貰《もら》うようにしている。A店やC店のレジ袋はゴミになるだけだが、この店のレジ袋は富士市指定のゴミ袋としても使える。そのぶん有料なのだが、どうせゴミを出すためにゴミ袋は買わなければならないのだから、ここで買物するたびに一枚ずつレジ袋を買うことに関しては、エコ的な意味でも特に問題はないはずだ。

夜八時を過ぎて店内に客の姿はまばらで、それに合わせてか、稼働しているレジもひとつきりだった。昔と違ってPOSがバーコードを読み取って値段を自動的に表示してくれるので、数字の打ち間違いのようなミスは心配しなくても良い。店員が商品をPOSに通している間、五木は小銭の準備にとりかかった。

この一ヵ月間、彼はどのスーパーに行ったときでも、レジにカゴを置いたらすぐに、札入れと小銭入れをポケットから取り出し、さらに小銭入れの中の一円玉と五円玉を選《よ》り分けて右手に持つように心掛けていた。十円以下の端数が手持ちの小銭で払える場合には払ってしまいたいのでそうしている。他の女性客が、レジ待ちの間はぼんやりしていたのに、金額を請求されてから慌てて小銭入れを開いて、中から小銭を一枚一枚取り出すのを見た時に、自分だったら先に小銭を用意しておくのにと思ったのがきっかけだった。自分より後ろの列に並んでいる人をイライラさせないようにしたい。今日のように後ろに誰も並んでいないときでもそれは変わらない。

「合計で、二〇〇二円になります」

イントネーションに関西の訛《なま》りが感じられる女性店員が金額を告げてきた。

今日は五円玉一枚と一円玉が二枚あったので、ああちょうど端数が払えて良かったと一瞬思ったが、そこでレジ袋をまだ求めていなかったことに気づいた。ちょうどレジ袋用の五円玉も一枚ある。

「あ、すみません。レジ袋を一枚ください」

五木がそう言うと、面倒臭そうにレジの下から袋を引っぱり出してきて、

「五円かかりますがよろしいでしょうか？」

普段だったらPOSの最中に「袋はいりますか」と聞いてくるはずなのに、このレジの女は聞いてこなかった。だからうっかり忘れそうになったのだ。そう思って店員

を見直すと、なかなかの美人だった。ただ切れ長の目というか、やや険のある気の強そうな目元をしていて、好みが分かれるだろうなとは思った。

「大丈夫です」

五木が買物をすると、二〇〇〇円前後になることが多い。西暦で考えたときに意味のある数字だと、少し得をしたような気分になる。たとえば一九五九円の場合には彼の生年だし、一九八九円なら刑事になった年、一九九二円は妻と結婚した年である。一九九四円に長女が生まれ、一九九六円には次女が生まれた……。

今日は最初二〇〇二円だったが、レジ袋代の五円を足すと二〇〇七円になる。まさに今年だ。これは初めてだ。気持ちいいぞ。

店員がPOSをピッと通して袋をカゴに入れると、総額の表示が二〇〇二円から二〇〇八円に変わった。

ままあることではあったが、五円かかりますと言って六円増えたことが五木の癪《しゃく》に障った。小銭入れの中の少額硬貨が七円で、袋代がちょうど払えると思っていたのに払えなくなったことが拍車をかけた。

「すみません。やっぱり袋はいりません」

五木がそう言うと、店員は不機嫌さを露骨に示したが、無言でレジ袋の代金を引算した。

「二〇〇二円です」

五木は千円札を二枚と一円玉二枚をカルトンに置いた。レシートを受け取って、商品の入ったカゴを持ち上げようとしたタイミングで、思い出したような顔で言った。

「あっ、すみません。やっぱり袋、いただけませんか？」

店員のイライラは頂点に達したようだった。一度大きく息を吸って吐いてから、

「五円かかります」

五木がカルトンに五円玉を置くと、先ほどカゴから取り除いたレジ袋が無言で手渡された。そこで止めておけば良かったのだろう。だが彼は、申し訳ないという気持ちがあったからこそ、言葉を足したのだった。

「でもやっぱり、五円かかりますって言って、ピッてやったら六円増えていたら、五円じゃなくて六円かかってるじゃん、言ってることが違うじゃんって思いますよね。だからたとえば、袋の本体価格を五円じゃなく、えーっと……四・七六円？　とかに設定しておけば、消費税五％を足しても四・九九円になるだけだから、そういう事態は防げますよね」

「本体価格は一円単位でしか設定できません」

「だったら煙草みたいに特殊な設定にすればいいじゃないですか。煙草は消費税が加算されませんよね」

「煙草はレジでは非課税品の扱いですんで、内税で処理できます。レジ袋は課税対象商品ですので内税にはできまへん」

最後には完全に関西弁になっていた。

「うん、まあ、そうなんだろうけどさ」

「もうええですか？」

目つきの鋭い店員は、五木にくるっと背を向けると、またひとつ聞こえよがしに大きく息を吐いた。

二〇一五年（平成二十七年）九月二十五日、金曜日。
午後六時五十六分。三浦卓也が会社を出てバス停に着き、スマホで現在時刻を確認したところ、SNSのダイレクトメールに着信があることに気づいた。送信はわずか二分前で、送信者は八代舞子《やしろまいこ》だった。見ると一言、
《すぐ返信して》
《どうした》と返信すると、
《助けて。大変なことになった。すぐ家に来て》
夫と二人暮らしで子供はいない。歳は三浦よりひと回り下と言っていたので今年で三十四歳のはず。

続くメッセージで富士市内の住所が伝えられてきた。「セブンスタワー富士」というマンションの八〇八号室。東海道線の富士駅南口を出て徒歩一分の場所に建っているという。バスと電車のタイミング次第だが、およそ一時間あれば行けそうだ。

それにしても何があったんだ。なぜ不倫相手を自宅に招こうとしているのか。

《今から行こうと思えば行けないこともないけど》

《だったら来て。助けて。緊急。急いで。走って》

《修羅場は嫌だ》

《修羅場にはならない》

《わかった。なるべく早く行く》

そう返信する一方で、妻にも《今夜は残業で遅くなりそうだ》とメールを送信しておいた。これでとりあえず富士まで行くことが決定した。

八代舞子はSNS上では「マイケル8世」と名乗っており、観たミステリドラマや読んだミステリ小説の感想を呟《つぶや》いたりしていたので、三浦としても最初は、自分と似たことをしている人がいるなという程度の認識だった。お互いにフォローはしていたが、SNS上で直接絡むようなことは特に無かった。だが二年前、静岡市内で開催されたミステリ系のイベントを観覧しに行ったとき、三浦が会場内の写真を載せたら《わたしも同じ会場にいるよ》というダイレクトメールが届いて、そこで初めて顔を合わせたのが、二人の関係の始まりだった。

三浦は大学時代に書店員をしていた女性を見初め、付き合い始めて、彼がUターン就職を決めたタイミングで入籍をした。今年で結婚二十四年になる。男女二人の子供に恵まれて、長男は来年四月に地元の大学を卒業予定、娘は来春成人式を迎えようとしている。

二年前に八代舞子とそういう関係になったのが人生で初の浮気《うわき》だった。彼女からのお誘いはその後も月に一度ほどのペースで続いており、罪悪感が次第に麻痺《まひ》してゆく中、気が付けば二年が経過していた。

《来るときは顔を見られないように、マスクとサングラスと帽子で隠して》

バスに乗ったところで思い出したように舞子からの指示が届いた。マスクは自前のものが鞄《かばん》に入っているが、サングラスと帽子はどこかで調達する必要があった。駅ビルでちゃちゃっと買うことにしよう。

《何があったか教えて》と返信してみたが、《来ればわかる。とにかく助けがほしい》としか言わない。

買物に予定外の時間を取られたが、特急ふじかわに乗れたので夜八時過ぎには富士駅に着くことができた。目的のマンションは名称に「タワー」という単語が入っているわりには高さはそれほどでもなく、普通のマンションと何ら変わらない外見をしていた。言われたとおり帽子とサングラスとマスクで完全防備したが、特に誰に見られたりもせず、エレベーターにも一人で乗って、無事に八〇八号室の前まで辿《たど》り着いた。

インターホンのボタンを押すと、ドアが内側から開けられ、中にいた八代舞子が素早く三浦を招き入れた。

「何も触らんといて」

廊下の左にバスとトイレのドアが、右手にもドアがひとつあり、突き当たりのドアを開けるとLDKで、黒革のソファには男が一人倒れていた。赤と黄色の火焔《かえん》模様が入った、黒いジャージの上下を着ている。目を剝《む》いたままピクリとも動かない。頭部が血で汚れている。床には凶器と思われるブロンズ像が落ちていた。

「誰？　旦那《だんな》さん？」

舞子はコクリと頷《うなず》いた。

「死んでる？」

ふたたびコクリと頷く。たしかに大変なことが起きていた。

「俺を呼んでどうするつもりだったんだ」

「これ見て」

舞子がスマホの画面を見せてきた。一瞬ドキッとする。撮った覚えのない舞子とのツーショット写真が表示されていたからだ。よく見ると男は三浦ではなかった。別の写真も見せてくる。その写真でも、舞子と一緒に写っている男は三浦によく似ていた。

「これが旦那？　この人？」

目の前の死体は苦悶《くもん》の表情を浮かべているので何とも判別のしようがなかったが、写真を見た限りでは、三浦によく似た目鼻立ちをしているようだった。

「わたしのストライクゾーン、めっちゃ狭いねん。浮気相手も旦那そっくりの男を選んでまうねんな。そこで思い付いてん。今日からあんたがうちの旦那になりーや。この死体を始末して。もし見つかって警察が来ても、うちの旦那はここにいてます、その死体はよう知らん言うて、どこの誰ともわからん死体やったら、うちに動機もあれへんから容疑者にならずに済むやん」

「いやいや、俺の生活はどうなる。三浦卓也とお前の旦那と、二重生活をしろと言うのか？　仕事は？　お前の旦那の仕事を俺ができるか？」

「うちの旦那はいま無職やねん。去年の年末にご両親が事故で死なはって遺産が転がり込んできて、それで仕事を辞めてぐうたら過ごしててん。だからあんたがうちの旦那になってくれたら、お金には苦労せえへんで」

「いや、だとしても俺には俺の生活があるから。家族がいるから」

「は？　妻子持ちなん？」

舞子はポカンとした表情を見せた。

「言ってなかったかな。でも気づいてはいたよね？」

「やっぱりそうやったんか。だったら——うちの計画に協力してくれへんかったら、うちらの関係、奥さんにバラすけどそれでええんか」

結局そういう流れになるのか。浮気が家族にバレるのは避けたい。でもだからと言って、舞子の考えている計画は無茶である。

「今後の人生をずっと別人に成りすますのは無理があるけど、たしかに俺とこの人は顔も背格好も似ている。それを使って何かできないかと、実はさっきから考えてるんだけど」

「トリック？　さすが年季の入ったミステリファンやな。麻耶雄嵩《まやゆたか》と同じ六十九年生まれやし」

「黒田研二《くろだけんじ》とも同じだけどね」

「クロケンさんをマイナスに使うのは失礼なんとちゃう？」

「たしかに。申し訳ない」

「あのクイーンも、俺たちは六十九年に生まれたかったって言うてはるし」

「どのクイーンがだよ」

「フレッドと何とかリーの、あのクイーンやて」

「《何とかリー》じゃなくて《マーキュリー》だろう。フレディ・マーキュリー。ちなみにロッキューは数字じゃなくて英語だぞ」

いつものように軽口を叩《たた》いているうちに、ぼんやりとだが舞子を救う計画が浮かび上がってきた。

「旦那はいつ死んだ？　何時ごろ？」

「あんたにメッセージを送ったのが死んだ直後だったから……何時？」

「うーん、七時前ってところか。その死亡時刻を九時ごろにずらす。今何時だ？」

「八時十五分」

「お前はじゃあ今から俺の計画を聞いたらすぐにこの部屋を飛び出す。明日《あした》の朝までアリバイを作る。富士市内に朝まで営業している飲み屋とかはあるか？」

「どうやろ。たぶん無いと思うけど」

「だったら電車で静岡まで行って、S通りのPって店に行け。朝五時まで営業してるから。一軒目はその向かいのQって店に行ったほうがいいか。そこでノリの良い客と仲良くなって、一緒にPに移動して朝まで飲む。旦那と喧嘩《けんか》して家を飛び出してきた、今夜は帰らない、朝まで飲みたいから付き合ってって言って。朝になったら富士に戻ってきて六時とか七時とかに死体を発見して警察に通報する。その間に俺が旦那に成りきって、九時ごろにこの近所のどこかで目撃される。お店に入って何かを買うのがいいと思う。いつも行ってる店だとさすがにバレると思うんで、旦那が行ったことがない店がいい。そこで買物をする。お金を払う。旦那の指紋のついたお札がお店に残る。千円札や五千円札だとその後の客が一万円札とかで支払ったときのお釣りとして渡されて、店に残らない可能性があるから一万円札がいい。旦那の財布はどこだ?」

舞子は廊下を戻って玄関の靴箱の上の籐籠《とうかご》を指差した。折り畳み式の黒革の財布で、三浦が使っているものとほぼ同じに見えた。よく見れば違うメーカーのものだったが、よっぽど目を近づけて見ない限りわからない。

「旦那の財布に俺の指紋をベタベタ残すのは得策じゃないんで、財布はよく似た俺のを使う。中の札や小銭やカードは全部抜いて、旦那の財布から一万円札一枚だけを入れる。……待てよ。ATMから一万円札が何枚か出てきたとき、いちばん上といちばん下には指紋は残るけど、間の何枚かには旦那の指紋がついてない可能性があるか。念のために旦那の手をスタンプ代わりにして、使う一万円札に指紋をプリントしておこう。でもそうなると、自然にお札を持った感じの指紋がうまく付けられるかどうか……」

「指紋が必要なん?」

「やっぱり店員の証言だけじゃ弱いと思う。防犯カメラが店内にあって映像が残るとしても、よく似た別人の可能性は残るし、実際それが真相なだけに、それとは違う物証を残しておきたい」

「それやったらどの万札でも大丈夫やで。うちの旦那、五万とか十万とかちまちま下ろして、そのたんびに手数料を取られるのはアホくさい言うて、現金を下ろすときにはまとめてガバッと百万下ろすことにしててん。で、百万まとめて下ろして帰ってきたら、絶対に枚数を数えるやろ。こうやって一枚一枚数えて、ちゃんと百万あることを確認してから、箪笥《たんす》の抽斗《ひきだし》に入れよんねん。そんでそこから五万、十万と持ち出していって、箪笥の現金が無くなるとまた銀行から百万下ろしてくるねんけど」

「じゃあ旦那の自然な指紋のついた万札はすでにあると」

舞子は自信たっぷりに大きく頷いた。二人してLDKに戻り、箪笥の抽斗を確認する。一万円札が七十枚ほど束になって仕舞われていた。

「お店に指紋のついたお札を確実に残すために、千円や五千円じゃなく一万円札で買物をする。でもそうするとお釣りがたくさん返ってくる。かといってガムとかじゃなくてもっとたくさん、何千円も使えばいいのかっていうと、たとえばコンビニとかで何千円も支払うとそれだけで目立つし。うーん……公共料金の振込とかは無い？」

「公共料金じゃなくて通販の振込用紙が、あるときはあるんやけど、今は一枚も。あとそこらへんのコンビニは、うちの旦那《だんな》がよく行ってたから、本物の映像とかが残っていそうで、比べられたらバレるかもしれんで避けたほうがいいかも」

「コンビニじゃなくて、うーん、駅前だからほかに夜九時ごろまでやってる店、旦那が行ったことのない店で今夜ふらりと行ってもおかしくない店はないかな？」

舞子はしばらく考えていたが、パッと何かを思いついた様子で、

「それやったら駅前のケーキ屋さんがええと思う。シュガーハートいう店で夜十時までやってる。今日は何曜？　金曜日？　やったら大丈夫。やってる」

「ケーキか。妻と喧嘩して妻が出て行ったあと、しばらくして反省して、妻のためにケーキを買って帰りを待つというストーリーが成り立つな。今まで行ったことのないケーキ屋に今夜行った理由もそれで説明できる。ホールのケーキなら何千円の単位だろうからお釣りも少なくて済むかもしれない」

「お釣りが多いとあかんの？」

「お釣りには今度は店員の指紋がついている。それが旦那の財布の中で見つかることで、よりアリバイが補強されるんだけど、それには店員の指紋だけじゃなく、受け取った旦那の指紋も付いていなければならない。結局は旦那の手をスタンプ代わりにして指紋をつける作業が必要になるんだ。それをできるだけ少なくしたい」

「なるほど。うちにも計画が見えてきた。いけそうやん」

「ただこの格好で行くわけにはいかない。旦那の服に着替えないと。旦那の普段着は？」

三浦が聞くと、舞子は死体を指差した。

「このジャージ？」

「駅前に買物に行く程度やったらまずこのジャージやろな。他の服着てたら不自然に思われる」

「血とかは付いてない？　大丈夫かな？　だったら脱がせよう」

舞子は「えーやだ」と言いながらも作業に手を貸してくれた。ソファの革に三浦の指紋を残さないためには彼女の助力が必要だった。彼は自分のスーツを脱いで死体から脱がせたジャージを着込んだ。自分の財布の中身を空にして、舞子の手で箪笥預金の中から一万円札を一枚入れさせる。

「待って。この一万円支払うとき、あんたの指紋も付いてまうやん」

「お札は人の手から手に渡るものだから、いろんな人の指紋がついているのは自然だ。問題はお前の旦那の指紋とケーキ屋の店員の指紋がこの一万円札と、店員からのお釣りにしっかりと付いているかどうかだ。警察もその点に注目するはずだし、それ以外の人の指紋は気にしないはずだ」

最後の部分は、そうあってほしいと願うしかない部分である。

「待てよ。警察が捜査して、この箪笥の中の現金の束に注目したとしよう。調べてみたところ全部のお札に旦那の指紋がついている。その指紋の付き方が、ケーキ屋に渡した万札の指紋と同じだと気づかれたらまずい。店員に渡すときの指紋じゃなく、万札を一枚一枚数えたときの指紋だとバレるかもしれない。だからこの万札の束は残しておくわけにはいかない。旦那の財布の中の万札も同じだ。全部俺が持ち帰るしかない」

舞子はしばらくの間、抽斗の中の札束を名残惜しそうに見つめていたが、最終的には頷《うなず》いた。

「せやな。あんたの言うとおりやわ。うちにある万札は全部持って行きーや。とりあえず目先の報酬ってことで。もしわたしが無罪になったら、また別途お礼をせなかんやろけど」

「待てよ。お前のアリバイが成立した場合、代わりに疑われるのは俺じゃないか？　帽子とサングラスとマスクで顔を隠し、エレベーターを八階で降りた男。その男が現れてから、旦那がケーキを買いに行って戻ってくる。旦那が殺されて、また帽子とサングラスとマスクの男が八階からエレベーターで出てくる。お前にアリバイができて犯人じゃないとなったら、そいつが犯人じゃん」

「でもその不審者が三浦卓也だって証拠は無いんやろ？」

「待てよ。その不審者の俺が八時過ぎにこのマンションに来て、お前が八時半とかに出て行ったらまずいだろ。二人に接点があるように思われる」

「それやったらうちは非常階段を使うことにする。外階段やからたぶん防犯カメラとかは無いはずや。内側からは開けられるんやけど、外からは開けられへんようになっとうんよ。だから監視する必要がないはずやねん。そこから出てけば、うちがマンションを出た時刻は特定されへん。もっと早い時間に出てったことにすんねん。七時に旦那と喧嘩して部屋を飛び出た。エレベーターを使うと旦那が追い掛けてくると思って外階段を使《つこ》うた。そんで静岡行の電車に乗った——」

「ちょっと待った。駅の構内には防犯カメラがあって、実際に乗った時刻はいずれ特定されるだろうから、そこは嘘をつかないほうがいい。七時にマンションを飛び出して、路地裏とか公園とか、監視カメラのない場所にしてほしいんだけど、どこかそのへんでしばらく時間を潰《つぶ》していた。八時半になって——もうそろそろだな、急ごう——今夜はもう家には帰らない、静岡に行って朝まで飲もうと決めて電車に乗った。七時に非常階段から出たことにするんだったら、そんなふうに証言してほしい。あとその場合は携帯電話は置いて行くように」

「何で？」

「GPSで何時にどこにいたか、時間と場所を特定される可能性がある。でもスマホを置いて出たことにすれば、お前自身が何時にどこにいたかは特定されない。だから財布だけを持って非常階段から出て、今から駅に向かって静岡まで行って——」

「最初にQで飲んで、仲間を連れてPに移動して朝まで飲む。そやったね？」

「そうだ。その間に俺は九時前後にケーキ屋に行って、旦那がその時刻までは生きていたことを証明する。あとは何だ。何か忘れてないか?」

「ダイレクトメール」

「そうか。俺も念のために消すけどお前も消しておいてくれ。今じゃなくて、明日《あした》の朝帰宅してから警察に通報するまでの間にやればいい。あと今後しばらくの間はお互い連絡を取り合わないようにすること。いいね?」

「わかった」

「じゃあ行け。すぐに」

現在時刻は午後八時三十二分。舞子が部屋を出て行ったあと、三浦は念のためにスマホの電源を落とした。


二〇一五年(平成二十七年)九月二十六日、土曜日。

朝七時過ぎ、JR富士駅前のマンション「セブンスタワー富士」の八〇八号室で、戸主の八代幸助《こうすけ》が殺害されているとの通報が妻の八代舞子からあり、富士署の機動捜査隊が臨場して死体を確認、刑事課の第二班が捜査にあたることになった。

夕方には県警本部から捜査一課第四係が富士署に派遣されてきた。五木重太もその一人だった。

富士署は十年ほど前に勤務していたので、刑事課の多くが顔見知りだった。今回コンビを組むことになったのもそのうちの一人、五歳下の古川《ふるかわ》刑事だった。

「どんな様子だ」と聞くと、

「奥さんが怪しいんですよ。ただアリバイがあるみたいで」

富士署の署長が入室して全員が起立する。第一回捜査会議が始まった。戒名は「富士駅前マンション戸主殺害事件」に決まった。

出席者全員にA4用紙五枚からなる資料が配布された。初動捜査の成果だ。二枚目に被害者の妻、八代舞子のカラー写真が載っていた。五木はその写真を見て首を捻《ひね》った。はて、どこかで見た覚えがあるような。

捜査会議では富士署の刑事たちによって、初日の聞き込みで明らかになった情報が披露されていった。たいがいは手元の用紙にまとめられている情報の繰り返しだった。

資料によると、現場のローテーブルの上に紙袋に入ったケーキが置かれていた。箱が大小二つあり、大箱には小ぶりのホールケーキがひとつ、小箱にはモンブランが二個入っていた。「シュガーハート」というその店で聞き込みを行ったところ、昨晩応対した店員は出勤前で不在だったが、スマホを使って確認してもらったところ、被害者と思われるジャージ姿の男が前日の午後九時ごろ来店して当該のケーキを買って行ったことが確認された。

だが検視官が現場で判定した死亡推定時刻は、九月二十五日の午後五時から八時の間。後に浜松医大に依頼した法医学鑑定でも同じく五時から八時の間と推定されている。

死体がケーキを買いに行ったのか。それとも死亡時刻の推定に誤りがあったのか。専門医の鑑定に一時間程度の誤差が出る場合があることは、五木も承知している。

若い刑事が挙手をして指名を受けてから発言をした。手元の資料にない新情報だという。

「シュガーハートでその男は一万円札を出したというので、金庫に保管されていた前日の一万円札の売上金が、全部で五枚あったのですが、それを全部借り受けてきて、指紋の検査を行いましたところ、そのうちの一枚からガイシャの指紋が検出されました。一昨日《おととい》以前のものではありません。昨日同店で客が支払いに使った一万円札の中の一枚です。午後九時に来店した客が支払ったもののようです」

「だとするとやっぱりガイシャは、午後九時までは生きていたということになるのか」

壇上の席で、富士署の捜査一係長がそう言って、目を瞑《つぶ》ったまま首を左右に振る。

別の刑事が発言をした。

「係長、そいつが偽者だったという可能性はまだあります。とにかくガイシャの妻の八代舞子が怪しすぎます。今日の昼に行われた第一回の事情聴取の映像を短くまとめたものがありますんで、まずは何も言わずにそれを見てください」

　会議室の照明が落とされ、PCと接続されたプロジェクターから、正面のスクリーンに取り調べの様子を写した映像が投影される。

　その動画を見て五木は「ああ」と心の中で呟《つぶや》いた。どこか見覚えがあると思っていた八代舞子は、彼がBと呼んでいた富士官舎近くのスーパーでレジ係をしていたあの女だった。顔立ちだけでは思い出せなかったが、彼女の話すコテコテの関西弁を聞いた途端、レジ袋の一件を思い出したのだった。

「——あのー、うち、ブロンズ像のことはホンマに知らんのです」

「ブロンズ像？」

「あ、いえ、あの、凶器です。うちにこれくらいのブロンズ像があったんですけど、それが見当たらなくて、だからそれが凶器やったんちゃうかなって思って」

「その像だけですか？　お宅から無くなっていると思われるものは」

「はい。あのー、うちよくあのブロンズ像を手に持って、ええ像やなーって眺めてることが多かったんです。だからあの像からもし指紋が見つかっても、そうやってよく手に持ってたときの指紋ですんで、間違えんようにしてください」

　確かに映像の中の八代舞子の態度は、不自然きわまりなかった。映像が飛んで別の場面に移る。

「今朝、警察に通報する直前に、アカウントを削除しましたね？　それはなぜ？」

「それは、でも……だって家に帰ったら旦那《だんな》が死んでたんですよ？　呟いてる場合とちゃいますやろ？　そんなアカウント、持ってるだけで不謹慎やと思いません？」

「いや別に、今後しばらく呟かないだろうと思ったにしても、アカウントごと消すのはおかしくないですか？　それにまるごと削除したとしても、ログは調べようと思えば調べられますよ」

「そそそ、そんなん許可しません。令状令状、令状がありますか？　令状なかったらケータイ渡しませんよ絶対。無理やり奪おうとしたら壊しますよ」

三分ほどにまとめられた映像を見ただけでも、彼女が犯人だという心証は、五木たち捜査員の心に根を張ることとなった。

スクリーンを片付けている間に、古川刑事と言葉を交わす。

「これは二、三日もしないうちに落ちそうだな」

「彼女が犯人だとすると、やっぱりケーキ屋に現れたのは替え玉ですかね」

「そうみたいだな」

その後の方針決定の議案で、ケーキ店「シュガーハート」への追加聞き込みを、五木と古川の二人が担当することが決まった。同店に現れた男が本当にガイシャだったのか、それとも替え玉だったのか、それが今回の事件捜査のキーポイントになると誰もが思っていただけに、大事な捜査を任されたという自負の念が五木の中に生じる。

ケーキ店は本日も夜十時まで営業しているという。七時に捜査会議が終わってすぐに、五木は古川を連れて富士駅前の「シュガーハート」へと向かった。昼間の聞き込み時には不在だったという、松田《まつだ》という二十代半ばの女性店員が、五木たちが訪れたときには出勤していたので、奥の事務室でさっそく話を聞くことにする。

「昼間は三枚の写真をスマホで転送して見ていただいたという話でしたけど、今回は大量の写真と動画を用意してきました。それを見て確認していただきたいんですけど」

ガイシャの携帯電話のロックが解除できたので、中に入っていたデータを古川刑事が自分のスマホに移して持ってきていた。それを松田に順に見せてゆく。

「はい。たしかにこういう顔をしていたとは思うんですけど」

「これはどう？　動画なんだけど」

三十秒ほどの動画を見せると、松田の眉《まゆ》が顰《ひそ》められた。

「何か、話し方が違うような」

「どう違います？」

「この動画だと、声と態度がとにかくでかい感じですけど、昨夜いらっしゃったお客さんは、もっと声も細くて態度もおどおどしていたように思います」

「その映像は無いんですよね」

「はい。レジの天井に防犯カメラがあるように見せてるんですけど、あれはダミーで、実際には何も録画されていません」

「そうなると余計にあなたの証言が重要になります。男が店に入ってきてから帰るまで、何分ぐらいいました？　どんな様子でした？」

「入店されてからずっとショーケースの中を順にご覧になっていました。三分ぐらいかけてケーキを選んで、買う商品を決められたところで私のほうをチラッと見て、呼ばれたように思ったので近づいたところ、《これ一個》とホワイトホールケーキ苺《いちご》を指差してから、《あとこれを二個》と言ってモンブランを指差されました。その三つを大小ふたつの箱に私が入れて、紙袋に入れて、レジで会計をして、お客様が紙袋を持って出て行かれるまで、全部で五分ほど店内にいらっしゃいましたでしょうか」

「一万円札で払ったんですよね？　それはどんな感じで？」

「こう、お財布から抜き出して、カルトンの上に置かれました」

「カルトン？」

「あの、お客様がお金を置くための、青いお皿みたいなやつです」

「それをあなたが取り上げて――？」

「レジを開けて、中からお釣りを取り出して、お客様に手渡ししました。お札を下にして、その上にレシート、さらにその上に小銭という順にまとめて、それをお客様の手の上に置きました。お客様はたしか右手で受け取ったと思います。で、あ、そうです。そのとき、お客様は一瞬、その全部を——いえ、たぶんお札は別として、小銭全部をだと思うんですけど——レジにプラスチックの募金箱が置いてあるんですよ。そこに小銭を全部入れようとするようなそぶりを、一瞬だけされたように思うんですけど、それは一瞬でやめて、左手に持っていた財布の中に小銭とお札とを分けて仕舞ってらっしゃいました」

古川刑事と松田店員のやり取りを、五木は黙って聞いていた。事務室のドアは半開きにしてあって、隙間から店内の様子が見て取れる。今はちょうど店内に客の姿が無かった。

「一回お店のほうに出て説明してもらおうかな」

五木が言うと松田は少し怯《おび》えたような表情を見せたものの、すぐに「はい」と快諾して席を立った。

「なるほど。昨日の男はこうやって商品を眺めていたんですね」

五木はショーケースの中に並べられている大小さまざまな色と形をしたケーキを端から順に眺めて行った。

「購入したケーキはどうやって決めたんだろうね？」

古川に話し掛けたつもりだったが、その質問に松田が反応した。

「あの……もしかしたら、なんですけど、昨日のお客様は、大きさとか材料とかではなく、お値段を見てご購入されるケーキを決められた可能性があるんじゃないかと思っていました」

「それはどういうこと？」

松田は少し言いにくそうにしていたが、やがて意を決した様子で、

「昨日のお客様が買われたのはこちらの、ホワイトホールケーキ苺ですが、お値段が三二四〇円です。あとはモンブランですが、こちらは一個三七八円です。二個で七五六円。ホールケーキと合わせて合計が三九九六円になります。ご予算が四〇〇〇円でギリギリまで使いたいと思われていたとしたら、こういう組合せになるかもしれないとふと思ったのです。でも、だとしたら私、申し訳ないことをしてしまったのかもしれません」

「というと？」

「そちらの価格は、実は税抜き価格なのです。お支払いの際には、その価格に八％の消費税がプラスされます」

ああ、そういうことか。たしかにホールケーキの三二四〇円という値段は、税込み価格のような数字である。モンブランのほうはどうだろう。定価が三五〇円として、その八％は二八円、税込みで三七八円か。なるほど。たしかに税込み価格のように見

える。

「もともとは税込み価格で表示していたのです。でも八％に上げてまたすぐ十％に上げるという話があって、その関係で税抜き価格の表示でもいいって話に変わったんで、今まで税込み価格だった金額のまま、税抜き価格にしてしまおうと、昨年の十月に店長が決めたんです。お客様にとっては実質八％の値上げになりますよね？　あと数字が数字ですんで、税込みだと勘違いされるお客様がけっこう多いんです。昨晩のお客様もそうだったんじゃないかと思ってたんで……」

「なるほど。で結局、税込みだと四三一五円になったと。お釣りが五六八五円」

本部が回収したレシートに記載されていた数字である。五木は手帳を見ながら話している。

「これは五千円札一枚と、小銭が五百円玉一枚、百円玉一枚、五十円玉一枚、十円玉三枚、五円玉一枚ですね？　小銭が全部で七枚」

「そうですね。そういう形でお釣りをお渡ししたはずです」

「あと松田さん、あとで指紋を採取させていただきたいのですが」

「あっはい。それは別に構いません」

昨晩この店に現れたのが、ガイシャ本人ではなくその替え玉だったとしたら、授受された現金には、ガイシャと松田店員のほかに、その替え玉の指紋も共通して付いているはずである。替え玉が自分の指紋を消した場合には、松田店員の指紋も消えてしまうので、それならそれで不自然な点として証拠になる。店員に渡された一万円札、お釣りの五千円札、そして七枚の硬貨を調べれば、替え玉の存在の有無が確定できるはず。

しかし実際にはそんな手間を掛ける必要もなかった。

意気揚々と富士署に戻ったのが午後八時前。捜査本部はざわついていた。

「おう五木、古川。ガイシャの妻がゲロったぞ」

捜査一係長がそう言って話し掛けてきた。

「え、本当ですか？」

「本当だ。呆気《あっけ》ないもんだな。替え玉の正体も判明した。三浦卓也四十六歳。静岡市在住だが町名番地等は不明。電話も不明。だがフルネームがわかってるなら住所もわかるだろう」

「はい。私から言って調べさせます」

係長は五木たちに三浦の漢字表記を教えたあと、

「君たちには三浦卓也の確保をお願いしたい」

というわけで古川刑事の車で五木は静岡市へと向かうことになった。バイパスを使って二十分ほどで静岡市清水《しみず》区に入る。そこで五木のスマホに県警本部からの連絡が入った。三浦卓也の住所が判明。静岡駅近辺に向かうためにさらに二十分ほど車で走る。

「ねえ五木さん。僕はガイシャの偽者の気持ちがわかった気がします」

運転をしている古川が話し掛けてきた。

「偽者の気持ち？」

「ええ。五六八五円のお釣りの件。そのうちの小銭七枚、六八五円を、偽者は募金箱に全部入れようとした、そんな感じだったと、さっき松田さんが言ってましたよね。あれって本当だったら、ケーキの組合せをうまく選んだので代金が三九九六円になった、だからお釣りは六〇〇四円になるはずだ、そのうちの四円は、自分の指紋が付かないように渡された場合には募金箱に入れてしまおう、そうすれば持ち帰ってガイシャの指紋を押し付けるのはお札二枚だけで済むって、会計をするときに考えていたんじゃないですかねえ。それなのに五六八五円という予想外のぜんぜんキリの悪い金額を渡された、でも当初の計画どおり指紋が付かないように渡された六八五円を募金箱に入れようか、いやそれはさすがに不自然で目立つからやめておこうという葛藤《かっとう》が、その一瞬の動作に現れたってことだったんじゃないですかねえ」

古川のその説明に、五木はなるほどと思った。

三浦卓也は閑静な住宅地に一軒家を構えていた。古川刑事を車に残し、五木一人で玄関に立ち呼鈴を鳴らすと、奥さんと思われる小柄な美人がドアから不審顔を覗《のぞ》かせた。

「ご主人はいらっしゃいますか？」

夫人に代わって奥から現れた三浦を見て、五木は思わず「ほう」と口にしてしまった。三浦はガイシャと非常によく似た顔と背格好をしていた。

五木が名刺を手渡すと、三浦は観念したような表情を見せた。

「ちょっとそこまで行ってくる」

奥に向かって声を掛け、靴を履いて玄関を出る。ドアを閉めたところで、

「刑事さんがこうして訪ねてらしたってことは、すべて明るみに出たってことですよね？　僕がやったのはアリバイ作りの事後共犯で、犯行そのものには一切関わっていません。不倫のことを妻にバラされたくなければ協力しろと言われたので仕方なく——」

「話は富士署で聞かせてもらう」

五木がそう言うと、三浦はしゅんと萎《しお》れてしまったが、古川の車に乗り込むときに、また話し掛けてきた。

「何が悪かったんですかね？」

実際には主犯の八代舞子がゲロってすべてが明るみに出ただけなのだが、三浦卓也

がもっと別の答えを聞きたい様子だったので、五木は考えた末に言った。

「消費税だな」

「ああ、あれか……」

そう言って、三浦は悔しそうな表情を見せた。

いや別に、それが決め手だったわけでも何でもないのだが。


二〇一九年(令和元年)十月一日、火曜日。

その前月、九月中旬に六十歳の誕生日を迎え、警察官を定年退職した五木重太は、再就職ではなく、いったん無職の生活に入ることを選択した。官舎から民間のアパートに転居し、身辺の整理を終えた後は、現職時代にお世話になった人たちを訪ねて回ることに決めていた。

九月中は静岡市内の関係者を回り、十月一日の今日は藤枝署時代の知人に会いに行く予定だった。東海道線の藤枝駅で下車し、藤枝署に向かう道を歩いているとき、刑事拝命初日に朝食を買ったバーガーショップがまだ営業しているのを見つけ、懐かしさを覚えながら店に入ってみた。三十年前とは違って、今では外を見ながら食事ができる小さなカウンター席が三人分設けられている。

「いらっしゃいませ。メニューをご覧になってお選びください」

ひとつしかない注文カウンターに現れたのは、笑顔が可愛い三十歳前後の女性だった。

「じゃあ、ハンバーガーと、チーズバーガーと、ポテトのMを貰《もら》おうか」

三十年前と同じメニューを注文する。テイクアウトかイートインかを訊《たず》ねられたので、どうせならここで食べて行こうと決めてそう伝えると、

「はい了解しました。ちなみに本日からイートインのお客様に限って、消費税が十%に上がってしまいますが、よろしかったでしょうか？」

そういえばそうだった。これも何かの巡り合わせだろうか。

「大丈夫です」

「では、三点で税抜き五六〇円、税込みで六一六円になります」

「そうか。消費税が十%になっても、税込み価格はキリの良い数字にはならないのか」

「そうです。小数点以下の端数がゼロになるケースは増えるでしょうけどね」

小銭入れには当然のように一円玉や五円玉が入っていて、五木は小銭でちょうど六一六円を、カルトンの上に置くことができた。

「懐かしいなあ。実は平成元年の四月一日、消費税三%が初めて導入された日に、私はこの店で同じメニューを購入したんです。あのときも定価は五六〇円だった」

すると女性はびっくりした様子で、

「平成元年ですか？　だとすると私はまだ母のお腹の中にいました」

あのときのお腹の中の子がこの子か。

三十年の時の流れを感じた。

自分にとっては刑事生活とほぼ重なっていた、平成という時代。

娘たちは元気にしているだろうか。

実は今月末、十二年ぶりに二人に会う約束をしている。

中一と小五だった二人が、今はもう成人して、二十五歳と二十三歳になっている。

妻は五十三歳か。

五木重太は目を閉じた。

自分の余生はあとどのくらいだろう。消費税程度——一割程度は残されているだろうか。そう願いたい。

そしてもし許されるのならば、その余生は、彼女たちのために使いたい。

他人の不幸は蜜の味

貫井徳郎

貫井徳郎（ぬくい・とくろう）
昭和四十三年東京都生まれ。早稲田大学卒。平成五年に『慟哭《どうこく》』（東京創元社）でデビュー。平成二十一年に発表した『乱反射』（朝日新聞出版）は第63回日本推理作家協会賞を、『後悔と真実の色』（幻冬舎）は第23回山本周五郎賞をそれぞれ受賞した。

1

　まただ、と思った。また、お尻《しり》に何かが当たっている。まさに「当たっている」と言うしかない感触。触られていると断定はできないが、当たっているのが手であれば、やはり触られているも同然だ。少しでも動けば明らかに痴漢だとわかるのに、まったく動かないから声も上げられない。巧妙なのでなおさら卑怯《ひきょう》で、どうすることもできないのが腹立たしかった。

　振り返って、後ろに立つ奴の顔をまじまじと覗《のぞ》き込めば、恥じ入って手を引っ込めるだろうか。そう考えはするものの、怖くて実行に移せない。濡《ぬ》れ衣《ぎぬ》だと開き直られ、逆恨みされたらと思うと身が竦《すく》む。結局、下車駅に着くまで不快感をこらえてじっとしているしかないのだ。たった三十分弱の乗車時間が、二時間にも三時間にも感じられる。

　ラッシュの時間帯を避けて出勤すればいいとわかってはいるが、美織《みおり》は早起きがどうしてもできなかった。これは意志力の問題ではなく、体質だと思っている。体質的に、起きるのが苦手な人はいるのだ。自分はその部類であって、早起きできる体質の人より朝の一分一秒はずっと貴重なのである。無理なものは無理なのだから、ラッシュを避けることもできないのだった。

ようやく東京駅に着き、すし詰め状態だった乗車客がどどっと吐き出されたときには、思わず安堵《あんど》の吐息が出た。毎日のことなので、もはや習慣になっている。きっと痴漢は、同じ奴なのだろう。しかも、この東京駅で下車しているのだ。つまり、勤め先が丸《まる》の内《うち》か八重洲《やえす》界隈《かいわい》に違いない。この辺りで働いているなら、いい企業に勤めていることになる。一流会社のサラリーマンが、実は毎朝痴漢をしていて、しかも捕まらない。こんな理不尽なことがあるだろうか。おそらくは他人に誇れる社名のお蔭《かげ》で、そいつは社会的地位が高く、尊敬もされているのだ。痴漢のくせに。犯罪者のくせに。犯罪者が野放しになっている社会なんて、ろくなもんじゃない。痴漢は全員死刑になればいいのにと思う。

美織の勤め先は、中堅の商社だった。日本のトップクラスの商社には及ばないが、それでも丸の内に本社を構えるくらいの規模はある。丸の内で働けることが決まったとき、大学の同級生たちは羨《うらや》んだものだ。毎朝の痴漢は不愉快だが、丸の内に通うこと自体にはステータスを感じている。

「おはようございます」

会社が入居しているオフィスビルに入り、すれ違う同僚たちに挨拶《あいさつ》をして更衣室に向かった。更衣室で制服に着替え、所属部署に行く。やはり同じように挨拶をして、席に着いた。朝のお茶淹《い》れは女子たちでローテーションを組んで分担しているが、今日は当番ではないので楽だった。

「おはよー。今日もだったよ」

隣の席の泰奈《やすな》に、小声で話しかける。今日も、というのはもちろん痴漢のことだ。泰奈もそれはわかっているので、こちらに向けて顔を顰《しか》める。

「おはよー。まったく、冗談じゃないね」

泰奈は同期入社で、付き合いはもう三年になる。ずっと同じ部署だから、話をする機会は圧倒的に多い。高校や大学時代の友達とはたまにしか会えないので、今は泰奈が一番親しいと言ってもいい。どんな些細《ささい》なことでも、泰奈にはほとんど包み隠さず話していた。

たったひとつのことを除いては。

午前中は時間が慌ただしく過ぎていき、あっという間に昼休みになった。昼休みのご飯はたいてい、屋台で買って食べる。最近は屋台の数が増えたので、毎日違うものが選べて嬉《うれ》しい。美織の部署は女の子同士の仲が良く、それぞれが好きなものを買ってきて一緒に食べるのが習慣だった。

「河村《かわむら》さん、聞いてくださいよー」

全員が再集合して休憩室のテーブルを囲むと、後輩の萌美《もえみ》が話しかけてきた。萌美は身長が低いが妙に肉感的で、社内でも男性社員によくじろじろ見られている。あんなふうに見られたら不快で仕方なさそうだが、当人は慣れているのかあまり気にしていなかった。

「あたしも今朝、痴漢に遭いましたー」

あたしも、と萌美が訴えるのは、美織が毎朝痴漢に遭っているとこの場にいる全員が知っているからだ。ただ、萌美が痴漢に遭うのは、まあ理解できる。この体なら触りたくなる男も少なくないだろう。それに比べて美織は、細いだけなので触り甲斐《がい》がないと思うのだが。なぜあたしが毎朝で、萌美はたまにしか触られないのかと不思議だった。

「もう、いやねー。お尻?」

別に詳細が知りたいのではないが、「へー」で済ませるわけにもいかないので、触られた部位を尋ねる。萌美は眉根《まゆね》を寄せて、首を振った。

「いいえ、胸です。正面からぐいぐいと」

「いー。そりゃ大胆だね。睨《にら》みつけてやった?」

「そいつ、自分は横向きになってて、肘《ひじ》だけ押しつけてくるんですよ。もちろん睨みつけてやりましたけど、ぜんぜん気づいてない振りをしてました」

「頭来るねー、それ」

泰奈が話に加わる。ちなみになぜか、泰奈はほとんど痴漢に遭わないという。美織も萌美も、通勤時だから隙のある服を着ているわけではない。警戒心も表に出しているつもりだ。それなのに美織や萌美には痴漢が寄ってきて、泰奈は被害に遭わないのは、これもまた体質としか思えない。蚊に刺されにくい人がいるように、痴漢に遭いにくい人もいるのだ。

「そういう奴が普通の社会人面《づら》して生きてるかと思うと、ホント頭に来る」

自分は被害に遭わないのに、泰奈は己のことのように怒ってくれた。まったくそのとおりだ。社会正義なんて、あったもんじゃない。犯罪者は、この辺りにもうじゃうじゃいる。

「世の中ってそういうもんですよねっ！　悪いことしても、逃げ得じゃないですか！」

萌美が、手にしている箸《はし》を振り回さんばかりの勢いで翳《かざ》す。危ないからやめなさい、と言ってやりたかった。

「そうだよー。だからみんな、政治家になりたがるんじゃないの？　政治家になれば、悪いことし放題でしょ」

「そうそう。この辺の大企業のお偉いさんも、きっと同じよ。探ればいろいろ出てくるに決まってるわ」

他の女の子たちも、鬱憤《うっぷん》が溜《た》まっているかのように口を挟む。若い女はちやほやされるが、実は社会の底辺にいるのだ。なんの力もなく、男からは性的な目で見られる。おっさんだけでなく、若い男もごく自然に、女は自分より下にいるべきと考えているからげんなりする。こうして寄り集まって、せいぜい愚痴を垂れるくらいしかやれることがないのがまた悔しかった。

「あとは芸能人ね。芸能人って、犯罪犯してもすぐ復帰するじゃん」

「そうだねー。麻薬とか、淫行《いんこう》とか」

「淫行とかサイテー。サラリーマンだったら、絶対復帰できないよね」

「ああ、そうだ。ほら、淫行どころじゃなくて、もっとひどいのもいるんだよね。知ってる？　ハピネスカトーってお笑い芸人」

ひとりがその名を持ち出した。美織は密《ひそ》かにドキッとする。

「ああ、それ知ってるー。あれでしょ？　実は女子高生焼殺事件の犯人なんだって？」

「ひどいよねー。少年だったから捕まらないってのがおかしいのに、あんなひどいことしておいて堂々とテレビに出てるなんて」

「そうなの？　知らなかったよ」

泰奈は初耳だったらしく、目を丸くした。あまり有名な話ではないようで、知らなかったと口にする子が他にもいる。ネットの情報は、意外に偏って伝わるのだ。

「ハピネスカトーって、いつもニコニコしてる人でしょ。感じいいと思ってたのに、大ショック」

泰奈は何度も瞬《まばた》きをした。泰奈はいい子だなと思うが、だからこそ男に騙《だま》されないかと心配になる。あんな笑顔、テレビ用の作り笑いに決まってるのに。

「人は見かけによらないんだよー。痴漢する奴もみんな、そんなことしそうにない顔してるんだから」

泰奈は痴漢に遭わないからわからないのだ、と匂わすようなことを先輩が言った。

そうそう、そうなんです、とまた萌美が箸を振りかざす。よほど腹が立っているらしい。その点自分は、毎朝のことなので慣れてしまっているのか。そんなことでは駄目だと、己を戒めた。逃げ得は絶対に許してはいけない。

「でも、ハピネスカトーがあの事件の犯人だって、ホントなんですか」

場の流れを読まず、懐疑的なことを言う人がいた。美織のひとつ下の年次の、夏澄《かすみ》だ。夏澄ではなく霞《かすみ》だと口が悪い男性社員に言われるくらい影が薄いので、この発言には意表を衝《つ》かれた。他の者も同じらしく、いっせいに視線が夏澄に集まる。

「ネットでみんな言ってるんだから、ホントなんじゃない？」

「どっかの週刊誌が、犯人たちの実名を載せたんだよね。その中に、加藤《かとう》って人がいんてこの世に存在するのか、と美織は思った。

「そうなの？　それじゃあ間違いないよね。うわー、鳥肌立つわー」

泰奈はそう言って、自分を抱くように腕を交差させた。本当に鳥肌が立つ。正義な

たらしいよ」

2

ついてない日、というのは間違いなくある。今日がまさにそうだった。美織は帰るときにも、痴漢に遭ってしまった。

毎朝の手口と似たような感じだった。単に当たっているだけで、もぞもぞ動いたりはしない。しかし当たっているのが掌《てのひら》なら、相手は絶対に感触を楽しんでいる。今朝の痴漢と同じ奴ではないかと思ったが、見憶《みおぼ》えのある顔は混み合った電車内にはない。手を当ててるだけ、が最近の痴漢の手口なのだろうか。

結局、声も上げられないままに自宅の最寄り駅まで着いた。不愉快な時間を、朝も夜も味わわされてしまった。直接触られたわけではないものの、体が汚れた気がしてしまう。急いで家に帰って、風呂《ふろ》に入りたかった。

ただ、今日は父のノー残業デーなので、家族三人揃《そろ》って夕食を摂《と》らなければならな

い。別にそのこと自体は嫌いではないのだが、早く風呂に入れないのは残念だった。しかも美織の家では古臭いことに、父が家にいる場合は父が一番に風呂に入ることになっている。食事を終え、父が風呂から出てくるまで自室で我慢することになった。時間潰《つぶ》しに、ベッドに寝転びながらスマートフォンを手にした。苛々《いらいら》しているときには、見るサイトが決まっている。ブックマークの、一番タップしやすい場所にそのサイトを置いていた。ほとんど指が自動的に動いて、ブログが表示された。

ハピネスカトーのブログだった。

なんとも図々《ずうずう》しいことに、ハピネスカトーは最近になってブログを始めたのだ。あれほどの大罪を犯していながら、ばれていないとでも思っているのだろうか。いや、そんなはずはない。ブログのコメント欄には、ハピネスカトーを非難する言葉が並んでいるのだから。それを平然と無視してブログを続けているのは、開き直りとしか思えない。まったく反省していないことが、ブログなんて始めたことから窺《うかが》えた。

ハピネスカトーは、日本の少年犯罪史上最悪の残虐な殺人事件の犯人だった。昭和の頃だが、学校帰りの女子高生が拉致《らち》され、犯人の少年の家に監禁された。少女は少年四人に三ヵ月以上に亘《わた》って暴行を受けた。挙げ句少年たちは、邪魔になった少女を生きたまま焼却炉に入れ、焼き殺した。人が人に対してできることとは思えない、常軌を逸した狂気の犯罪だった。

あまりの残虐さと、そして犯人たちが少年だったために少年法に守られたことが社会問題となった。犯人たちは刑務所に行って罪を償うことはなく、少年院に数年入っただけでまた世間に戻ったのである。しかも被害者の少女は顔も名前も報道されたのに、犯人たちは逆に素性が世間に知られることはなかった。こんな理不尽な話は、誰が聞いても憤《いきどお》りを覚えるはずだ。もちろん美織も、例外ではなかった。

少年院ではなく刑務所に行けばよかった、という問題ではない。犯人たちは被害者と同じように、焼却炉で焼き殺される死刑になるべきだったのだ。それなのに四人の犯人たちは今、顔と名前を知られていないのをいいことに、大勢の人の中に紛れてごく普通の人間の振りをして生きている。ハピネスカトーに至っては、さほど売れていないとはいえ芸能人になってテレビに出ている。あまりに図々しくて、ハピネスカトーという名前を聞くだけで頭に血が上る。なんの罪もない女の子に、三ヵ月以上も寄ってたかって乱暴するなんて、男はどんなに若くても獣だ。そんな罪を犯した奴ですら何食わぬ顔で生きていられるなら、痴漢が世の中に大勢いるのも当たり前だった。女を性的対象としか見ない男は、全員この世から消え失《う》せればいいのにと思う。

ハピネスカトーのブログは更新されていた。今日はロケで銚子《ちょうし》に行きました、などと能天気なことを書いている。焼き殺された女の子は、銚子にもどこにも行けない。ブログも書けない。被害者の女の子の無念は、誰かが代わって晴らしてあげるしかなかった。

面の皮が厚いことに、ブログのコメント欄は承認制ではなかった。つまり、書き込めばそのまま表示され、誰でも読めるのだ。コメント欄には早くも、十以上の書き込みがぶら下がっている。〈銚子って行ったことないです。楽しそうですねー〉と明らかに何も知らない人のコメントがあったが、ハピネスカトーの厚顔ぶりを非難するコメントもあった。

〈人殺しはブログなんかやるな〉

〈お前のニコニコしてる顔を見ると、人間不信になるわ〉

〈殺された女の子に呪い殺されろ〉

ハピネスカトーの罪があまり知れ渡っていないのか、非難のコメントはさほど多くなかった。だが、書かれていることにはどれも同感である。ハピネスカトーは死刑になるべきだ。少なくとも、社会的には抹殺されるべきだった。

〈女の敵は絶対に許さない〉

文字を打ち込み、アップした。正義は必ず成し遂げられなければならない。犯罪者が大手を振って生きられるような社会は、もううんざりだ。なんとしてもハピネスカトーを芸能界から消してやると、強く思い定めた。

つい先日のことだが、別の部署の男子社員とお近づきになった。社内合コンをやったのだ。美織の会社は社員が何千人もいる大企業ではないが、部署と年次が違えばまったく接点がない人も多い。そこで、若手社員の間で社内合コンをすることになったのである。顔は見たことあるけれど話したことはない、という人と友人になれるいい機会だった。

3

男五、女五の比較的大人数の飲み会だったから、少し慌ただしかった。全部で五つの部署から人が集まったので、女の子でも初めて言葉を交わす相手もいた。だからたくさん喋《しゃべ》った人もいれば、挨拶しかできなかった人もいる。そんな中で、細木《ほそき》というひとつ下の年次の男性とは比較的よく話した。

細木は年次こそ下だが、大学入学の際に一年浪人しているので、年齢は同じだった。目尻が極端に垂れていて、怒る姿が想像できない。しかし福笑いみたいな顔というわけではなく、公平に見ていい男の部類に入ると評価した。見るからに穏やかそうな顔つきなので、それだけで第一印象がよかったのだが。

美織は自分の容姿を、中の上と自己評価している。たいていの女子は、自分を中の上と考えているのではないだろうか。そこにメイクすることで、上の下には持っていけていると密かに自負していた。つまり、目を惹《ひ》く美人ではないが、悪くないと男に思ってもらえる容姿だ。男はあまり美人過ぎると腰が引けるらしいから、自分くらいがちょうどいいのではないかと思っている。

細木の反応を見ていると、そんな自己評価はまんざら自惚《うぬぼ》れではなさそうだった。細木は飲み会の間、終始ニコニコしていて、終わり間際にはメッセージのIDを交換しようと言った。それは美織も望むことなので、喜んで応じた。もっとも、またこのメンバーで飲み会をしようということになったから、結局全員でIDの交換をしたのだが。

美織が期待するのは、全員での再度の飲み会ではない。そんな気持ちを察しているのか、細木は個人的にメッセージを送ってきた。〈昨日は楽しかったから、また飲みたいですね〉というのが翌日届いたメッセージだった。また飲みたい、というのが飲み会を指すのか個人的に誘う伏線なのかわからないが、グループメッセージではなかったのだから飲み会ではないだろうと楽観的に解釈しておいた。

その細木から、二度目のメッセージが来た。テレビで紹介されていた地鶏の店がおいしそうだったから行ってみたい、一緒にどうか、という内容だった。もちろん、断る理由はなかった。駆け引きなどしたくないので、行きたいとすぐに返事をした。

細木はなかなか行動力があるらしく、明日はどうかと訊《き》き返してきた。うじうじしていて決められない男は好きじゃないので、この話の早さは高得点だった。ふたりで会うのがますます楽しみになった。

そして翌日、渋谷にある地鶏の店で待ち合わせた。ネットで調べたところ、水炊きが人気料理で、レタスを山盛りにするのが売りらしい。レタスを鍋《なべ》に入れるとはユニークで、女子受けする料理である。それがわかっていて誘ったのなら、細木はなかなかかいいセンスの持ち主と言えた。

「断られたらどうしようかと、ドキドキしてましたよー」

ビールで乾杯をすると、細木はまずそんなことを言った。本当にドキドキしていたなら、かわいいところがある。デート慣れしているようなので、誘えば断られないと思っていたに違いないが。

「レタスと地鶏の水炊きが食べたかったから。うまい誘い方だと思うよ」

同じ年とはいえこちらが先輩なので、敬語は使わない。細木もふたりだけのときは敬語でなくていいのだが、それを言うにはまだちょっと早かった。もう少し親しくなる必要がある。

「河村さんはどんな食事が好きだろうって、必死に考えました」

自分が食べたいから付き合ってくれ、という誘いだったのに、美織のために考えたと細木は白状する。やはりかわいいが、これも正直に見せるテクニックではないだろうなと慎重になった。美織の心の底には、どうしても男に対する不信感がある。細木がこちらを性的対象と見ていないとわかるまで、警戒心を解く気はなかった。

当たり障りのない話なら先日したので、今日は互いの性格が理解できるくらいまで掘り下げたかった。とはいえ、いきなり立ち入った話をするわけにもいかない。どんなふうに話題を広げようかと思っていたら、細木の方からあれこれ問いかけてきた。中学高校ではスポーツをやっていたのか、大学時代はサークルに入っていたのか、兄弟はいるのか、趣味は何かと、うるさくない程度に尋ねる。美織の答えに対して自分の経験談も絡めてくるので、話題が広がって楽しかった。話し上手な人だな、と思った。

しばらくしたら水炊きが出てきた。掌大に千切られたレタスが、鍋にタワーのように積み上がっている。見た目が面白いので、思わず「うわー」と声を上げた。タワーが崩れる前に、写真を撮る。細木も「これは写真の撮り甲斐がありますね」と言いながら自分のスマートフォンを向けていた。

山盛りになっていると大変な量に思えるが、火が通るとレタスはあっという間に出汁《だし》の中に沈んだ。レタスに火を通す習慣はないのでどんなものかと思いながら口に運ぶと、これが意外なおいしさだった。シャキシャキ感こそないが、しんなりしたレタスには出汁の味が合っている。生ではそんなにたくさん食べられないから、こうして鍋に入れると食物繊維がたっぷり摂れて嬉しい。これは思わぬ発見だった。

「鍋にレタスって、おいしいねぇ。鶏にもよく合うし」

「ですねー。これは来てよかったなぁ」

細木はもともと垂れている目の目尻をますます下げて、いかにも幸せそうに笑った。この笑顔は女から嫌われない顔だな、と心の中で評価する。

話が弾み、笑顔が下卑《げび》てなく、デートのセッティングもうまい。いい男と親しくなれたことを、美織は喜んだ。

鍋を食べ終えた後はバーに行ってカクテルを一杯飲んだが、今日はそれだけでお開きにした。細木は送っていくなどと無理に迫ることはなく、渋谷駅でさっと別れた。いい気分のまま、美織は帰宅した。

その夜は、ハピネスカトーのブログにはアクセスしなかった。

4

ハピネスカトーのブログに、異変が起きた。コメントの書き込みが、明らかに増えたのだ。好意的なコメントではない。ハピネスカトーの犯行を非難するコメントだけが増加していた。何があったのか、美織は最初わからなかった。

匿名掲示板には、ハピネスカトーを糾弾するスレッドができている。そちらを覗いて、どういうことなのか理解した。なんでも元刑事の人が犯罪に関する本を出し、女子高生焼殺事件を取り上げているらしいのだ。元刑事だから一般には公開されなかった犯人たちの情報も持っていたようで、犯人のひとりはお笑い芸人になっていると本に明記していた。そのお笑い芸人の名前こそ出していないが、かねてからのネットの噂と照らし合わせれば、ハピネスカトーであることは間違いなかった。その話が少しずつ広がり、ブログのコメントが増えたようだった。

芸能人が犯罪者だった過去を隠している、というだけで驚きなのに、それが犯罪史に残る残虐な殺人事件であったなら、とんでもない衝撃である。知った人が皆、義憤に駆られるのは当然だった。

〈死刑になればよかった〉

〈今からでもいいから氏《し》ね〉

〈てめえは自分がしたことをちゃんとわかってるのか?〉

どれも、至極真っ当な非難である。いや、これでも足りない。そう思う人は他にもいるのか、もっと過激なコメントもあった。

〈お前の顔をテレビで見るとムカつく。お前も焼き殺されろ〉

〈三ヵ月乱暴され続けてから、自分で焼却炉に入って焼け死ね〉

〈被害者の辛《つら》さを、お前も味わうべきだ〉

そうだそうだ、とスマートフォンの画面に向かって頷きたくなる。美織もひと言書いた。

〈女の敵はテレビから消えろ〉

美織はあまりテレビを見ないが、それはなぜかと考えてみると、ハピネスカトーの顔を見たくないからではないかという気がする。テレビを点《つ》ければ出ている、というほどハピネスカトーは売れてはいないが、何かの弾みで目にしてしまうかもしれない。話題になっているドラマも見ないから、職場の女の子たちの話題に入っていけないこともあった。それもハピネスカトーのせいかと思うと、さらに腹が立った。

ハピネスカトーはブログを開設して以来、こうした非難のコメントを完全に無視し続けていた。無視していれば沈静化するとでも考えているようだ。その甘い考えが、どうにも許せない。反省などしないのだろうから、みんなで糾弾の声を上げて芸能界から抹殺するしかないと思っていた。

しかしあるとき、非難コメントがあまり増加したためか、ついにハピネスカトーが反応した。自分は確かに事件があった区の出身で、犯人たちと年も近いが、犯人ではない。そうした主旨の文章をブログにアップしたのだった。

まるで、焚《た》き火にガソリンを振りかけたようだった。それまでも一日に二十近くは非難コメントがついていたが、ハピネスカトーが言い訳をしたとたんに数え切れないほどになったのだ。沈静化を狙ったのなら、完全に逆効果だった。コメント欄は罵倒《ばとう》の嵐になった。

〈やってないと言うなら、証拠を示せ〉

〈火のないところに煙は立たないんだよ〉

〈知り合いの知り合いが事件現場のそばに住んでて、お前が犯人で間違いないって言ってたぞ〉

どれもこれも、もっともな反論ばかりだった。犯人の中に加藤という人物がいたことは週刊誌ですでに報道されているし、元刑事が書いた本もある。これだけ証拠が揃っていてもまだ白を切るとは、考えが甘いにもほどがあった。逃げ切れると思っているなら、何がなんでも社会的制裁を加えるべきだった。

〈お前に娘が生まれたら、同じ目に遭わせてやる〉

〈お前の嫁さんをお菓子《かし》てやるよ〉

〈ちょっとハピネスの家に火を点けに行ってくる〉

日を追うごとに、非難コメントは過激になっていった。やはり皆、あれほどの凄惨《せいさん》な事件を起こしておきながら罰を受けていないのが許せないのだ。世の中に理不尽なことは多いが、これほど理不尽なことは他にない。美織も自分で手を下すことはできないが、誰かがハピネスカトーを殺してくれるなら全力で応援したかった。

〈お前の住所を調べ上げて、殺しに行ってやる〉

美織はそう書いた。むろん、ハピネスカトーの住所を調べる方法などない。しかし、ネット住人の力はすごい。わずかな手がかりから、一般人の住所氏名まで特定してしまう。こんなふうに書いておけば、ハピネスカトーの住所が明らかになり、ネットにアップされるだろうと考えたのだった。

ハピネスカトーのことは、職場の女の子たちとランチを摂っているときにも、再度話題になった。泰奈が話を持ち出したのだ。

「この前言ってたハピネスカトーのこと、やっぱり本当だったんだね。元刑事が本に書いたらしいじゃん」

あのときはかなり驚いていたから、その後気にしていたらしい。美織は大いにこの話で盛り上がりたかったが、ハピネスカトーのブログに非難コメントを書き込んでいるとは言えなかった。自分の行いは正義だと確信しているものの、やはり匿名だからこそという気持ちがある。匿名でなければ、他人を非難する勇気は湧かなかった。

「それ、聞きましたー。元刑事が言うなら、もう間違いないですよね」

身を乗り出して応じたのは、萌美だった。萌美はもともと芸能人ネタが好きで、特に不倫だの離婚だのといったゴシップが大好物だ。ハピネスカトーの件はそんな穏当な話ではないが、心の琴線に触れたようだ。もっとも、萌美でなくても誰でも義憤を覚える話だと思うが。

「絶対に許せない。少年法って何、って感じですよ。少年だろうと誰だろうと、犯した罪の重さで裁かれるべきだと思いませんか」

萌美はまた箸を振り回しかねない剣幕で、熱弁を振るう。それはまったく同意見だ。

美織は大きく頷いた。

「そうだよね。ハピネスカトーを焼き殺してやれば、犯罪の抑止にもなるし」

常日頃考えていたことなので、ついつるりと口から飛び出した。すると先輩たちが、

わざとらしく目を丸くした。

「うわー、美織ちゃんって意外と過激なのね」

そんなことを言われる。過激と評されるのは心外だった。真っ当なことを言っているだけなのに。

「痴漢の手はちょん切ってやればいい、とか考えてるんじゃない？」

他の先輩が、面白がるように言った。うん、それはいいアイディアだ、と思ったが、また過激だと言われてしまうので口にはしない。やはり匿名で糾弾できるネットは、絶対に必要な場だと痛感した。女同士であっても、思ったことをそのまま口に出すの

は難しい。

「でも、ハピネスカトーは否定してるんですよね。ハピネスカトーが犯人だっていう証拠は、ひとつもないですよね」

それまでひと言も発さずに一番端でおとなしくしていた子が、いきなり大きな声を出した。夏澄だ。全員の視線が、いっせいにそちらに向いた。

「いや、だって、犯人の中に加藤って人がいるんでしょ。それがハピネスカトーじゃないの？」

少しためらいがちに、萌美が言い返した。夏澄の剣幕に面食らっているのだろう。

それは美織も同じだった。

「ハピネスカトーの本名は加藤じゃないですよ。佐藤《さとう》です」

「えっ、そうなの」

夏澄の反論に、その場にいる全員が頓狂《とんきょう》な声を上げた。あまりにも予想外のことを聞いて、唖然《あぜん》とする。芸名がハピネスカトーなのに本名が佐藤だなんて、そんなことが本当にあるのだろうか。

「夏澄ちゃん、それホント？　なんで知ってるの？」

泰奈が恐る恐るといった態度で尋ねる。夏澄は幾分尖《とが》った口調で答えた。

「ウィキペディアとか、事務所のホームページに書いてあります」

言われて、何人かがすぐに自分のスマートフォンを取り出した。「ああ、本当だ」との声が上がる。どうやら事実のようだ。

「本名が佐藤で、なんで芸名がハピネスカトーなのー？　紛らわしいー」

調べた先輩のひとりが、納得いかなそうに言った。まったくだ。意味がわからない。

「ですから、報道された加藤という犯人は、ハピネスカトーじゃないんですよ」

夏澄が断定した。一瞬、その場の全員が押し黙った。

「いや、でも、元刑事が本に書いてるんだよ。それは立派な証拠じゃないの？」

誰も何も言わないので、仕方なく美織がその点を突いた。夏澄は不満そうにこちらを見る。

「お笑い芸人、って書いてあるだけでハピネスカトーとは名指ししてないですよね。それに、元刑事って肩書がそもそも本当かどうかわからないし」

そう言われてしまうと、事実を知らない者は何も言い返せない。それよりも美織は、夏澄がなぜこうまでむきになってハピネスカトーを庇《かば》うのかという疑問を覚えた。

「夏澄ちゃんって、もしかしてハピネスカトーのファンだった？」

それ以外考えられないと思って、訊いてみた。すると夏澄は憤然として、首を振った。

「違いますよ。ただ、お笑い全般のファンなだけです」

そういえば、そんな話は聞いたことある。ふだんは表情が乏しく、笑ったところをあまり見たことがないから、意外に思ったのを憶えている。職場では笑わないからこそ、家に帰ればお笑い芸人を見て笑っているのだろうか。

夏澄にやり込められ、場が白けた。しばらく、各自が弁当を食べる音だけが虚《うつ》ろに響いた。

5

細木とはその後、二度食事をした。二度とも、居心地がよくおいしい店に連れていかれた。デート場所の選択がうまいという一点だけでも、採点が高くなる。まして一緒にいて話が楽しければ、拒否をする理由はなかった。

だからつい警戒心が緩んで、これまで誰にも話していなかったことを口にしてしまった。細木は都心部出身なので、都内を移動する際には中型バイクに乗っていたらしい。電車を使うより早いそうだ。そんな話を聞いて、思わず「私も」と言ってしまったのだ。

「地元ではバイクに乗ってるよ」

「えっ、バイクに乗るんですか。意外」

勢いで打ち明けてしまってから、わずかに後悔する気持ちが湧いてきたが、もう取り消せない。理由をきちんと話して、理解してもらった方がよさそうだった。

「父が乗る人でね。子供の頃はよく後ろに乗せてもらってたのよ。それで好きになって、自分でも免許を取ったわけ」

「すごいですね。中型ですか？　倒れた四〇〇ccのバイクを起こさなきゃいけないから、試験が大変だったでしょ」

「あれってコツなのよね」

最近は男でもバイクに乗る人はいないから、こんなやり取りをするのは初めてだった。後悔よりも、同じ話題で盛り上がれることの楽しさの方が強くなった。ただ、口止めだけはしておいた。

「千葉出身でバイクに乗ってるなんて言うと、絶対に元ヤンキーだって思われるでしょ。だから誰にも言わなかったのよ。細木くんも黙っててね」

「わかりました。でも、河村さんが元ヤンキーだったら、それはそれで面白いけど」

「やめてよ。男と違って、女はそんな噂が立ったら致命的なんだから」

男女はぜんぜん平等なんかではない。こういう些《さ》細《さい》なことでも、女は未だに窮屈さを感じる。噂ひとつで職を失うのかもしれないのだから、女の立場は弱いと言わざるを得ない。

別れ際に、抱き締められてキスを求められた。少しためらったが、口止め料だと思って応じた。ただ、細木が求めてきたのはそこまでだった。またさらに、好感度が上がった。こちらを大事に考えてくれる相手しか、美織は好きになれない。

ネット上のハピネスカトーバッシングは、ますます激しくなっていた。ハピネスカトーのブログのコメント欄が承認制になってしまったため、バッシングの場は匿名掲示板に移った。それだけでなく、ハピネスカトー擁護派叩きにまで発展した。ハピネスカトーを庇う書き込みをした人がブログを持っていると、そこにも非難の書き込みがされるようになったのだ。徐々に、ハピネスカトーの味方をする人は減っていった。

ハピネスカトーのファンまでが攻撃されるようになったためだろうか、ついにブログに警告文が載った。殺害予告など、過激な書き込みをする人は刑事告訴すると、ハピネスカトー本人が宣言したのだ。その文章を読んで美織は、怖《お》じ気《け》づくどころかむしろ激怒した。盗《ぬす》っ人《と》猛々《たけだけ》しいという表現があるが、この場合は殺人者猛々しいだ。刑事告訴ということは、警察が捜査をするのか。警察が残虐な殺人犯の味方をするのだろうかと、不思議に思った。

同じように受け取った人は、大勢いたらしい。警告文が出ても、ハピネスカトーを非難する声はやまなかった。逆に、さらに増えたほどだ。いくらなんでもひどい開き直りだ、と誰もが感じたのだろう。それが当たり前の感覚だった。

そもそも、刑事告訴などただの脅しだと思っていた。単なるブログのコメントで、そこまでするとは考えられない。だから美織はその後も、匿名掲示板に書き込みを続けた。痴漢に対する苛立ちを覚えると、それをハピネスカトーにぶつけているのだから、ほぼ毎日と言っていい。氏《し》ね、死刑になれ、頃《ころ》してやる、と飽きることなく書き込んだ。

ハピネスカトーの宣言が脅しでないことは、警告文が載ってから一ヵ月後に判明した。驚いたことに、美織の許《もと》に刑事が訪ねてきたのだ。仕事から帰ったら、家の前で男に声をかけられた。びくりとして振り返ると、くたびれた背広を着た中年男が立っている。「突然すみません」と言いながら、名刺を渡してきた。

「私は戸塚《とつか》署の者です」

そう名乗った男の名刺には、山路《やまじ》と書いてあった。名刺だけでなく、威圧感のあるバッジも示す。相手が刑事であることは、間違いないようだ。

「あなた、ハピネスカトーさんのブログや匿名掲示板に、これらの書き込みをしましたね」

山路と名乗った刑事は、鞄《かばん》から何枚もの紙を取り出した。それは美織の書き込みをプリントアウトしたものだった。受け取って見てみると、確かに書いた憶えのある文章ばかりである。瞬時に顔から血の気が引いた。

「違います」

反射的に、白を切った。認めたらお終《しま》いだと思った。匿名で書き込んだはずなのに、どうしてわかるのだろうと疑問を感じた。

「嘘をついてはいけません。あなたの携帯電話から書き込まれていることは、調べればわかるんですよ。もしかして、あなたの携帯電話をあなた以外の人が使う可能性もあるんですか」

刑事が逃げ道を作ってくれた。美織はそこに縋《すが》りついた。

「そ、そうかもしれません。誰なんだろう。父かな」

父に悪い、という気持ちは一瞬も湧かなかった。父なら、私のために犠牲になってくれるはずである。美織の返事を聞いても、刑事は特に表情を変えなかった。

「では、お父さんの話も聞きましょう。いらっしゃいますかね」

刑事は家の方にちらりと視線を向けた。まだ帰ってきてはいないはずだが、せいぜいあと三十分もすればいつもの帰宅時刻になる。それまでになんとか、刑事を追い返せるだろうか。

「まだ、帰ってないと思います」

「では、待たせてもらいましょう。いきなりで申し訳ないですが、お宅に上げていただけますか」

玄関先で追い払う、というわけにはいきそうになかった。黒い絶望感が、美織の足許からじわじわと這《は》い上がってきた。

6

帰ってきた父と口裏を合わせる暇はなく、美織の主張は矛盾だらけで簡単に論破された。刑事は悪足掻《わるあが》きをした美織を特に咎《とが》めたりせず、改めて調書を取りたいから警察署に出頭するように、と言い渡した。このまま逮捕されるのかと怖かったが、そういうことにはならないらしい。手錠をかけられなかったことに安堵し、刑事が帰った後に泣いた。両親には叱られたが、警察署に出頭すれば今度こそ逮捕されるかもしれないと思うと、気にする余裕はなかった。自分はごく平凡なＯＬに過ぎないのに、なぜこんなことになってしまったのかと、降りかかった運命の理不尽さを呪った。

警察署になど行きたくなかったが、行かなければよけい大変なことになると思い、翌日の終業後に自ら赴《おもむ》いた。取調室に入れられ、山路相手に自分のしたことを認める。ただ、ハピネスカトーが警察に庇われるのはどうしても納得がいかなかったので、なぜ殺人犯の味方をするのかとその点だけは嚙《か》みついた。すると山路は、意外なことを言った。

「ハピネスカトーさんはあの事件の犯人じゃないよ。これは本当のことだ」

「えっ、だってネットではそう言われてますよ……」

「たちの悪いガセだよ。ハピネスカトーさんは犯人じゃないと警察が言うんだから、嘘じゃないとわかるだろ」

「でも、元刑事の人が本に書いてましたけど」

なおも納得できずに反論すると、山路は半ば呆《あき》れたように苦笑した。

「ああ、あれね。あの人が警視庁にいたのは本当だけど、元刑事というのが本当かどうかは言わないでおくよ。制服警官でも、一度でも捜査本部を手伝って私服で捜査したことがあれば、元刑事と名乗っていいんだ。もちろん、ただの制服警官なら捜査の内部情報なんて知ってるわけないさ」

「そんな――」

元刑事と名乗る人の本が出たことで、どれだけの人がハピネスカトーが犯人だと信じてしまったことか。騙された、としか思えなかった。

山路の説明によると、美織は逮捕はされないが書類送検という扱いになるらしい。起訴されるかどうかは、検察官の判断次第だそうだ。このまま留置場に入れられるのではと恐れていたが、帰宅を許された。一刻も早く遠ざかりたいと、小走りになって警察署から離れた。

両親には泣きながら報告した。今度は叱られなかったが、呆れた目で見られた。それが苦痛となって、心の底にわだかまっている。誰かに話を聞いて欲しかったが、疎遠になっている人にこんな重大事は打ち明けられない。結局、聞いてもらう相手は泰奈しかいなかった。

仕事後に飲みに誘い、一部始終を打ち明けた。自分は本当にハピネスカトーが犯人だと信じていたのであり、それが嘘だったなら騙された立場になる。自分も被害者だという点を、大いに強調しておいた。

「それは、ハピネスカトーを責めたくもなるよね。あれだけネットに書かれてるのに、嘘だなんて思わないもんね。災難だったね」

泰奈は理解してくれた。そのことに、涙が出るほど救われた思いになる。やはり泰奈は親友だ。話を聞いてもらっただけで、気持ちが楽になった。打ち明けてよかったと思った。

思わず泰奈の手を握ると、気持ちはわかってると言いたげに何度も頷いてくれた。

そうして気持ちは落ち着いたものの、起訴されるかもしれないという現実の問題は片づいていなかった。検事に呼び出され、検察庁に行くという尋常でない経験もした。検事は威圧的ではなかったが、それでも怖いことに変わりはない。もう二度とネットに書き込みなんてしないと、強く心に誓った。

こんなときこそデートに誘って欲しかったが、細木からは連絡が来なかった。忙しいのかと思って美織の方からメッセージを入れたが、既読にもならない。異変を感じ、昼休みに直接細木の部署を訪ねた。急に連絡がつかなくなった理由がわからないから、スマートフォンが故障したのではないかと考えたのである。

「細木くん」

部屋から出てきてエレベーターに向かおうとしているところを摑《つか》まえた。細木は肩をびくりと震わせ、振り返る。こちらを見る目には、あまり親しみが感じられなかった。

「ああ、こんにちは」

他人行儀な挨拶だが、社内だから仕方がない。美織はなんでもないことのように、軽い口調で訊いた。

「ねえねえ、もしかしてスマホが壊れてる？　メッセージが既読にならないんだけど」

「えっ、そうですか？　おかしいな。ちょっとチェックしてみますね」

細木は首を傾げてから、「先輩たちと食事に行くので」と断ってそそくさとエレベーターに乗ってしまった。避けられている、とさすがに感じた。

だが、なぜなのかわからない。細木が態度を変えるきっかけは、いくら考えても思い当たらなかった。幸いなのは、向こうにその気がなくなったなら仕方ない、と思える程度の付き合いだったことだ。本気で好きになっていたら、かなり辛いところだった。

奇妙なのは、よそよそしくなったのが細木だけではないことであった。なんとなくだが、職場の雰囲気が変わった。のけ者扱いされているわけではないが、皆どこか態度が不自然になった。目を合わせてくれないし、話しかけるとおどおどしている。まさか、と愕然《がくぜん》とした。

泰奈を呼び出し、問い質《ただ》した。起訴されるかもしれない、という話が泰奈から漏れたのだと推理したのである。だが泰奈は、真顔で否定した。

「疑われるなんて、心外だよ。あたし、誰にも言ってないよ」

「じゃあ、どうしてみんなよそよそしいの？」

半べそをかきながら、尋ねた。他の人たちに訊いてみる、と泰奈は約束してくれた。すぐ翌日に、報告を聞いた。それは予想もしないことだった。

「美織さぁ、女子高生サンドバッグ事件って知ってるよね」

「え？　女の子が友達をリンチして死なせたって事件だっけ？」

その事件も、焼殺事件ほどではないにしても凄惨だった。被害者の女の子はロープで両手を縛られ、木の枝からほとんど吊《つる》されているような状態だった。かろうじて、爪先《つまさき》が地面に届くかどうかだったという。そんな姿勢のまま、同年代の少女たちに延々と殴《なぐ》る蹴《け》るの暴力を受けた。被害者が他の子の彼氏に手を出した、というのが理由だった。犯人の少女たちは棒や石を使って殴り、ライターの火で髪を焼き、カッターで顔を切り刻んだ。被害者は十数時間しか耐えられず、命を落としたのだった。

「美織があの事件の犯人だって噂が、ネットに流れてるよ」

「ええっ」

まったく与《あずか》り知らないことだった。あの事件が起きたのは確かに千葉だが、千葉といっても広い。美織の出身地とはかなり離れている。犯人たちと年が近いものの、共通点はただそれだけだった。美織の同年代で千葉県出身の人なんて、山ほどいるのではないか。

「あたしも、変な噂が立ってるとは知ってたんだけど、まさかこんなこととは思わなかったよ。もちろん、美織は関係ないんだよね」

「当然よ！　なんの関係もないよ」

心の片隅では疑っているかのような泰奈の物言いに、傷ついた。泰奈でこうなら、他の人は噂を鵜呑《うの》みにしてしまうかもしれない。ともかく、きちんと否定しなければと考えた。

スマートフォンを取り出して、泰奈の言うキーワードで検索してみた。すると、匿名掲示板に立っているスレッドが引っかかった。順を追って読み、Y商事という単語を見つける。美織たちの勤め先だ。犯人の女は今、Y商事のコンシューマーサービス部にいる、と書いてある。それだけでなく、イニシャルはMKで年は二十五と、かなり具体的だ。これに当てはまるのは、美織しかいなかった。

その書き込みがあったのが四日前で、それまではほとんど動いていなかったスレッドが、以後活発になった。犯人捜しが始まったのだ。今のところまだ美織の名前は出ていないが、Y商事に勤めている人はいないかと呼びかける書き込みもあった。それに応える人が出てきたら、美織の名前が知られる恐れもあった。

「信じられない。どうしたらいいんだろう」

呆然《ぼうぜん》として、独り言のつもりで呟《つぶや》いた。だが泰奈は自分が話しかけられたと思い、返事をする。

「少なくともうちの部署の人には、これがガセだって自分から言った方がいいんじゃない？」

「そうだね。そうする」

いきなりこちらからこの話題を持ち出して否定するのも変だが、頃合いを見ている余裕はなかった。休憩室からすぐ部署に戻り、先輩や後輩たちを摑まえて自分は無関係だと言い切る。すると皆、「そんなこと信じてなかったよ」と口では言った。信じたからこそよそよそしかったのではないのか、と内心で思ったが、いちいち責めはしなかった。責めたら、本当の敵になってしまうだけだ。

しかし、直接否定できる相手はましだった。ネットの悪評は、止めようがなかったからだ。それから数日も経たないうちに、恐れていたことがついに起きた。美織の名前が特定されたのである。いきなりスレッドは盛り上がり、〈人殺しが一流会社に勤めてるなんて許せない〉だの、〈同じ目に遭わせてやれ〉だの、〈顔が見たい〉だのといった書き込みに溢《あふ》れた。美織はスレッドを見るのが怖かったが、かといって無視するのはもっと怖かった。すぐにも義憤に燃えた人が襲ってきそうで、命の危険をリアルに感じた。

会社を休むわけにはいかないので通勤は続けたが、行き帰りはヤマアラシのように警戒心で身を鎧《よろ》っていた。外にいる間は、ずっと防犯ブザーを手に握り締めていた。あるとき、会社のビルを出たとたんにスマートフォンを向けられた。とっさに顔を隠したが、遅かった気がする。写真を撮られたのだ。撮った相手は、あっという間に駆け去っていった。

すぐに、ネットに顔写真が出た。もちろん、女子高生サンドバッグ事件の犯人としてだ。〈意外にかわいい〉とか、〈そうでもないだろ〉と品定めされるのが不愉快だった。だがそれ以上に、世界に向けて顔を曝《さら》されたことが怖くてならなかった。

抗議して写真を削除してもらうにしても、匿名掲示板の主体が不明なのは有名なことだ。どこに抗議すればいいのかもわからない。警察に庇護《ひご》を求めるしかないが、どうしてこんなことになったのかと問われるだろう。なぜなのか、と改めて考えてみた。

真っ先に思い浮かんだのは、夏澄の顔だった。これは夏澄の復讐《ふくしゅう》なのか。美織の身に起きていることは、ハピネスカトーと同じと言える。だが、本当に同じだろうか。

向こうは芸能人なのだ。あれこれ言われるのは有名税ではないか。それに引き替え、美織は一般人である。一般人がこんな目に遭うとは、理不尽としか言いようがなかった。

だが、見る見る伸びていくスレッドを見ていたら、心臓を刺されるような驚きを味わった。犯人の女の子たちは、いわゆるレディースと呼ばれる暴走族だった。そのこと自体はよく知られているが、美織もバイクに乗っていることが暴露されたのだ。すでに美織は犯人と決めつけられているから、その暴露は新たな証拠とも見做《みな》されなかったが、美織にとっては重大だった。バイクに乗っていることを明かした相手は、最近ではひとりだけだったからだ。

この書き込みの主は細木なのか。細木は早い段階から態度がよそよそしくなった。噂を知っていたとしか思えない。ならば、美織の名を曝したのも細木なのかもしれない。社内の人間でなければ、美織の名を出すことは不可能だからだ。

いや、それ以前に、この噂が立ったタイミングも妙だった。ハピネスカトーを脅す書き込みをしたために書類送検されてから、その報復のように噂の的になったのだ。

だが書類送検のことを話したのは、泰奈だけだ。噂を立てたのが夏澄であっても、誰かから聞かないことには報復もできない。泰奈が夏澄に喋ったのだろうか。

疑い出せば切りがなかった。周りの人間全員が、敵になったように感じる。ついこの前まで、美織は平凡なＯＬとして人生を楽しんでいた。友達に恵まれ、好感の持てる男といい雰囲気になり、憂いは毎朝の痴漢くらいだった。それがどうして、命の危険すら感じる日々になってしまったのだろう。すべては、ハピネスカトーを糾弾する書き込みをしたときから始まったのだった。

私は何も悪くないのに、ハピネスカトーが人生をぶち壊してくれた。美織は強く強く、ハピネスカトーを憎んだ。

From the New World

天祢涼

天祢涼（あまね・りょう）
昭和五十三年生まれ。平成二十二年に『キョウカンカク』で第43回メフィスト賞を受賞してデビューした。他に『葬式組曲』（原書房）、『希望が死んだ夜に』『あの子の殺人計画』（ともに文藝春秋）、『境内ではお静かに　縁結び神社の事件帖』（光文社）など。

1

「待てー！」

俺は甲高い声を上げて、康司《こうじ》くんの背中を追いかける。でも康司くんは、うちの学級《クラス》で一番足が速いんだ。三番目の俺が追いつけるはずない。

だから、これは作戦。康司くんに向かうと見せかけて方向転換、美嘉子《みかこ》ちゃんに迫る。美嘉子ちゃんが悲鳴を上げる。

「うわっ、ずるいっ！」

「なんとでも言え。鬼ごっことはこうやるんだ！」

俺は、かっこいいつもりの台詞《せりふ》を叫んで美嘉子ちゃんの肩にタッチする。そのとき、公園の外から母さんが呼びかけてきた。

「そろそろご飯だから帰ってきなさ……くしゅん！」

くしゃみをしたのは母さんが花粉症で、春はいつも鼻をぐずぐずさせているからで……。

「タータッタッ、タータタン、タータータタタン」

俺が咄嗟《とっさ》に口ずさんだのは、ドヴォルザークの交響曲第九番『新世界より』の第四楽章だった。CMなどによく使われる、盛り上がって始まる派手な部分だ。

「よし。母さんと同じ歌声」

敢《あ》えて声に出して、意識を現実に引き戻す。

びっくりした。よく遊んでいた公園とはいえ、何年も前のことを、こんなにはっきり思い出すなんて。

いつかは出ていくつもりだった田舎町だけれど、中学生で強制的に出ていくはめになったからか――。

§

改めて公園を見渡す。

中央に設置された丸時計の針は、二時四十八分でとまっていた。この辺りが揺れた時刻だ。掃除用具が入っていた古い小屋は、つぶれてぺしゃんこになっている。公園の周りに目を遣《や》ると、同じようにつぶれた家が何軒もある。無事な家の周りにも、雑草が好き放題に生い茂り廃墟《はいきょ》感がすごい。

そして辺りは、俺と同じように白い防護服で全身を覆った人が何人かいるだけで、そよ風の音すら大きく聞こえるほど静か。

「資源のない我が国が原発をとめるのは現実的ではない」らしいけれど、この光景の方がよっぽど現実的じゃないと思う――いや、現実なんだけれど。

去年の三月十一日に、すべてが変わった。

図書室で授業を受けていると、地震が起こった。珍しくないので、最初は「揺れてるな」程度にしか思わなかった。でもなかなか収まらず、さすがにこわくなってきたところで「ごーっ」という轟音《ごうおん》が鳴り響き、揺れが一気に大きくなった。椅子ごと倒れた俺は動けず、クラスメートたちの悲鳴が響く中、棚から吐き出されるように宙を舞う本を茫然《ぼうぜん》と見つめることしかできなかった。

午後二時四十六分、三陸《さんりく》沖でマグニチュード9の地震が発生した――このときはそんなこと、知る由もなかった。

ようやく揺れが収まった後も、大きな余震が繰り返し起こった。学校は臨時休校になり、保護者が迎えにきた生徒は一緒に下校していった。

俺はといえば、一人でアパートに帰り、大家さんの部屋でほとんど眠れない夜をすごした。

追い討ちをかけるように、次の日、福島第一原発の建屋が爆発した。

政府から出された避難指示の区域はあっという間に広がり、ここQ町の町民も避難するように言われた。用意されたバスには長い列ができて、道路は大渋滞。自衛隊員もたくさんやって来て、大変なことが起こっていると嫌でもわかった。

それでも、二、三日もすれば帰れると思っていた。

だから「大切な存在《もの》」を置いてきてしまったんだ。

あれから一年二ヵ月。現在のQ町は、居住が五年以上制限される「帰宅困難区域」になっている。一時帰宅するときは、防護服を着込まないといけない。帽子とマスクのせいで五月とは思えないくらい蒸し暑いけれど、「絶対にはずしてはいけない」と言われている。目に見えないだけで、この辺りは大量の放射性物質で汚染されているのだ。また住める日は来るのだろうか、なんていう不安を抱けるだけ、俺は幸せだ。

だって母さんは、避難指示を聞くことすらできなかった——。

「タータッタッ、タータタン、タータータタタン」

また『新世界より』を口ずさみ、意識を強制的に現実《いま》に合わせた。

しっかりしろ。母さんの望んだとおり、俺は強くなったんだから。

公園を離れて歩き出す。目的地は、アパートの裏手にある神社だ。小高い丘の上にあるので、回り道をしないとたどり着けない。

急ごう。あいつは生きてるに決まってる。早く見つけてやらないと。

「そこの少年」

後ろから声が飛んできた。アニメのヒロインのようにかわいらしい一方で、深みもあって落ち着いた、あまり耳にしたことのない声音だ。振り返った俺は、相手の姿を見て――息を呑《の》んだ。

その女《ひと》は、ものすごい美人だった。切れ長の両目、きりりとした鼻筋、桜色の唇、透けるように白い肌……見惚《みと》れるところをあげればキリがない。

肩の辺りで切りそろえられた髪は、輝くような銀色。派手すぎるけれど、びっくりするほど整った顔立ちとぴったり合っている。女神さまなんじゃないか、と本気で思った。

でも息を呑んだ理由は、それじゃない。

顔立ちだけでなく、髪の色や長さまでわかること――早い話、帽子もマスクも一切装着していないからだった。

なんと、防護服すら着ていない。白いブラウスと、膝《ひざ》まであるグレーのスカートを纏《まと》い、黒いストッキングを穿《は》いている。左手首には、紅《あか》い宝石があしらわれたブレスレットをつけていて、駅にいるような「オシャレなＯＬ」にしか見えない。

なんでここで、こんな格好を？

女性は、俺の目を見ただけで驚いている理由を察したらしい。左手で、ブラウスの襟をつまみ上げる。

「わたしはQ町役場に依頼されて、一時帰宅者のお手伝いをしているの。身軽に動けるように、防護服は着ていない。放射性物質の影響を避ける薬を飲んでいるから問題もない」

そんな薬は聞いたこともないし、あったとしても、放射性物質が体内に入りすぎたら悪い影響があるはず。本当に大丈夫なのか？

まじまじと見つめてしまう俺を無視して、女性は言う。

「わたしは音宮美夜《おとみやみや》。『美夜』と呼んで。君は？」

「も……森玲生《もりれお》です」

勢いに呑まれて名乗ると、美夜さんは、なぜか眉《まゆ》（ここも銀色だ）をひそめた。

「俺、なにか失礼なことを言いました？」

「ごめん、気にしないで。わたしの問題だから」

どういう問題なのか俺が訊《たず》ねる前に、美夜さんは言う。

「声が蒼《あお》くなくて安心したよ。自殺するつもりはなさそうだね」

声が蒼？　自殺？

「どういうことですか？」

「わたしには声が視えるの。共感覚があるから」

共感覚——聞いたことがある。一つの感覚と一緒に別の感覚も反応する、特殊な知覚現象のことだ。これを持っている人は、音が視えたり、においが聞こえたりするらしい。なんらかの脳内メカニズムによって起こると言われているけれど、はっきりした原因は不明。

俺がそう言うと、美夜さんは「話が早くて助かる」と頷《うなず》いた。

「わたしの共感覚は規格外に強力で、どんな些細《ささい》な音も視えてしまう。しかも殺人願望の声は紅く、自殺願望の声は蒼く視える。玲生くんが子どもなのに一人で歩いているから、死ぬつもりなんじゃないかと心配して声を視てみたというわけ」

「そんな共感覚があるんですか？」

半信半疑の俺に、美夜さんは左手で前髪をかき上げ、形のよいおでこを出した。

「子どものころは普通の共感覚だったんだけど、十年前、中学生のときに階段から落ちて頭をぶつけてこうなった。事故の影響で共感覚が発現する例もあるから、わたしのように突然変異的な変化を起こすことがあっても不思議はないよ。共感覚については、未《いま》だにわかっていないことの方が多いんだから」

そんな共感覚は絶対ない、とは言い切れないし、信じてもいいけど……。なんとなく納得しつつ、頭の片隅で美夜さんの年齢を計算する。

十年前に中学生だったということは、いまは最低でも二十二歳、最高なら二十五歳。大人だな。身長だって、一六〇センチに満たない俺より五センチは高い。

でも胸は……ブラウスの上からでもはっきりわかる。どう見ても小学生級《レベル》……。

「どうしたの？」

「なんでもありません」

慌てて首を横に振る。胸をガン見してしまうなんて。でも、どうしても気になって……ばか、そんな場合じゃないだろう。

美夜さんは、俺の動揺にはお構いなしに訊ねてくる。

「それで玲生くんは、一人でなにをしているの？　大人が一緒じゃないの？」

嘘をつく必要はない。早く進むために、正直に話そう。

「猫をさがしているんです」

2

俺は生まれも育ちも、福島県Q町だ。父さんは俺が四歳のときに病死。それからは母さんが小学校の事務員をしながら、女手一つで育ててくれた。

友だちはたくさんいたし、近所の大人たちも優しかった。母さんが仕事で遅くなると、アパートの大家さんや隣のおじさんが俺の面倒を見てくれる。母さんは時折、お返しにお菓子をつくって持っていく。

母さんのお菓子はおいしくてみんなに喜ばれ、子どもから大人まで、いろいろな人が家に食べにくることもあった。だから、父さんがいなくてさみしいと思ったことはない。毎日が楽しかった。

一つだけ不満なのは、母さんがいつまで経っても俺を子ども扱いしていたことだ。母さんは「強くなってほしくて、百獣の王獅子《レオ》からあんたの名前をつけたのよ」と、よく言ってきた。でも俺は典型的な文化系で、母さんと違って背が低くて華奢《きゃしゃ》だし、強くなるなんて無理。そう返す度に、母さんは「ふふん」と鼻を鳴らして言った。

「本当の強さは、もう少し大人にならないと玲生にはわからないだろうね」

「本当の強さ」とはなんなのか。いくら訊ねても、母さんは「まだ子どもだから、言ってもわからない。もう少し大きくなったら教えてあげる」の一点張りだった。訊《き》くだけ無駄なので、中学生になってからは無視《スルー》してきた。でも、いつか教えてもらえる日が来ると当たり前のように思っていた。

その日が来る前に、母さんは津波に呑まれた。

職場の学校が、海の近くにあったせいだ。あんなに大きな津波が来るとは予想できなかったらしい。

このことを俺は、三月十一日から一週間後、福島県A市にある叔母《おば》さんの家で知らされた。母さんを見つけてくれた自衛隊員によると、学校は津波のせいで窓が全部割れ、屋上にはひっくり返った車が載っていたそうだ。

そう教えてもらっても、俺は泣かなかった。叔母さんは「無理しなくていいのよ」と言ってくれたけれど、別に無理なんてしていない。

友だちの中には、行く当てがなくて、生活の見通しが立たない子もいる。それに較べたら、叔母さん夫婦に引き取られ、住む家も転校先も決まった俺は恵まれているじゃないか。母さんが死んでしまったことはものすごくかなしいけれど、泣いたりしたら罰が当たる。

周りに弱いところを見せず、自分の力でかなしみを乗り越える——これが母さんが言っていた「本当の強さ」だよね。俺がもっと大人になって、かなしい経験をしたら教えてくれるつもりだったんでしょう？　一人でも答えにたどり着いたよ。そして「本当の強さ」を手に入れた。安心して。

あの日から毎日、母さんの遺影に手を合わせ胸を張っている。

そう。母さんが望んだとおり、俺は獅子《レオ》のように強くなったんだ。

だから、学校で原発いじめに遭っていてもどうってことない。「森玲生に近寄ると放射能が感染《うつ》る」「賠償金で遊んで暮らしてる」などと言われても、全然気にならない。

あいつらの声なんて、単なる空気の振動じゃないか。そんなものは存在しないのと同じ、存在しないのと同じ、存在しないのと同じ、存在しないのと同じ、存在しないのと同じ、存在しないのと同じ、存在しないのと同じ。

あいつらが俺に聞こえるように騒ぎ出しても、教室から逃げないで、椅子に座ったまま何度も自分にそう言い聞かせている。

「こいつ、『存在しないのと同じ』とか呟《つぶや》いてる」

「マジで気持《キモ》ち悪《ィ》いわ」

「放射能で頭がおかしくなったんじゃね？」

そんな言葉だって、「存在しないのと同じ」。心臓が加速したり、耳たぶまで熱くなったり、全身が小刻みに震えたりするのも、全部気のせいだ。

当然、叔母さんたちにこのことは話していないし、話す必要もない。

それより俺が考えるべきなのは、置いてきてしまった大切な存在《もの》――ムスのことだった。

ムスはオスの虎猫で、推定四歳。いつもふてくされたように「ムスッ」とした顔をしているから、ムスと名づけた。

もともとは人間に決して近寄らない、自由気ままな野良猫だった。

それが変わったのは三年前。工事現場を散歩していたムスは、強風で崩れた木材の下敷きになった。偶然その場に居合わせた母さんが助け出したときには、頭から大量に血を流し虫の息だったという。それでも動物病院で緊急手術をしてもらった結果、奇跡的に一命を取り留めた。

退院したムスは、我が家で引き取ることになった。優しい大家さんが「どうせ古いアパートだから」と、飼うのを許してくれたおかげだ。

ムスは恩を感じたのか、母さんにやたらなついた。自由気ままだったのが嘘のように、母さんが呼ぶと、すぐに駆けてくるようにもなった。

そのくせ、母さん以外の人間には寄りつきもしなかった。一緒に暮らしている俺ですら、触れるようになったのは半年経ってからだ。しかも、俺が風邪をひいてマスクをすると、狙いすましたように離れていく。

「風邪がうつったら困るからだよね。ムスちゃんは賢いねえ」

文字どおり猫かわいがりする母さんは手放しでほめていたけれど、実のところムスは、賢いのかばかなのかわからない猫だった。

野良猫時代は近所の庭木で爪を研いで迷惑がられていたのに、猫用の爪研ぎを買うと、すぐにそちらを使うようになった。かと思えば、いくら躾《しつ》けてもトイレは近所の庭で続けて、やっぱり迷惑がられていた。

言いたいことはいろいろあるけれど、ムスが大切な家族であることは確かだった。その家族を、俺は置き去りにしてしまった。

三月十一日の後に出された避難指示では、ペットを連れていくことができなかったのだ。すぐに帰宅できると思っていたし、充分な餌があるから数日くらい大丈夫、と油断したのがいけなかった。

避難区域への一時帰宅が始まったのは、震災から二ヵ月後。同じころ、環境省と福島県によるペットの保護活動も始まったが、保護された動物の中にムスはいなかった。

今年一月からは、一時帰宅した際にペットの連れ帰りもできるようになった。でも国の方針で、十五歳未満は、原則、避難区域に立ち入ることはできない。

一月の時点で、俺はまだ十四歳。代理人申請した叔母さんたちが一時帰宅してさがしても、ムスは見つからなかった。でもムスは、元野良猫なのだ。絶対にしぶとく生きている。俺が行けば、必ず見つけられる。

そう信じれば信じるほど時間の流れが遅くなるように感じる中、ようやく五月が来て、俺は十五歳になった。すぐに役場に申請を出し、遂に今日、念願の一時帰宅が実現した。

午前八時五十分、叔父《おじ》さんの車で避難区域外の体育館に行った。今回の一時帰宅者は約百人。受付で、立ち入り許可証や、放射線を測る線量計、連絡用のトランシーバーを渡される。

それから防護服に手袋、ゴーグル、マスクで全身を覆い、靴にはビニールまで巻いた。これで放射性物質を遮断できるらしいけれど、防護服は雨合羽《あまガッパ》よりもぺらぺらで心許《こころもと》ない。

もちろんムスのためには、そんなこと気にしていられない。

体育館を出ると、再び叔父さんの車で移動した。検問所を通りすぎてすぐ、車窓から見える風景に違和感を覚える。理由は、すぐにわかった。

道の両端に生えた草木の背丈が、異様に高い。

人の手が入らないから伸び放題なんだ。中には、見上げるほどのものもある。そんな草木が、道の先の先まで続いている。

緑の壁のようなそれは、春の陽射しに照らされ瑞々《みずみず》しく輝いているのに、ただただ気味が悪いだけだった。

青く澄んだ空が震災前と少しも変わらないから、余計にそう感じるのかもしれない。

間もなく、Q町に到着した。住んでいたアパートから徒歩三分のところにあるスーパーの駐車場でとめてもらい、車を降りる。電気が通っていない店内は真っ暗だ。

「じゃあ、行ってきます」

「ムスが警戒するから、叔母さんたちはついてこないでほしい」ということで、話はつけてある。

「しつこいけど、一時間だけだからね。なにかあったら、すぐに連絡してよ」

叔母さんはトランシーバーを掲げながら、癖なのか、いつものように首を回した。

避難区域に滞在できるのは、五時間以内もしくは四時間以内。原発に近いQ町は後者だ。往復の時間を差し引いても、俺が一人で行動できるのが一時間というのは短すぎる。でも叔母さんたちにしてみれば、精一杯の譲歩なのだろう。

「わかってるよ」と頷き、俺はアパートに向かった。手にはビニール袋。避難区域内のものは、この袋に入れて持ち出さなくてはならない。写真や文集など思い出の品を詰める人もいるらしいが、俺はそんな感傷に浸っている暇はない。

ムスを連れ帰る。それだけだ。

そのために、ビニール袋には動物用のケージを入れてある。

アパートは、つくりがしっかりしているおかげで、窓や壁にひびが走っていても倒壊の危険はなさそうだった。安心して中に入り、ムスの名を連呼しながらさがし回る。

どこにもいない。

外に出て、雑草をかき分けアパートの周りをさがしても、やっぱりムスはいなかった。トイレにしていた近所の庭も同様。

となると、アパートの裏手にあるQ神社にいる可能性が高い。ムスはよくそこの境内でごろごろして、全身を土まみれにしていた。

叔母さんたちと別れてから、既に三十分が経っている。急がないと。

そう思っていたのに、公園でつい足をとめてしまい、気合いを入れ直して神社に向かっている最中、美夜さんに声をかけられたのだった。

§

美夜さんには「置き去りにしたペットの猫をさがしにきた」とだけ説明する。そういう被災者は珍しくないし、これで話は終わるはずだったのに。

「わかった。一緒にさがしてあげよう」

思いがけない言葉が飛んできた。

「猫なんて自由気ままにうろうろするから、どこにいるかわからないでしょう。時間もかぎられてるし、一緒にさがしてあげる。お姉さんに任せなさい」

美夜さんは、左手を腰に当てて胸を張る。頼もしくて、確かに「お姉さん」に見える。でも、肝心の張られた部位は小学生級《レベル》……って、またガン見してしまった。マスクのおかげで、表情を見られないのは幸いだ。俺はさりげなく、視線を美夜さんの顔へと移す。

「うちのムスは知らない人がいると警戒するから、一人の方がいいんです」

「だったら離れたところで見てるし、ムスちゃんが逃げ回ったときに備えて――」

「大丈夫です。ありがとうございました」

美夜さんを遮って頭を下げ、背を向けた。少し歩いたところで、首を回すふりをして振り返る。美夜さんは眉根《まゆね》を寄せてはいたものの、追いかけてはこなかった。

少しだけ、申し訳ない気持ちになる。

美夜さんの言うとおり、本当は、離れたところで見ていてもらっていた方がいい。ムスが心を許しているのは、母さんだけなんだ。俺にはなかなか近づいてこないだろうし、近づいてきても、ケージに入れられそうになったら暴れるに決まっている。そのときに手を貸してもらえれば助かる。

でも母さんに強くなったことを見せるためにも、一人でなんとかしたかった。

年齢制限のせいで避難区域に入れず、叔母さんたちに任せるしかない――あんな情けない思いは、二度としたくない。

そのための秘策も、ちゃんと用意してきた。

Q神社に向かって歩を進める。震災前に何度も通った道だ。

道端の家は、屋根瓦《やねがわら》が全部落ちたり、いつ崩れてもおかしくないほど傾いたりしていた。庭はどこも荒れ放題で、中には、牛がのんびり草を食《は》んでいるところもある。ぎょっとしたけれど、牛の方は俺を見向きもしない。

なまじ、もとの面影をとどめているだけに、記憶との違いが余計に際立つ風景だ。

そのくせ空は、記憶の中と同じように青く澄んでいる——。

自分に染み込んできた青を振り払うために首を振り、丘を登る。

この先にあるQ神社は、小さな境内に樹木が生い茂った、昼間でも薄暗い神社だ。手入れされなくなったいまは、さらに鬱蒼《うっそう》としているに違いない。

昔はよく、みんなでかくれんぼをしたっけ。今度は感傷に浸らないようにしないと。

決意を新たにしているうちに、Q神社に着いた。木々の枝が伸び放題で、思った以上に鬱蒼としている。動物の糞《ふん》があっちこっちに散乱していることが、遠目にも見て取れる。

眉をひそめて鳥居をくぐった途端、俺の足はとまった。

鳥居の直線上にある、小さな社殿。古くて、ところどころ黒ずんでいる賽銭《さいせん》箱。

その上に、ムスが座っていたからだ。

やせて薄汚れているけれど、この虎模様と、ふてくされたような顔は間違いない。ムスだ。やっぱり生きていた……！

俺が駆け寄ろうとすると、ムスはわずかに腰を浮かした。全身から警戒心が滲《にじ》み出る一方で、両目は興味深そうに俺を見つめている。俺に見覚えはあるけれど、ゴーグルとマスクのせいで顔がわからず困惑しているらしい。

想定の範囲だ。唾《つば》を飲み込んでから、その曲を口ずさむ。

「タータッタッ、タータタン、タータータタタン」

『新世界より』第四楽章の冒頭部分。

これは、母さんに教えてもらった曲だ。

大学でオーケストラ部に入っていた母さんは、クラシック音楽のCDをたくさん持っていた。なにかにつけて俺に聴かせてくれたけれど、どれも全然興味を持てなかった。

唯一の例外が、好きなアニメのBGMに使われていた『新世界より』だ。

壮大に鳴り響く第一楽章。対照的に、心に静かに染み入ってくる第二楽章。一転して、再び激しくなる第三楽章。そして荘厳なフィナーレを迎える第四楽章……聴き入った。

タイトルのとおり、新しい世界から降ってくるような音楽だと感動したけれど、ドヴォルザークが一八九三年にこの曲を作曲したとき、当時まだ新世界と言われていたアメリカに滞在していたから、こういうタイトルがつけられたらしい。

ムスも、なぜか気に入ったらしかった。母さんがたまたまこの曲を口ずさんだとき、「もっと歌って」と言わんばかりの眼差《まなざ》しで見上げ始めたのだ。

気をよくした母さんは、ことあるごとに『新世界より』を歌うようになった。その度にムスは寄ってきて、両目を真ん丸にし、母さんに熱い眼差しを送っていた。ほかの曲のときも寄ってはきたけれど、『新世界より』に対する反応は段違いだ。

俺の歌声にも、CDの音にも見向きもしない。そのことが、余計に母さんを喜ばせた。

ムスは母さんが歌う『新世界より』がお気に入り。だったら、俺が母さんそっくりの声で『新世界より』を歌えば寄ってきて、確実に捕まえられるはず。

そう考え、叔母さんの家に避難した日から、母さんそっくりの声で歌えるように練習してきた。一方で、いろいろ調べているうちに、声紋は人によって異なり、特徴点というのが百項目以上あって他人と完全に同じ声は出せないことを知った。

そこで近所の猫に、ケータイに残っていた母さんの留守電の声をスピーカーホンにして聞かせる、それから餌をやる……という実験を繰り返した。パブロフの犬のように『母さんの声』が聞こえたら餌が出る」と条件づけしたところで、母さんの真似をした俺の声を聞かせた。最初はうまくいかなかったけれど、練習を重ねた結果、その猫は、餌が出てくると勘違いするようになった。

完全に同じではなくても、猫の耳には同じに聞こえる声を出せるようになったということだ。

母さんが、女性にしては低く、重めの声で、俺は声変わりしても高い声であることが幸いした。

これが俺の秘策――間違いなくムスは寄ってくる。家族を連れ帰ることができる！

「フーッ！」

でもムスは全身の毛を逆立て、うなり声を上げた。俺の唇が硬直する。

その間にムスは賽銭箱から飛び降り、社殿の裏側へと駆けていった。

3

茫然としかけたけれど、すぐに気づいた。

無意識のうちに焦って、練習どおりに歌えなかったんだ。落ち着けば大丈夫。大きく息を吸い込んだ俺は、もう一度『新世界より』を歌い始める。

けれど。

「フガーッ！」

社殿の陰から顔を出したムスは、先ほど以上にいきり立ち、茂みに駆け込んでしまった。残された俺は、口を半開きにしたまま今度こそ茫然としてしまう。

母さんと同じ声で歌ったのに、近づいてこないならまだしも、逃げるなんて。どうして？　やっぱり母さんじゃないとだめなのか？

暑さとは違う理由で噴き出た汗が、背中をじっとりと濡《ぬ》らしていく。呼吸が乱れ、急激に息苦しくなる。マスクをつけているせいで余計に……マスク？

わかった、マスクだ。これを通しているせいで、母さんの歌声と違って聴こえるんだ！

ムスには、いきなり現れた白ずくめの人間が威嚇しているように思えたのかもしれない。だから逃げ出した――これで説明がつく。

要は、マスクを取って歌えばいいということだ。

「絶対にはずしてはいけない」と言われてはいる。でも、少しくらいなら……急いで『新世界より』を歌えば……。放射性物質なんて関係ない。俺は強いんだ。ムスのためにも……。

ぎこちなくマスクに近づいていく、俺の右手。

それを、横から伸びてきた手が鷲《わし》づかみにした。悲鳴を上げながら顔を向ける。

「マスクをはずしたらだめでしょ」

やわらかな声音でそう言ったのは、美夜さんだった。

「な……な……な……なんで、ここに……」

心臓がばくばくと音を立てて、うまくしゃべれない。

「君が心配で、こっそり後をつけてきたの。なにかあったみたいね。話してごらん」

美夜さんは俺の右手を放し、静かに微笑む。ふっ、と気が緩む。その途端、口が勝手に動き出した。ムスのことや、母さんの声で『新世界より』を歌えるように練習したことなどを一気に話す。

「なるほど。お母さんとそっくりな声色で歌ったのに、なぜかムスちゃんが逃げちゃったのか」

俺が我に返ったのは、美夜さんが小さく丸めた左手を口許《くちもと》に当てて呟いてからだった。初対面の人に、全部話してしまうなんて。深呼吸をしてから、俺は口を開く。

「お騒がせしました。マスクを取って歌えばいいだけの話です」

「それはどうかな。玲生くんのお母さんは、マスクをして『新世界より』を歌ったことはなかった？」

「ありましたよ。花粉症で、春は鼻をぐずつかせていたし」

「そのときムスちゃんはどうだった？」

「……いつもどおり、近づいてきましたね」

ムスが逃げた理由とマスクは関係ない……。整えたばかりの呼吸が、また乱れていく。

「お母さんの声は残ってないの？」

「歌声はありませんけど、留守電なら」

役場からは、電波が不安定だけれど、念のためケータイを持ち歩くように言われている。防護服にはポケットがないので、ビニール袋に入れておいた。取り出し、ぱかっ、と開いてディスプレイを見る。

その瞬間、俺は「あ」と声を上げそうになった。

美夜さんに渡すべきか迷ったけれど、どうせ時間の問題なので、「このボタンを押せば留守電が再生されます」と言って手渡す。美夜さんはケータイを耳に当てると、親指でボタンを押した。録音された母さんの声が、微《かす》かに漏れ聞こえてくる。

〈母さんです。今夜は遅くなります。冷蔵庫にご飯があるからあたためて食べて〉

この声とそっくりに歌えるように、何度聞き返したかわからない。

俺に残された、母さんのたった一つの肉声であることは考えないようにしていた。

「へえ。こんな声があるんだ」

留守電を聞いた美夜さんは、切れ長の目を大きくして呟く。

「なにを驚いてるんですか」

「きれいな声だと思っただけ。君の歌声は、お母さんと同じように聞こえるね」

母さんの声はお世辞にもきれいとは言えないし、「同じように聞こえることは聞こえる」というのも引っかかる言い方だ。訝《いぶか》しむ俺に、美夜さんはケータイを返して言った。

「この留守電をスピーカーホンにして流してみよう。ムスちゃんは、お母さんが呼んだら寄ってきたんでしょう。何度も流したら近づいてくるかもしれない」

「無理ですよ。ケータイの電池が切れそうなんです」

さっき俺が声を上げそうになった理由は、これだった。

「電池残量が少ないというメッセージが出ていたから、きっともうすぐ――」

言っている途中で電池が切れ、ディスプレイが真っ黒になった。

秘策に気を取られて、充電してくるのを忘れるなんて……っ！

奥歯を噛《か》みしめ、腕時計に視線を落とす。叔母さんと約束した時間まで、残り十分を切った。

「電池切れか。なら、別の方法を考えないとね」

「いいですよ、もう」

俺はゴーグルとマスクの下で、無理やり笑顔をつくった。口を開きかけた美夜さんがなにか言う前に、続ける。

「もう時間もありませんし、今回は潔くあきらめます。力不足でした。出直しです」

本音じゃない。自分の弱さを受け入れるふりをして、ムスを助けられなくて自棄《やけ》になりそうなことをごまかしているだけだ。

――いまの俺を見たら、母さんは「玲生」と名づけたことを後悔するだろうな。

ふと思った瞬間、母さんが死んでから胸の奥に封じ込めていた感情が、みるみるうちに膨らんでいった。

「俺は自分に『強い』と言い聞かせているだけで、本当は弱いままだったみたいです。だからムスは連れ帰れないし、学校では放射能が感染《うつ》るとか、賠償金で遊んでいるとかいじめられる。自業自得ですよね」

こんなことまで口にしてしまうなんて。気にしていないはずだったのに。あいつらの声なんて、存在しないのと同じはずだったのに。

無意識のうちに、空を見上げていた。

青い。震災の前と、まったく変わっていない。

俺も、変わっていなかったんだ。

いまの俺の声は、共感覚者の美夜さんにはこの空と同じ色に……自殺願望の色に見えるかもしれな——ぐっ？

「しっかりしなさい」

腰を屈《かが》めた美夜さんは、両手で俺の顔を挟んでにっこり笑った。

「いじめなんて、やってる奴の方が弱いに決まってる。君の自業自得なんてこともない」

アニメのヒロインのようにかわいらしい声は、深みが増して、澄んだ水のようだった。荒ぶっていた感情が、少しずつ凪《な》いでいく。

「お……お見苦しいところをお見せしました。かっ、こ悪かった……ですね、俺」

しどろもどろに言う俺から手を放し、美夜さんは首を横に振る。

「気にしなくていい。かっこ悪いと自覚することをたくさんした子どもが、かっこいい大人になるんだから」

こんなことを、さらりと言ってくれるなんて。この人は、本当の意味で大人なんだろう。顔がびっくりするほど整っていることもあって、いまさらどきどきしてきた。

もっとも、胸は。

「小学生級《レベル》だ」

どきどきのせいで、その一言が口からこぼれ出てしまった。慌ててごまかすより早く、美夜さんは言う。

「それ、わたしの胸のことだよね」

「え？　なんのことですか？」

「とぼけても無駄。さっきから、残念なものを見たときの眼差しを向けているもの」

「ええと……」

しどろもどろになる俺に、美夜さんはにこにこ顔を近づけてきた。

ものすごく機嫌がよさそうなのに、なぜかこわい。

「十代のときは、楚々《そそ》とした乳だの、色気のかけらもない胸だの、神さまが手抜きしてつくった物体だの言われても平気なふりをしていた。でも、我慢するのはやめたの。わたしだって大きくなくていいから、せめて人並みにはなりたかったよ。ほかの子より成長が遅いだけだと信じてたんだよ。そうじゃないとわかったときの気持ちが、君にわかる？」

美夜さんの声は段々と大きく、裏返っていった。にこにこ顔は変わらないのに、こわさが増している。ああ、なんてことだ。

この人は、全然大人じゃなかった！

俺が二歩後ずさると、美夜さんは三歩迫ってきた。

「まあ、君にわかるはずないよね。君くらいの年ごろの男子なんて、女性の胸に——」

さらに大きくなり、裏返った美夜さんの声が、突然とまった。にこにこ顔から一転して真顔になり、そして。

「らー」

叫んだ。

「ど……どうしたんですか？」

訊ねても答えず、美夜さんは「らー」と叫び続ける。

それも、さまざまな大きさや声音で。

4

「らー」

叫ぶ美夜さんを、俺は呆気《あっけ》に取られたまま見つめることしかできなかった。訳がわからないけれど、放っておくわけにもいかない。でも、どうしたら……。おどおどしていると、美夜さんは一際大きく、裏返った声で「らー」と叫んで頷いた。

「この声だ。間違いない」

「なにがですか」

「君のお母さんの声と、よく似た色と形をした声」

「母さんの声と全然違うじゃないですか」

母さんは、女性にしては低く、重みのある声なのだ。美夜さんとはまったく違う。裏返った声なら、なおさらだ。

「耳で聞く分には違うけど、わたしの共感覚には似たように視えるの。わたしの声は、四方八方に飛び散っていく銀色の糸。自分で言うのもなんだけれど、クリスマスのイルミネーションみたいにきれいなのよ。君のお母さんの声は、わたしの声と較べたら一本一本の糸が細いし、量も少ない。でも、色はそっくりで驚いた。あんなに自分と似た色をした声は、初めて視たから」

留守電を聞いたとき、美夜さんが「こんな声があるんだ」と呟いた理由がわかった。全然違う声の視え方が似ているなんて奇妙だけれど、人間の声の特徴点は百項目以上あるのだ。共感覚が反応する点《ポイント》によって似たとしても不思議はない。

「わたしがさっき出した声は、糸が細くなって、さらにお母さんの声に近づいた。あくまで『近づいた』だけで量が全然違うから、別人の声だということは一目でわかるけどね。それから君の声は、目に痛い」

いきなり告げられた一言は意味がわからなかったけれど、反射的にマスクに両手を当ててしまう。美夜さんは苦笑いした。

「ごめん、言い方が悪かった。わたしには、君の声が蛍光ピンクのぎざぎざに見えるの。形はそうでもないんだけど、色がきつすぎて、目に突き刺さってくる。最初に視たときは、思わず眉をひそめてしまった。わたしの共感覚の視え方の問題であって、君はまったく悪くない――ムスちゃんも、君の声の視え方が苦手なんだと思う」

そういうことか、と思う間もなく、美夜さんはまたも意味がわからないことを言って、さらにこう続けた。

「ムスちゃんは共感覚者だよ」

「そんなばかな！」

大きな声を上げてしまった俺に、美夜さんは頷く。

「そうね。『者』は人を指す言葉だから、この場合は『共感覚猫《キャット》』と呼ぶべきね」

「そういうことを言ってるんじゃなくて……」

「共感覚猫《キャット》になったきっかけは、木材の下敷きになったことだと思う。ムスちゃんは頭から大量に血を流していたんでしょう。そのときの衝撃で脳になんらかの変異が生じて、共感覚が発現した。わたしは頭を打って共感覚が強化されたし、事故の影響で共感覚が発現する例もあるからね」

俺の抗議を意に介さず、美夜さんは前髪を上げて額を見せる。

「共感覚に関しては、わかっていないことの方が多い。人間以外の動物が共感覚を発現しないとは言い切れないわ。

事故に遭った後のムスちゃんの行動も、共感覚猫《キャット》になったことを裏づけている。ほかの人間には寄りつきもしなかったのに、お母さんが呼んだら寄ってくるようになったのは、声が好みの形状に視えたから。特に『新世界より』を歌っているときの視え方が好みだったんだろうね。あの曲に合わせた声の動きがきれいだったんだと思う」

『新世界より』を口ずさむ母さんを、ムスは「もっと歌って」と言わんばかりの眼差しで見上げていた。あのときのムスは、『新世界より』に聴き惚《ほ》れていたのではなく、視惚れていたのか……と納得しかけたけれど。

「やっぱりおかしいです。俺が母さんと同じ声で『新世界より』を歌ったのに、ムスは逃げちゃったんですよ」

「声紋と同じように、声の形状も人によって異なる。声音を変えたら多少は色や形が変わるけれど、基本《ベース》となる視え方は変わらないの。だからわたしのように強力な共感覚者には、似たような声音でも違うものに視える。ムスちゃんの共感覚も強力で、お母さんと君の声は違うものとして知覚しているんだと思う」

――君の歌声は、お母さんと同じように聞こえることは聞こえるね。

美夜さんがなんだか引っかかる言い方をしたのは、視え方が違うからだったのか。

「ムスちゃんは、もともと君の声の形状が得意ではない。だから、なかなかなつかなかった。君が風邪をひいてマスクをつけたら、声の形状が微妙に変化して耐えられないほどになったので離れていった。さっき歌ったとき逃げたのも、マスクを通しているせい。対照的にお母さんの声は、マスクで変化しても好みのままだった」

段々と腑《ふ》に落ちていく。ムスは、いくら躾けてもトイレは近所の庭で続けたのに、爪研ぎはすぐに猫用のものを使うようになった。きっと、あれで爪を研いだときに視える音が好きだったんだ。

「共感覚による知覚の仕方は各自で異なるけど、わたしとムスちゃんの視え方は似た傾向にあるみたい。お互い、頭を強く打ったことが関係しているのかもね。だから、お母さんの声はきれいに視えるし、マスクを通した玲生くんの声は苦手。つまり、わたしがお母さんと似た形状の声で『新世界より』を歌えば、ムスちゃんが近づいてくる可能性は高い」

大きく息を吸い込だ美夜さんは、先ほど「これだ」と断定した声で『新世界より』を歌い始めた。喉《のど》に負担がかかりそうな歌い方だし、裏返りすぎて、正直、聞き苦しい。

それでも茂みから、ムスがゆっくりと顔を出した。

いつもの「ムスッ」とした顔と違い、両目を真ん丸にして、美夜さんの方をじっと見つめている。母さんが『新世界より』を歌っていたときの顔だ。

間違いない。ムスは、この声を視ている。

美夜さんは『新世界より』を歌い続ける。母さんの声と完全に同じ形状ではないからだろう。ムスの歩みは遅い。それでも少しずつ近づいてくる……と思った次の瞬間。

「けほっ！」

突如、美夜さんが咳《せ》き込んだ。思った以上に喉に負担がかかっていたらしい。両手で口を覆ってむせている。大きな音に驚いたムスは、再び茂みに駆け込んでしまった。

「ごめんね。やり直す」

笑ってくれた美夜さんの声は、微かに嗄《か》れていた。あんなに咳き込んだのだから当然だ。薬を飲んでいるらしいけれど、放射性物質が大量に体内に入っただろうし……。

「後は、自分でなんとかします」

両手の拳《こぶし》を握りしめ、俺は絞り出した。

「なんとかならないでしょう」

「今回はそうですけど、次の一時帰宅でなんとかします。ちゃんとケータイを充電してきて、母さんの留守電をムスに聞かせます」

「ムスちゃんからすると、まったく同じ音が視え続けることになるのよ。却《かえ》って警戒するかもしれない。それ以前に、次の一時帰宅までムスちゃんが無事かわからない」

そのとおりだ。でも……。

「母さんは、俺に強くなってほしいと言っていた。その気持ちに応《こた》えるためには、自分の力でなんとかしないといけない。これ以上、無関係の美夜さんに迷惑をかけるわけにはいかないんです！」

話しているうちに、声がどんどん熱を帯びていった。拳にはさらに力がこもり、掌に爪が食い込む。

対して美夜さんは、不思議そうに小首を傾げた。

「周りに上手に頼れる人だって『強い』と言えるでしょ」

意味がわからず、頭の中が真っ白になった。

風が吹く。境内の葉叢《はむら》のざわめきが聞こえてくる。

その音が徐々に大きくなるにつれ、美夜さんが口にした言葉の意味が少しずつ鮮明になっていった。

「ただでさえ一人で生きていくのは大変なのに、震災のせいでなおさらそういう世界になっちゃったんだから。周りに上手に頼りなよ。そういう人は、頼りたがっている人の気持ちもわかるだろうし」

朝起きたら顔を洗おうね、くらいの口調で語る美夜さんは、どこから見ても立派な大人だった。

俺がなにも返せないでいるうちに、美夜さんは一つ咳払《せきばら》いして、再び『新世界より』を歌い始めた。裏返りすぎて全然上手ではないけれど、それでも荘厳に響き渡る第四楽章。その歌声を聴いているうちに、母さんの姿が脳裏に浮かび上がってくる。

母さんは、周りに上手に頼っていた。だから仕事で帰りが遅くなると、近くの大人たちが俺の面倒を見てくれた。母さんがつくったお菓子を食べにくる人たちがいたから、父さんがいなくても、俺はさみしくなかった。

これが母さんが言っていた「本当の強さ」なのかもしれないね。俺がたどり着いた「本当の強さ」より、母さんらしい気がする。でも当たっているかどうか、確かめようがない。

母さんが答えを教えてくれることは、永久にないのだから。

視界が滲みかけたけれど、前を向く。

美夜さんの『新世界より』に引き寄せられ、ムスが再び茂みから姿を現した。両目を真ん丸にしながら、先ほどよりも慎重な足取りで、一歩一歩美夜さんに近づいてくる。

喉に負担がかかっているのだろう、美夜さんは苦しそうに目を眇《すが》めているが、それでも歌い続ける。声を出すわけにはいかない俺は、心の中でエールを送りながら身構える。

繰り返される、第四楽章の有名なフレーズ。ムスは徐々に速足になり、遂に美夜さんの目の前で足をとめる。

その瞬間、俺は後ろからムスを抱きかかえた。

一年二ヵ月ぶりに触るムスは、見た目よりも軽くて、抱きしめる手に自然と力がこもった。

美夜さんの歌声に視惚れていたおかげで、ムスをすんなりケージに入れることができた。

美夜さんは、これからほかの一時帰宅者を手伝いにいくという。

「今度、連絡します。そのときに改めてお礼をさせてください」

そう言って美夜さんと別れた俺は、トランシーバーで叔母さんに連絡した。神社を出て丘を下っている途中で、叔父さんの車がやって来る。

俺はムスが入ったケージを掲げ、車に乗り込んだ。

「よかったな」

叔父さんが、両手の親指を上げる。

「よく見つけたねえ」

叔母さんはそう言って首を回した。いつもの癖……いや。

「もしかして、肩が凝《こ》ってる？」

おずおずと言うと、叔母さんはゴーグルの向こうで目を丸くした。

「まあ、凝ってるけど」

「なら、帰ったら揉《も》むよ」

その一言は、自分でも驚くほどするりと口から飛び出した。

「初めてじゃないか。玲生がそんなことを言うの」

叔父さんが、がっしりした肩を揺すって笑う。「そうだね」と呟いた叔母さんは、円形の目を糸のように細くしていた。

一年以上も一緒に暮らしているのに、癖だと思い込んでいたなんて。顔が赤くなってしまう。

でも一言言っただけで、こんなに喜んでくれた。

声は、単なる空気の振動ではないのかもしれない。俺には視えないけれど、ムスや美夜さんには視えるのだ。「存在しないのと同じ」はずがない。

だから叔母さんたちは喜んだし、「放射能が感染《うつ》る」なんて言われたら当然――。

「辛《つら》かったんだね。生まれ育った町がこんなになってるんだからね」

叔母さんに言われてから、自分が泣いていることに気づいた。涙を拭《ぬぐ》おうとしても、ゴーグルに邪魔されてできない。なす術《すべ》もなく、頬を流れ落ちる涙。その感触が導火線になり、感情があふれ出していく。

いますぐこの人たちに話したい。町がこうなったことだけじゃない。母さんが死んでかなしいことや、友だちに会えなくてさみしいこと、そして、学校で原発いじめに遭って苦しいことを――全部。

母さんが死んでから初めての涙を流しながら、強く思った。

§

あれから何年も経った。あのころ使っていたケータイは「ガラケー」と呼ばれるようになって見かけることはすっかり減り、スマホ全盛の時代になって久しい。

原発いじめは完全にはなくならなかったけれど、友だちができたおかげで、なんとか乗り切ることができた。

ムスは年を取っても、まだまだ元気だ。相変わらず俺の声は苦手らしいけれど、一応、飼い主とは認めてくれたのか、呼んだら三回に一回は寄ってくるようになった。

マスコミから被災地のニュースは加速度的に減っていったが、復興はまだ全然終わっていない。地元の新聞社に就職した俺は、被災者の声を集めては記事にしている。困っている人にケースワーカーや弁護士を紹介するボランティアも始めた。

最後に、美夜さんについて。

あの日以来、彼女とは一度も会っていない。役場に問い合わせればすぐ連絡がつくと思ったのに、「そんな人は知りません。帰宅困難区域を防護服なしに歩き回るなんてありえません」と、けんもほろろに言われただけだった。記者の人脈を広げながら情報を集めても、なんの手がかりもない。

あの出会いは夢だったのかもしれない、と思う。

だけど、こんな風にも思うのだ。

彼女は、俺が震災後の変わってしまった新しい世界を生きていくために、どこか違う世界から来てくれた、それこそ本当に女神さまだったのではないか、と。

あの日のように空が青く澄んだ日は、新世界《ここ》から美夜さんに語りかける。

ありがとう。こちらはなんとかやっています、と。

解説

遊井かなめ

本アンソロジーは、平成という時代をコンセプトとする小説アンソロジーだ。収録作品はすべて、平成の時代に日本で実際に起きた事件や、流行《はや》った物事などをテーマとしている。ゆえに、背景となった事柄を理解することで、さらに楽しめるし、各編への理解も深まるものと思われる。そこで、アンソロジストの責務として、各作品のモティーフについて解説したい。

「加速してゆく」青崎有吾

青崎有吾「加速してゆく」は、作中でも明示されているように、平成十七年（二〇〇五年）に起こったJR福知山線脱線事故を題材とする。最終的に乗客・運転士を合わせて百七名の死者と五百六十二名の負傷者を出した同事故は、JRが発足した昭和六十二年（一九八七年）以降で最悪の鉄道事故となった。

作中でも言及されているように、ＪＲ西日本は当初、事故の原因として置き石の可能性を示唆。後に同社は置き石説を撤回したが、一連の対応は批判を浴びることになった。また、事故を巡る報道において、ＪＲ西日本職員たちの劣悪な労働環境が発覚。運行管理や安全管理体制とともに、同社は強く糾弾された。「ブラック企業」という言葉が世に広く認知されるようになったのは、平成二十年（二〇〇八年）頃。平成二十五年（二〇一三年）には流行語大賞を受賞したが、適正な労働環境が平成になって求められるようになったからこそ、私たちはブラックな職場を問題視するようになったのだろう。

　事故後の対応という点では、ボランティアのあり方にも注目が集まった。事故発生直後、救急車不足を補うため、市民ボランティアが乗用車やライトバン、トラックなどで負傷者を病院へ搬送したというニュースは大きく報じられた。このような動きが自発的に起こったのは、平成七年（一九九五年）に発生した阪神《はんしん》・淡路《あわじ》大震災での経験が活《い》かされたからだという見方がある。確かに、同震災以後、特定の党派に由来しないボランティア活動が全国的に浸透したように思う。

　こうして見ると、ＪＲ福知山線脱線事故は〈平成〉が凝縮されたような事件であったといえる。

　そんな〈平成的〉な事件を、被害者でも事故に居合わせた人でもなく、事故にざわついた人たち――間接的な当事者とでもいうべき人たち――を主人公に青崎は「加速してゆく」を書いた。事故に感応し、意味を見出してしまった人たちの心のありようを、青崎は繊細に描く。〝平成のエラリー・クイーン〟の異名をとり、ロジカルな推理を描く本格ミステリ作家として評価が高い青崎だが、本作にはそんな彼の新たな一面が現れたといえよう。

なお、本作には平成十七年前後に流行ったものが多く散りばめられている。『1リットルの涙』は、木藤亜也《きとうあや》が綴《つづ》った闘病日記。昭和六十一年（一九八六年）にエフエー出版で書籍化されたが、平成十七年に幻冬舎が文庫化したことで、発行部数二百万部を越えるベストセラーになった。翌年には映画化、テレビドラマ化され、沢尻《さわじり》エリカが主演を務めたドラマ版は最終回の視聴率が二十パーセントを超えた。「冬のソナタ」はペ・ヨンジュンとチェ・ジウ主演の韓流《はんりゅう》ドラマ。平成十五年（二〇〇三年）から翌十六年にかけて日本でも放映され、「ヨン様ブーム」「韓流ブーム」が起きた。「全力少年《ぜんりょくしょうねん》」は平成十七年四月に発売されたスキマスイッチのシングル。三十万枚以上のセールスを記録し、彼ら自身も同曲でブレイクを果たした。

最後に。「金八先生《きんぱちせんせい》」というのは、武田鉄矢《たけだてつや》主演のドラマ「3年B組金八先生」のこと。平成十三年（二〇〇一年）から翌十四年にかけて放映された第六シーズンでは性同一性障がいがテーマのひとつとして大きく扱われた。性同一性障がいを抱える女子生徒・鶴本直《つるもとなお》を演じたのは上戸《うえと》彩《あや》。同作が彼女の出世作となった。

「炎上屋尊徳」井上夢人

ポケベル、PHS、ケータイ、スマホ、タブレット端末……。平成の時代はインターネット環境の普及とともに、情報通信機器も劇的に進化した時代であった。同時に、パソコン通信、2ちゃんねる、前略プロフィール、mixi、Twitter、Facebook、Instagram、TikTokといった「見知らぬ誰かと気軽に繋《つな》がれる場」が、私たちの生活の深くにまで入り込むようになった。情報を、誰でも気軽に瞬時に世界に発信できる時代が到来したのだ。

それに伴って、価値観や風習も変化していった。「いいね」を多くもらうために、過激な投稿や配信を繰り返す者たちが現れるようになった。「インスタ映え」が重視され、映える場所やスイーツに人が群がるようになった。そんな時代にあって、誰もが恐れるようになったのが「炎上」である。

「炎上」とは、ネット上で非難や中傷のコメントが多く集まって収拾がつかない状態を指す。不用意な発言、不謹慎な言動がいきなり注目され、ネット上に晒《さら》され、袋叩《ふくろだた》きに遭う——新しい時代の暴力ともいえるのが、この「炎上」だ。

「炎上」というネット用語は、今や『広辞苑』にも掲載されるほど一般的になった。派生語も多く、炎上状態をさらに悪化させる新たな情報を「燃料」、それまでは無関係だったものが標的になって炎上することを「延焼」、炎上状態を沈静化させようとする動きを「火消し」——といった具合に、火事にまつわる言葉が多いのが面白い。

今では個人も企業も怯《おび》えるようになった「炎上」。それをテーマとするのが、井上夢人「炎上屋尊徳」である。「炎上」にはたまに、なにがきっかけで「炎上」したのかわからないものがある。フォロワー数が少ないアカウントの発言が突然「炎上」するというケースがそれにあたる。自然発火するわけではないから、誰かが見つけ出して「着火」したはずだ。そこに着目したのが本作だ。

今までも、コンピュータ・ウイルスを題材にした『パワー・オフ』（集英社文庫）、AIをテーマにした「ジェイとアイとJI」（講談社文庫『あわせ鏡に飛び込んで』に収録）など、ネットワークにおける個人のあり方を描いてきた井上が（しかも時代を大きく先取りしてきた井上が）、ネット上における「人災」をどう描くのか。そこに注目してほしい。

なお、本アンソロジーは平成にデビューした作家に原稿を依頼したわけだが、「井上夢人は昭和デビューでは？」とお思いになられる方もいるだろう。確かに、岡嶋《おかじま》二人《ふたり》でのデビューは昭和五十七年（一九八二年）だ。しかし、ソロ名義「井上夢人」としてのデビューは平成四年（一九九二年）のこと。紛れもなく、平成デビューなのである。ご安心を。

「半分オトナ」千澤のり子

「つくられた伝統」という言葉がある。たとえば「恵方巻き」。古来から伝わる節分の伝統行事のように現代では扱われているが、恵方巻きが全国的にポピュラーになったのは、平成も半ばになってから。コンビニエンスストアが販売促進キャンペーンを行なうようになったのがきっかけだ（なお、恵方巻きの売り出しがはじめてコンビニで仕掛けられたのは、平成元年のことである）。――このように、本来は伝統ではなかったものが、さも伝統であるかのように扱われてしまうことを「つくられた伝統」という。やはり平成の世になって広まった「江戸しぐさ」もこれに該当する。

平成に生まれた「つくられた伝統」のひとつに「二分の一成人式」がある。「半分オトナ」の中でも説明されているように、小学四年生を対象に行なわれるもので、「半分大人になる記念として、生まれてからこれまでの十年間を振り返る」ことを趣旨とする。平成半ばから全国的に実施されるようになり、小学校で行なわれることがほとんどだ。今ではすっかり定着しているようで、都内でも半数の小学校で年中行事として二分の一成人式が行なわれているのだという。

育ててくれた親に感謝の言葉を伝えるという内容は確かに素晴らしいが、「親を喜ばすことが趣旨となっている」「子どもに感謝の気持ちを強制している」という批判の声も少なくない。ただ、一番の問題は、二分の一成人式を伝統行事のように扱っている点だとは思うが……。もっとも、そもそもの「成人式」自体が「つくられた伝統」であることも、ここに付しておきたい。

そんな二分の一成人式をテーマに短編を書いたのは、子どもが隠し持っている残酷さ、苛烈《かれつ》な環境に置かれた子どもの弱さを描くことに定評のある千澤のり子。本作に登場する子どもたちも実に生き生きと、生々しく描かれている。

なお、本作のテーマのひとつに、ネグレクト（育児放棄）という平成に入って注目されるようになった社会問題があるが、「児童虐待の防止等に関する法律」が成立・施行されたのは平成十二年（二〇〇〇年）のこと。現在でも、児童虐待は増加傾向にあり、深刻な社会問題になっている。

「bye bye blackbird…」遊井かなめ

平成初期から中期にかけて、日本はＣＤバブルに沸いていた。平成元年時点では約一億九千万枚だったＣＤの年間販売数は右肩上がりを続け、平成十年（一九九八年）のピーク時には約四億六千万枚を記録した。バブルが起きた背景には、ＣＤ再生機の普及、カラオケブームや小室《こむろ》ファミリーのブームがあった。

そんな中、そういった潮流から遠く離れたところで、ひとつのムーヴメントが起きていた。当時、世界で一番レコード店が多い街だった渋谷区宇田川町《うだがわちょう》のレコード・ショップを発信源・基盤とするそれは、「渋谷系」と呼ばれた。

「渋谷系」とは特定のアーティストを指すものではない。その本質は、新旧・国内・海外問わず、ジャンルも問わず、様々な音楽をフラットな視点で捉《とら》えるＤＪ的感覚であった。小沢健二《おざわけんじ》やコーネリアス、ピチカート・ファイヴといった当時の日本のミュージシャンも、ロジャー・ニコルスをはじめとする一九六〇年代のポップスも、フレンチ・ポップスも、映画『黄金の七人』のサントラも区別せずに楽しもうという聴き方だった。そういった感覚が具現化されたものとして、ＨＭＶ渋谷店で展開された

「SHIBUYA RECOMMENDATION」というコーナーがあった。同コーナーで紹介されていた音楽を、音楽雑誌などが「渋谷系」と呼ぶようになった。平成五年（一九九三年）頃のことで、ネーミング自体は「コムロ系」「ビーイング系」に引っ掛けた洒落《しゃれ》である。

渋谷系の精神的な拠点としては、HMV渋谷店以外にも、ZESTや映画館のシネマライズ（いずれも宇田川町）、ZOO（下北沢《しもきたざわ》のクラブ。後にSLITSに改名）があったが、六本木WAVEもそのひとつ。本作「bye bye blackbird…」では、そんな六本木WAVEの最後の日を描いた。なお、タイトルはエラ・フィッツジェラルドも歌ったスタンダードから拝借したものではない。サニーデイ・サービスの曲からの引用である。

本作は小ネタが多いので、すべてを解説するわけにはいかないが、ひとつだけ説明すると、「あーちーちー」は郷《ごう》ひろみ「GOLDFINGER'99」の、「まるまるまるまるまる」はプッチモニ「ちょこっとLOVE」の一節。いずれも平成十一年（一九九九年）のヒット曲で、カラオケの定番曲だった。

最後に。本作で使った携帯の絵文字に関するネタは、平成三〇年（二〇一八年）に発表された某メフィスト賞作家の作品でも使用されていたことは、ここに記しておく必要があるだろう。執筆途中に気づき、一度はとりやめることも検討したが、両作品ともそれがメインのネタではなかったため、そのまま進むことにした次第である。

「白黒館の殺人」小森健太朗

「ヘイトスピーチ」という言葉が広く知られるようになったのは、平成後期になってから。平成二十五年（二〇一三年）には新語・流行語大賞の候補にも選ばれた。「差別的意識を助長・誘発する目的で、生命、身体、自由、名誉、財産に危害を加えると告げることや、著しく侮蔑《ぶべつ》するなどして、地域社会からの排除をあおる差別的言動」がその定義だ。

「ヘイトスピーチ」という言葉がメディアで取り上げられるようになったのは、新大《しんおお》久保《くぼ》などのコリアンタウンで行なわれた反韓《はんかん》デモに関する報道でのこと。デモ参加者による人種差別的な表現が「ヘイトスピーチ」という呼び名で報じられたのだ。

平成という時代は、様々な差別が表出し、問題として共有された時代であった。学歴差別や女性差別、部落差別、障がい者差別といった問題は、昭和の時代から広く認識されていたが、平成に入ってから一層強く意識され、社会も真剣に取り組むようになった。一方で、平成になってから社会問題化した差別もある。前述した韓国人に対する差別、LGBT差別、オタク差別などがそうだ。現在、世界的に分断の時代に突入しつつあるだけに、「差別はよくない」という当たり前のことが共有される動きは歓迎すべきことだ。

小森健太朗「白黒館の殺人」は、そんな差別問題をテーマとした寓話《ぐうわ》的なミステリだ。無自覚的な差別意識が原因で謎が生まれてしまうというのは風刺が効いている。バカミス一歩手前のギリギリをついてくる小森のバランス感覚が実に「らしい」作品だが、本格ミステリに詳しい方はこの短編に既視感があるかもしれない。それもそのはず。本作は『贋作館事件《がんさくかんじけん》』（原書房）に収録された芦辺拓《あしべたく》と小森健太朗の合作「ブラウン神父の日本趣味《ジャポニスム》」のオリジナル「白と黒の犯罪」を改稿したものなのだ。同短編は、小森のデビュー作『コミケ殺人事件』と同時期に書かれたもので、少部数だけ頒布された同人誌に掲載されたという幻の作品。今回、小森は同短編を改稿するにあたって、『コミケ殺人事件』（ハルキ文庫）作中作「黒石館の殺人」の探偵・栗生慎太郎を主人公としてリメイクした。「白と黒の犯罪」は当初、栗生が探偵役として構想されていたというから、約二十五年の時を経て、正統な探偵に物語は巡り逢《あ》えたということになる。そう考えると、編者として、そして一人のミステリ・ファンとして感慨深いものがある。

なお、法水麟太郎《のりみずりんたろう》を探偵役とする『黒死館殺人事件《こくしかんさつじんじけん》』（作品社）は小栗虫太郎《おぐりむしたろう》の、

『十角館《じゅっかくかん》の殺人《さつじん》』（講談社文庫）は綾辻行人《あやつじゆきと》の作品。ザングウィルというのはイズレイル・ザングウィルのことで、著作『ビッグ・ボウの殺人』（ハヤカワ・ミステリ文庫）は世界初の長編密室ミステリとして知られている。

「ラビットボールの切断　こども版」白井智之

平成という時代は新宗教がなにかと話題になった時代であった。前代未聞のテロ事件を引き起こしたオウム真理教をはじめとして、巨額詐欺事件で教祖や幹部が逮捕された法《ほう》の華三法行《はなさんぽうぎょう》、成田《なりた》ミイラ化遺体事件で知られるライフスペース、福井県への大移動がワイドショーを賑《にぎ》わせたパナウェーブ研究所など。しかし、そういった報道も次第に減っていく。地下鉄サリン事件以後、各メディアが新宗教の扱いに慎重になっていったこともあるだろうが、新宗教が勢いを失ったことが主な理由だろう。ここ三十年で新宗教の信者数は約四割ほど減少したというデータもあるほどだ。

新宗教が衰退している理由として、「核家族化が進んだことにより、家族で入信するようなことが減ったから」「一九九九年を乗り切ったため、終末思想を拠り所とする宗教が成立しづらくなったから」など様々な意見があがっているが、「SNSが普及したことで、宗教にすがる必要はなくなったから」というものがもっともそれらしく見える。

一方で、神社仏閣を訪れる参拝客の数は年々増加傾向にあるようだ。「パワースポットとして訪れる人が増加した」「御朱印《ごしゅいん》ガールの登場」「インスタ映えする場所として神社仏閣が評価されている」というのが理由としてあるようだ。

そうなってくると、「すがる対象が分散しただけ」というのが正しい認識なのかもしれない。ＳＮＳでのつながり、神社仏閣、アイドルなどが新宗教にとってかわったということなのだろう。

そんな新宗教をテーマとして書かれたのが、白井智之「ラビットボールの切断　こども版」である。白井はアンモラルな世界観と大胆な設定に定評のある特殊な作家だが、同時に繊細なロジック展開と巧妙なプロット運びが高く評価されるミステリ作家でもある。本作も、そんな白井の魅力がたっぷりと詰まったエグい作品だ。

なお、本作は南雲堂《なんうんどう》版『平成ストライク』とタイトルが異なっている。文庫化にあたって、内容が若干マイルドになったこともあり、「こども版」の四文字が足される運びとなった。

最後に。本作で扱われている大ネタのひとつ、梅毒についても説明しておこう。ほぼ撲滅されたとされる性病だが、平成の最後になって日本で流行しはじめたことをご存知だろうか。平成二十三年（二〇一一年）から増え始めた梅毒感染者の数は、平成三十年（二〇一八年）についに六九二三人を記録。六千人を越えたのは実に四十八年ぶりのことだという。主な感染源は性風俗産業。そして、出会い系アプリを介しての「出会い」だとされている。過去の病気扱いだった梅毒が全国的に蔓延《まんえん》し始めたことに各自治体は危機感を強めているが、性風俗産業にも衝撃が走っているようだ。外国人観光客が梅毒を媒介しているという悪質なデマも出回り、インバウンドが多数見込まれる東京オリンピック２０２０を危険視する声も業界内に出ていた。そう、令和二年になるまでは……。

コロナウイルスの感染拡大は私たちの生活環境を大きく変えることになる。性風俗のあり方や性交渉の意味合いもまた、例外ではない。

「消費税狂騒曲」乾くるみ

かつて日本には、物品税と呼ばれる間接税が存在した。宝石や毛皮、ゴルフ用品などの贅沢品《ぜいたくひん》――生活必需品ではないもの――に課税するというものであった。ただ、基準が曖昧《あいまい》であることなどが問題点として存在した。国民の生活基準も変化し、物品税は次第に時代に適応できなくなっていく。また、高齢化社会を見据えて、所得税以外に主となる税収を確保する必要が、国にはあった。そこで検討されたのが、消費税だ。国税庁のホームページには、「消費税は、特定の物品やサービスに課税する個別消費税とは異なり、消費に広く公平に負担を求める間接税です」とある。商品を購入したり、サービスを享受した際に納める税金として導入されたのだ。

消費税はフランスで考案された間接税だが、日本で最初に導入しようとしたのは大平正芳《おおひらまさよし》内閣だった。昭和五十四年（一九七九年）のことである。しかし、国民の理解を得られることはなく、同内閣は導入を断念。昭和六十二年（一九八七年）にも中曽根康弘《なかそねやすひろ》内閣が法案を提出したが、廃案の憂き目にあっている。結果、消費税法が成立したのは昭和六十三年（一九八八年）。竹下登《たけしたのぼる》内閣でのことだった。そして、平成元年（一九八九年）四月一日。消費税が導入される。そのタイミングで物品税も廃止された。

消費税は当初、税率三％でスタート。平成九年（一九九七年）には五％、平成二十六年（二〇一四年）には八％に税率が引き上げられ、現在に至る。そして、令和元年十月、消費税はついに税率十％に引き上げられることになった（外食・酒類を除く食品は現行の八％を維持）。

そんな消費税が巻き起こしたちょっとした騒動を小説にしたのが、乾くるみ「消費税狂騒曲」である。「平成という時代は消費税率が一桁《ひとけた》の時代だった」と指摘する乾は、税導入直後、税率変更直後に起きたであろうドタバタをユーモアたっぷりに描く。消費税率の変動を軸に、歳を重ねていく人びとの姿を描くという試みが、たまらなくユニークだ。

なお、本作には小道具として、いわゆる新本格と呼ばれるジャンルの作品が多く登場する。新本格の嚆矢《こうし》は綾辻行人『十角館の殺人』（講談社文庫）だとされているが、同作の登場は昭和六十二年（一九八七年）のこと。つまり、平成元年は新本格ムーヴメントの黎明期《れいめいき》でもあった。「何か新しいことが起こっている」「自分たちの好きなものが世に出てこようとしている」という、当時の空気感、ファンの期待が本作には封じ込められており、そこも見どころのひとつだ。

最後に。本作には「令和」という単語が登場するが、平成三十一年（二〇一九年）四月二十五日に発売された南雲堂版でも、「令和」と記載されていたことはここに記しておきたい。「令和」という新元号は同年四月一日に発表されたが、菅《すが》官房長官（当時）による発表の直後に遊井から印刷所に電話し、「令和」という文字を入れてもらって入稿を完了したという経緯がある。

「他人の不幸は蜜の味」貫井徳郎

「ボキャブラ天国」というバラエティ番組が放映を開始したのは、平成四年（一九九二年）のこと。タモリを司会とする同番組は、視聴者から投稿で寄せられたダジャレを品評する番組として始まった。しかし、若手芸人たちがコントを披露し合うコーナーが人気を博すと、路線を変更。「ボキャ天」は同コーナーのみで構成されるようになり、若手芸人の登竜門的な番組になった。

「ボキャ天」をきっかけにブレイクした芸人は「お笑い第四世代」と呼ばれ、爆笑問《ばくしょうもん》題《だい》、ネプチューン、海砂利水魚《かいじゃりすいぎょ》（後のくりいむしちゅー）らは看板番組を持つまでに至った。後に「ＰＰＡＰ」で世界的に注目を集めたピコ太郎こと古坂大魔王《こさかだいまおう》も、同番組の出身である。そんなボキャ天芸人の中に、スマイリーキクチというピン芸人がいた。爽《さわ》やかな笑顔と相反する毒舌っぷりが受け、「ボキャ天」終了後も、テレビにたびたび出演した。

そんなスマイリーキクチが、過去のある犯罪事件に関わっているという噂が、平成十一年（一九九九年）頃からネットを中心に出回るようになった。悪質なデマだったが、真実だと思い込んでいる人たちが、２ちゃんねる、ｍｉｘｉ、個人のブログなどに、キクチを非難する内容を繰り返し書き込んでいく。

キクチと彼の所属事務所は平成十二年（二〇〇〇年）頃から数回、警察に被害届を出し、2ちゃんねるの運営にも中傷コメントを削除するよう求めた。しかし、取り合ってはもらえなかった。当時は、そういった中傷やネット冤罪《えんざい》に対応できる明確なルールが日本に存在しなかったからだ。

事態が好転したのは、平成二十年（二〇〇八年）。キクチからの訴えを聞き入れた中野《なかの》警察署は、発信記録から書き込みを行なっていた人間を特定。検挙に踏み切ったのだ。結果、同年八月から翌年一月にかけて、特に悪質な書き込みを投稿していたネットユーザー十九人が名誉毀損《めいよきそん》、あるいは脅迫の疑いで検挙されるに至った。彼らは年齢も性別もバラバラで、会社員や大学職員だけでなく十七歳の女子高生もいたことは驚きをもって報道された。

その後、キクチへの中傷は沈静化したが、今もスマイリーキクチへの中傷は止まってはいない。平成二十九年（二〇一七年）にも、彼のブログのコメント欄に殺害予告が書き込まれたことは話題となった。

そんなネット冤罪を下敷きとして書かれたのが、「他人の不幸は蜜の味」である。心理描写の細かさに定評のある貫井徳郎だけに、ネットに中傷コメントを書き込んでしまう人間の心理に引き込まれる。正義を履き違えた人間が追い込まれていく様にもぞっとさせられる、〈奇妙な味〉の傑作だ。

最後に。令和になって起こったある痛ましい事件について、ここに付しておきたい。令和二年五月二十三日、女子プロレスラーの木村花《きむらはな》さんが亡くなった。リアリティ番組（リアルと謳《うた》ってはいるが、実際には台本も演出もちゃんとある）「テラスハウス」にも出演していた彼女は、同番組での悪質な演出がきっかけでSNS上で誹謗《ひぼう》中傷に晒《さら》されていたことが発覚。海外メディアでも大きく報道されるなど、世界的に波紋が広がった。

匿名の人物による悪意に満ちた投稿は、今も深刻な問題として存在している。SNSに関するルールやモラルが整備される前に、スマホが普及し、誰もがネットに繋《つな》がれる時代が到来したことが、問題の背景にはあるだろう。今回の事件を機に、ネット上における誹謗中傷／ヘイトスピーチに関する意識が高まることを切に願う。発信者情報の開示請求と損害賠償のプロセス、及びサイト管理者に対する削除請求のプロセス――それらが簡略化され、誹謗中傷／ヘイトスピーチがきちんと厳罰化される社会の実現が強く望まれる。

「From the New World」天祢涼

平成二十三年（二〇一一年）三月十一日一四時四六分。三陸沖《さんりくおき》を震源とする東北地方太平洋沖地震が発生した。地震の規模はマグニチュード九。最大震度は七を記録した（宮城県栗原市《くりはらし》にて）。地震に伴って津波も発生。太平洋沿岸に津波が押し寄せ、宮城県気仙沼市《けせんぬまし》では二十メートルを超える大津波が観測された。

そして、地震発生から約一時間後。津波は東京電力福島第一原子力発電所を襲う。結果、非常用電源が損傷。原子炉の緊急炉心冷却装置が停止したことが原因で、一号炉、二号炉、三号炉で炉心溶融（メルトダウン）が発生した。この事故により、大量かつ高濃度の放射性物質が漏洩《ろうえい》し、周辺地域に拡散。政府は発電所から半径二十キロ圏内で暮らす住民に避難指示を出すに至った。

また、北海道から関東南部にわたる広範囲で、地盤沈下、液状化現象も起きるなど、二次被害も多数発生。連日放映される震災の映像が原因で、心的外傷後ストレス障害を患った人たちも続出した。東京電力は安定した電力の供給ができないことから、三月十四日から二十八日にかけて一都八県で計画停電を行なった。日本中が暗い気分に覆われた……。

あれから九年。一万八千人以上の死者・行方不明者、六千人以上の重軽傷者を出した未曾有《みぞう》の震災は、まだ終わっていない。七万人以上の人びとが今も避難所生活を余儀なくされ、住宅や施設、道路の復旧もまだ完全には済んでいないのが現状である。東北産の農産物や、避難民に対する風評被害は今も聞こえてくる。

それでも、前向きに生きようとする人がいて、団結を呼びかける人たちはちゃんといる。——ここで、思い出されるコマーシャルがある。ACジャパンのCMで、金子《かねこ》みすゞの詩が引用される印象的なものだ。東日本大震災直後、テレビで頻繁に流れたので記憶している人も多いだろう。「こだまでしょうか、いいえ、誰でも」。前向きな想いは誰にでも共有されるものだと信じたい。

さて、天祢涼「From the New World」は、東日本大震災から約一年後の福島を舞台とする作品だ。震災で母を亡くし、原発事故により故郷を離れざるをえなくなった避難民の少年が登場する。彼と向き合うのは、天祢涼のシリーズ探偵である音宮美夜。天祢のデビュー作『キョウカンカク 美しき夜に』（講談社文庫）への登場以降、四作に出演した銀髪の美少女探偵がすこし大人になって登場する。近年、『希望が死んだ夜に』（文藝春秋）に代表されるような社会派な作品を発表し続けている天祢だが、謎解き小説の探偵役を務めてきた美夜を社会派なテーマにどう溶け込ますのか。そこにも注目してもらいたい。

ところで、私は以前、南雲堂版『平成ストライク』に掲載した「From the New World」の解説に、次のように書いた。「美夜が少年に伝える前向きなメッセージは本書の締め括りにふさわしいものだと私は思う」、と。

だが、今回の角川文庫版の解説に、私はこう書こうと思っている。「美夜が少年に伝えることばは、アフターコロナを生きていかねばならない私たちの指針にもなりえるものだと私は思う」、と。

コロナ禍により変わってしまった新しい世界。一人で生きていくには、本当に大変な世界になってしまった。新しい価値観や新しい生活様式を模索しながら、私たちは生きていかねばならない。平成とは変わっていかねばならない。

さよなら平成、さよならニッポン。ありがとう。こちら《令和》はなんとかやっています。

平成30年史

あるいは、戦場のボーイズ・ライフ30年分

（構成＝遊井かなめ）

		社会	文化
平成元年	1989年	3月 女子高生コンクリート詰め殺人事件発覚	2月 「平成名物TV 三宅裕司のいかすバンド天国」が放映開始（〜平成2年）
		4月 消費税施行。税率は3％	4月 ゲームボーイ発売
		7月 ダイヤル^{2}Qサービスが開始（〜平成26年）	7月 いとうせいこうがアルバム『MESS/AGE』を発表
		7月 宮崎勤逮捕。後に連続幼女誘拐殺人事件について自供	8月 フリッパーズ・ギター、アルバム『海へ行くつもりじゃなかった』でデビュー
		11月 坂本弁護士一家、失踪	9月 雑誌「CUTiE」が創刊（〜平成27年）
平成2年	1990年	1月 第1回大学入試センター試験を実施	1月 アニメ「ちびまる子ちゃん」が放映開始
		7月 神戸高塚高校校門圧死事件が発生	2月 ローリング・ストーンズが初来日
		11月 天皇即位の礼が行なわれる	3月 雑誌「週刊トウキョー・ウォーカー・ジパング」（後の「東京ウォーカー」）が創刊（〜令和2年）
		11月 雲仙普賢岳が噴火	5月 BOOKOFFの直営1号店がオープン

	12月　秋山豊寛が日本人初の宇宙飛行	11月　スーパーファミコン発売
平成3年　1991年	3月　バブルが崩壊	3月　ゲーム「ストリートファイターII」が稼働開始
	4月　新東京都庁舎開庁	5月　ディスコ「ジュリアナ東京」が開業（〜平成6年）
	4月　海上自衛隊が初の海外派遣に。ペルシャ湾掃海派遣部隊が出発	7月　フリッパーズ・ギターがアルバム『ヘッド博士の世界塔』を発表。10月に解散
	5月　千代の富士が引退。8月には貴花田が関脇に	10月　「ギルガメッシュないと」が放映開始（〜平成10年）
	6月　雲仙普賢岳で大火砕流が発生	11月　宮沢りえ『Santa Fe』刊行
平成4年　1992年	2月　東京佐川急便事件。東京佐川急便に強制捜査	3月　アニメ「美少女戦士セーラームーン」が放映開始（〜平成9年）
	3月　東海道新幹線、のぞみの運行を開始	4月　アニメ「クレヨンしんちゃん」が放映開始
	5月　国家公務員の週休2日制がスタート	7月　「進め！電波少年」が放映開始（〜平成10年）
	6月　PKO協力法案が強行採決される	11月　ソニーが初のMDプレーヤー「MZ-1」を発売
	9月　PKOの一環で、自衛隊がカンボジアへ派遣される	12月　ゲーム「同級生」発売

平成5年 1993年	5月 Jリーグが開幕	1月 ドラマ「高校教師」が放映開始（〜3月）
	6月 皇太子徳仁親王と小和田雅子さんがご成婚	4月 NOWHEREが原宿にオープン。9月にはA BATHING APEが始動
	8月 細川護熙内閣が発足。55年体制以来初の非自民連立政権	7月 鶴見済『完全自殺マニュアル』刊行
	10月 サッカー日本代表が対イラク戦でワールドカップ出場を逃す	9月 都築響一『TOKYO STYLE』刊行
	12月 平成の米騒動。日本政府が諸外国からの米輸入を決定	12月 ピチカート・ファイヴがシングル「東京は夜の七時」を発表
平成6年 1994年	6月 自民党、社会党、新党さきがけの連立による村山内閣が発足	6月 岡崎京子『リバーズ・エッジ』刊行
	6月 松本サリン事件が発生	7月 篠原涼子「恋しさとせつなさと心強さと」が発売。TKブームが起こる
	9月 関西国際空港開港	8月 小沢健二がアルバム『LIFE』を発表
	9月 イチローが史上初の1シーズン200本安打を記録	8月 ゲーム「MOTHER2 ギーグの逆襲」発売
	10月 大江健三郎、ノーベル文学賞を受賞	11月 セガサターン発売。翌月にはプレイステーションも
平成7年 1995年	1月 阪神・淡路大震災が発生	5月 漫画「ドラゴンボール」が連載終了

	3月	地下鉄サリン事件が発生	7月	『恋する惑星』が日本で公開。香港映画ブームが起こる
	6月	全日空857便ハイジャック事件が発生	9月	雑誌「egg」が創刊（〜平成26年、令和元年〜）
	7月	PHSがサービスを開始	10月	新日本プロレスとUWFインター、対抗戦を東京ドームで開催
	11月	Windows95が国内で発売	10月	アニメ「新世紀エヴァンゲリオン」が放映開始（〜平成8年3月）
平成8年 1996年	1月	橋本龍太郎内閣が発足	2月	ゲーム「ポケットモンスター 赤・緑」発売
	3月	薬害エイズ裁判でミドリ十字が責任を認める	3月	G-SHOCKの第5回国際イルカ・クジラ会議記念モデル発売
	4月	Yahoo! JAPANがサービス開始	4月	「ロングバケーション」（〜6月）「SMAP×SMAP」が放映開始（〜平成28年）
	8月	O157騒動	8月	コミックマーケット、東京ビッグサイトに会場を移転
	12月	NTTによるインターネット接続サービス「OCN」の開始	11月	「たまごっち」発売
平成9年 1997年	4月	消費税が5%に	1月	ゲーム『ファイナルファンタジーⅦ』発売

	6月 「酒鬼薔薇聖斗」逮捕	4月 アニメ「少女革命ウテナ」が放映開始（〜12月）
	11月 サッカー日本代表がワールドカップ初出場を決める	7月 第1回フジロック・フェスティバル開催
	11月 山一證券が自主廃業	8月 コーネリアスがアルバム『FANTASMA』を発表
	12月 ポケモンショック事件が発生	9月 北野武『HANA-BI』、ヴェネチア国際映画祭で金獅子賞を受賞
平成10年 1998年	2月 郵便番号が7桁になる	4月 アニメ「カウボーイビバップ」が放映開始（〜平成11年4月）
	2月 長野オリンピック開催	5月 楠本まき『致死量ドーリス』刊行
	7月 和歌山毒物カレー事件が発生	5月 砂原良徳がアルバム『TAKE OFF AND LANDING』を発表
	9月 中田英寿がユヴェントス戦で2ゴールを決めセリエAデビュー	7月 平野啓一郎『日蝕』が「新潮」に一挙掲載される
	10月 日本長期信用銀行が経営破綻	9月 ゲーム「Dance Dance Revolution」が稼働開始
平成11年 1999年	1月 携帯電話・PHSの電話番号が11桁に	2月 椎名林檎がアルバム『無罪モラトリアム』を発表

	2月	NTTドコモがiモードのサービスを開始	
	4月	地域振興券の流通が開始	
	5月	2ちゃんねる開設	
	9月	東海村JCO臨界事故が発生	
	3月	宇多田ヒカルがアルバム『First Love』を発表	
	7月	WIRE99が開催される	
	9月	モーニング娘。のシングル「LOVEマシーン」が発売	
	12月	六本木WAVEが閉店。渋谷QFRONTがオープン	
平成12年	2000年		
	2月	不正アクセス禁止法施行	
	5月	西鉄バスジャック事件が発生	
	6月	雪印集団食中毒事件が発生	
	11月	ストーカー規制法施行	
	12月	世田谷一家殺害事件が発生	
	4月	ドラマ「池袋ウエストゲートパーク」が放映開始（〜6月）	
	9月	Googleが日本語での検索サービス開始	
	10月	飯島愛『プラトニック・セックス』刊行	
	10月	ユニクロがインターネット通信販売を開始	
	12月	深作欣二監督の映画『バトル・ロワイアル』が公開	
平成13年	2001年		
	5月	Wikipedia日本語版が開設	
	6月	大阪教育大附属池田小児童殺傷事件発生	
	8月	小泉純一郎総理が靖国神社を参拝	
	3月	ピチカート・ファイヴが解散	
	4月	片山恭一『世界の中心で、愛をさけぶ』刊行	
	7月	宮崎駿監督の映画『千と千尋の神隠し』が公開	

9月　Yahoo! BBがサービスを開始

9月　日本国内で初めて〝狂牛病〟感染牛が発見される

9月　東京ディズニーシーが開園

12月　第1回M-1グランプリ決勝開催

平成14年　2002年

3月　北九州監禁殺人事件が発覚

5月　FIFAワールドカップ日韓大会開催

6月　全国初の〝路上喫煙禁止条例〟が東京都千代田区で成立

8月　住民基本台帳ネットワークシステム開始

10月　北朝鮮拉致被害者5人が帰国

1月　ドラマ「木更津キャッツアイ」が放映開始（〜3月）

2月　西尾維新『クビキリサイクル　青色サヴァンと戯言遣い』刊行

3月　ゲーム「キングダム ハーツ」発売

9月　ルイ・ヴィトンが表参道に旗艦店をオープン

12月　auが「着うた」サービスを開始

平成15年　2003年

4月　六本木ヒルズ開業

5月　スーパーフリー事件が発覚

6月　有事法制（武力攻撃事態対処関連3法）が成立

9月　十勝沖地震が発生

3月　SMAPのシングル「世界に一つだけの花」が発売

7月　DMMがDMM.comを開設。サービスを開始

7月　本広克行監督の映画『踊る大捜査線 THE MOVIE 2』が公開

10月　THEE MICHELLE GUN ELEPHANTが幕張メッセで解散

12月　地上デジタルテレビ放送が東京、大阪、名古屋で開始

12月　「DEATH NOTE」連載開始（〜平成18年）

平成16年　2004年

1月　自衛隊のイラク派遣が開始

5月　P2Pファイル共有ソフトウェア「Winny」開発者が逮捕

6月　佐世保小6女児同級生殺害事件が発生

7月　性同一性障害特例法施行

10月　新潟県中越地震発生

1月　プロレスイベント「ハッスル」が旗揚げ（〜平成21年）

2月　mixiがサービス開始。4月には前略プロフィールがサービスを開始

3月　2ちゃんねるの独身男性板で「電車男」が書き込みを開始

11月　中川翔子が「しょこたん☆ぶろぐ」を開設

11月　アダルトビデオメーカー「S1 NO.1 STYLE」がリリースを開始

平成17年　2005年

3月　愛知万博「愛・地球博」が開幕

4月　個人情報保護法の全面施行

4月　ブロードバンド放送サービス「GyaO」開始

4月　JR福知山線脱線事故発生

11月　耐震強度偽装事件が発覚

3月　吾妻ひでお『失踪日記』刊行

7月　TENGA、発売開始

8月　東野圭吾『容疑者Xの献身』刊行

9月　映画『NANA』が公開

12月　ゲーム「龍が如く」発売

平成18年　2006年

- 1月　ライブドア事件。堀江貴文逮捕
- 3月　ニフティのワープロ・パソコン通信サービスがすべて終了
- 3月　ソフトバンクがボーダフォンを買収
- 6月　村上ファンド事件。代表の村上世彰が逮捕される
- 7月　日本銀行がゼロ金利政策の解除を決定
- 2月　DeNAが「モバゲータウン」のサービスを開始
- 4月　アニメ「涼宮ハルヒの憂鬱」が放映開始（〜7月）
- 8月　ゲーム「ひぐらしのなく頃に」本編が完結
- 10月　美嘉『恋空』刊行
- 12月　ドワンゴがニコニコ動画のサービスを開始

平成19年　2007年

- 1月　不二家が消費期限切れ材料を使用していたことが発覚
- 2月　年金記録に不備が発覚
- 6月　大相撲の時津風部屋力士暴行死事件が発覚
- 7月　新潟県中越沖地震発生
- 10月　郵政民営化に伴い、日本郵政公社が解散
- 2月　蜷川実花監督の映画『さくらん』が公開
- 3月　「Ustream」がサービス開始
- 6月　2年前にサービス開始したYouTubeが日本語対応
- 7月　SCRAPが第1回リアル脱出ゲームイベントを開催
- 8月　「VOCALOID2 初音ミク」発売

平成20年　2008年

- 6月　秋葉原通り魔事件が発生
- 4月　Twitter日本語版が開設される。翌月にはFacebook日本語版も開設

	7月　iPhone 3Gが日本国内で販売開始	4月　Perfumeがアルバム『GAME』を発表
	9月　リーマンショック	8月　映画『デトロイト・メタル・シティ』公開
	11月　小室哲哉が詐欺罪の容疑で逮捕	9月　H&Mが日本上陸。銀座に1号店がオープン
	12月　年越し派遣村が東京・日比谷公園に開設	9月　アダルトビデオメーカー「MUTEKI」がリリースを開始
平成21年　2009年	3月　定額給付金の交付が開始	1月　園子温監督の映画『愛のむきだし』が公開
	3月　桜島が爆発的噴火	4月　アニメ「けいおん!」が放映開始（～6月）
	5月　裁判員裁判制度が開始	5月　sasakure.UK「*ハロー、プラネット。」をニコニコ動画に投稿
	8月　酒井法子が覚せい剤取締法違反容疑で逮捕される	7月　第1回AKB48選抜総選挙が開催
	8月　衆議院議員総選挙で民主党が第一党に。翌月に鳩山由紀夫内閣が発足	8月　細田守監督の映画『サマーウォーズ』が公開
平成22年　2010年	1月　改正著作権法が施行される。違法アップロードコンテンツのダウンロード違法化	3月　DOMMUNE、開局
	4月　殺人事件の公訴時効を廃止する改正刑事訴訟法が成立	3月　ドラマ「ゲゲゲの女房」放映開始（～9月）

	6月　小惑星探査機はやぶさが地球に帰還	8月　HMV渋谷店が閉店
	11月　尖閣諸島沖での中国漁船衝突映像がYouTubeで流出	8月　KARAと少女時代が日本でデビュー。K-POPブームが起きる。
	11月　11代目市川海老蔵暴行事件が発生	12月　ゲーム「モンスターハンター　ポータブル3rd」が発売
平成23年　2011年	2月　大学入試問題ネット投稿事件が発生	1月　アニメ「魔法少女まどか☆マギカ」が放映開始（〜4月）
	3月　東日本大震災。福島第一原発事故が発生	4月　「デザインあ」放映開始
	7月　なでしこジャパンがFIFA女子ワールドカップで優勝	6月　LINEがサービスを開始
	7月　テレビの地上アナログ放送が停波	7月　雑誌「ぴあ」が休刊
	8月　フジテレビ抗議デモが起こる	8月　きゃりーぱみゅぱみゅがミニアルバム「もしもし原宿」でデビュー
平成24年　2012年	5月　東京スカイツリー開業	1月　川勝正幸、死去
	9月　六本木クラブ襲撃事件が発生	2月　ゲーム「パズル&ドラゴンズ」がサービス開始
	9月　日本政府が尖閣諸島を国有化	3月　ユニクロ銀座店がオープン

10月　Amazonが日本向け「Kindleストア」をオープン
10月　米軍がオスプレイを普天間基地に配備

4月　ニコニコ超会議が開催
8月　AKB48から前田敦子卒業

平成25年　2013年

2月　パソコン遠隔操作事件で犯人逮捕
6月　富士山が世界遺産に登録
9月　2020年夏季五輪・パラリンピックの東京開催が決定
10月　伊豆大島で土石流災害が発生
12月　特定秘密保護法が成立

4月　ゲーム「艦隊これくしょん」がサービス開始
4月　ドラマ「あまちゃん」が放映開始（〜9月）
5月　じん、アルバム『メカクシティレコーズ』を発表。オリコン1位を獲得
7月　ゲーム『妖怪ウォッチ』発売
12月　大滝詠一、死去

平成26年　2014年

2月　佐村河内守ゴーストライター問題が発覚
4月　消費税が8%に
5月　3Dプリンター銃製造事件が発覚
6月　改正薬事法施行
7月　憲法解釈変更を閣議決定。集団的自衛権の行使容認

2月　Instagramに日本語アカウントが開設
3月　「笑っていいとも！」が放映終了
5月　AKB48握手会傷害事件が発生
10月　雑誌「コロコロアニキ」が創刊
12月　大森靖子がアルバム『洗脳』を発表

平成27年　2015年

1月　ISILによる日本人拘束事件が発生

3月　又吉直樹『火花』刊行

	4月	首相官邸無人機落下事件	6月	シティボーイズファイナルPart.1『燃えるゴミ』が上演
	5月	日本年金機構情報漏洩事件	7月	ゲーム「Fate/Grand Order」がサービス開始
	9月	平和安全法制が成立	9月	「フリースタイルダンジョン」が放映開始
	10月	マイナンバー制度が施行される	11月	雑誌「ミュージック・マガジン」がSEALDsを特集
平成28年 2016年	3月	小型無人機等飛行禁止法成立	7月	「Pokémon GO」がサービス開始
	4月	熊本地震が発生	9月	「こちら葛飾区亀有公園前派出所」が連載終了
	5月	オバマ大統領が広島を訪問。原爆死没者慰霊碑に献花	10月	星野源がシングル「恋」を発表
	7月	相模原障がい者施設殺傷事件が発生	10月	PlayStation VR発売
	8月	天皇陛下が退位の意向を示唆	12月	SMAP、解散
平成29年 2017年	2月	森友学園問題が発覚。5月には加計学園問題が発覚	2月	小沢健二がシングル「流動体について」を発表
	6月	テロ等準備罪法が成立	2月	ソフト・オン・デマンドがアダルトVRに本格参入
	7月	九州北部で記録的豪雨	3月	Nintendo Switchが発売

	8月　北朝鮮がミサイルを発射。Jアラートが発令	6月　コーネリアスがアルバム『Mellow Waves』を発表
	10月　座間九遺体事件が発覚	9月　上條淳士『SEX』の〝完全版〟となる30周年記念版全4巻の最終巻が刊行
平成30年　2018年	2月　平昌五輪フィギュアスケート男子シングルで羽生結弦が五輪連覇	2月　行定勲監督映画『リバーズ・エッジ』が公開
	7月　麻原彰晃らオウム死刑囚13人が死刑に	3月　「とんねるずのみなさんのおかげでした」放映終了
	7月　カジノ実施法が成立	3月　米津玄師（元ボカロP〝ハチ〟）がシングル「Lemon」を発表
	7月　平成最悪の水害「平成30年7月豪雨」が発生	9月　安室奈美恵、引退
	9月　北海道胆振東部地震が発生	9月　山本KID徳郁、死去
平成31年　2019年	1月　原宿竹下通り暴走事件、発生	1月　大坂なおみ、全豪オープン初優勝。世界ランキング1位に
	1月　日露首脳会談。北方領土問題を含む平和条約締結に向けて協議	1月　嵐、令和2年末に活動休止することを発表
	2月　はやぶさ2、小惑星「リュウグウ」に着陸	3月　イチロー、引退を表明

本書は、二〇一九年四月に南雲堂より刊行された
単行本を加筆修正のうえ、文庫化したものです。

また、この物語はフィクションです。
実在する人物・団体とは関係ありません。

平成《へいせい》ストライク

青崎有吾《あおさきゆうご》、天祢《あまね》 涼《りょう》、乾《いぬい》 くるみ、井上夢人《いのうえゆめひと》、小森健太朗《こもりけんたろう》、
白井智之《しらいともゆき》、千澤《ちざわ》のり子《こ》、貫井徳郎《ぬくいとくろう》、遊井《ゆうい》かなめ

令和2年 10月25日 初版発行

発行者●青柳昌行

発行●株式会社KADOKAWA
〒102-8177 東京都千代田区富士見2-13-3
電話 0570-002-301(ナビダイヤル)

角川文庫 22370

印刷所●株式会社暁印刷
製本所●株式会社ビルディング・ブックセンター

表紙画●和田三造

ISBN 978-4-04-109689-5 C0193

◇◇◇

角川文庫発刊に際して

角川源義

第二次世界大戦の敗北は、軍事力の敗北であった以上に、私たちの若い文化力の敗退であった。私たちの文化が戦争に対して如何に無力であり、単なるあだ花に過ぎなかったかを、私たちは身を以て体験し痛感した。西洋近代文化の摂取にとって、明治以後八十年の歳月は決して短かすぎたとは言えない。にもかかわらず、近代文化の伝統を確立し、自由な批判と柔軟な良識に富む文化層として自らを形成することに私たちは失敗して来た。そしてこれは、各層への文化の普及滲透を任務とする出版人の責任でもあった。

一九四五年以来、私たちは再び振出しに戻り、第一歩から踏み出すことを余儀なくされた。これは大きな不幸ではあるが、反面、これまでの混沌・未熟・歪曲の中にあった我が国の文化に秩序と確たる基礎を齎らすためには絶好の機会でもある。角川書店は、このような祖国の文化的危機にあたり、微力をも顧みず再建の礎石たるべき抱負と決意とをもって出発したが、ここに創立以来の念願を果すべく角川文庫を発刊する。これまで刊行されたあらゆる全集叢書文庫類の長所と短所とを検討し、古今東西の不朽の典籍を、良心的編集のもとに、廉価に、そして書架にふさわしい美本として、多くのひとびとに提供しようとする。しかし私たちは徒らに百科全書的な知識のジレッタントを作ることを目的とせず、あくまで祖国の文化に秩序と再建への道を示し、この文庫を角川書店の栄ある事業として、今後永久に継続発展せしめ、学芸と教養との殿堂として大成せんことを期したい。多くの読書子の愛情ある忠言と支持とによって、この希望と抱負とを完遂せしめられんことを願う。

一九四九年五月三日